Ulrike Barow

Baltrumer Glockenschlag

LEDA

Ulrike Barow
Baltrumer Glockenschlag
Inselkrimi

1. Auflage 2019

ISBN 978-3-86412-215-6

Leda-Verlag, Rathausstraße 23, D-26789 Leer
info@leda-verlag.de
www.leda-verlag.de

Lektorat: Maeve Carels
Satz: Heike Gerdes
Titelillustration: Jutta Berend
Gesamtherstellung: cpi books GmbH

Ulrike Barow

Baltrumer Glockenschlag

Inselkrimi

LEDA

Handlungen und Figuren dieses Krimis sind frei erfunden. Eventuelle Übereinstimmungen mit lebenden oder verstorbenen Personen sind zufällig und nicht beabsichtigt.

Salomon Bartels warf sich aufs Sofa und lachte. Endlich! Endlich war seine Sitzgarnitur da! Er hatte sie in einem Möbelhaus am Festland bestellt, ein original Friesensofa mit blauem Bezug, und es hatte tatsächlich drei Monate gedauert, bis der erlösende Anruf und kurz darauf Sofa und Sessel mit LKW, Schiff und letztendlich mit dem Pferdewagen bei ihm angekommen waren. Nun konnte er zur Einweihungsparty laden!

Er hatte es getan. Konnte es immer noch kaum glauben, aber er war hier. So als hätte das Sofa den Punkt hinter einen langen Satz gesetzt.

Lächelnd stand er wieder auf und ging in die Küche. Der Kaffee war durch. Er goss Milch in die Tasse, dann den Kaffee und schaute aus dem Fenster. Auch nicht zum ersten Mal heute. Der Anblick des Hellers und des Wattenmeeres löste verlässlich ein Glücksgefühl in ihm aus, das er zuvor selten gespürt hatte.

Natürlich war nicht alles in seinem Leben traurig und trist verlaufen. Da war der Moment gewesen, als er seinen ersten Thriller, frisch aus der Druckerei, in den Händen gehalten hatte. Und der Abend in Weimar. Für ihn eine ganz besondere Lesung, denn seine Eltern waren erschienen. Sie hatten seiner Schriftsteller-Karriere immer skeptisch gegenübergestanden, aber dort hatten sie mit strahlenden Augen Beifall geklatscht. Seitdem war zu Hause nie wieder die Rede von einem anderen, brotsichernden Beruf gewesen. Er konnte seine Eltern besuchen, ohne sich lästigen Fragen ausgesetzt zu sehen. Im Gegenteil. Erst neulich hatte sein Vater ihm von einem Gespräch mit dem Nachbarn erzählt. Der Mann hatte wissen wollen, ob er, Salomon, denn schon oben angelangt sei.

»Nicht oben«, hatte sein Vater geantwortet, »sondern ganz oben.«

Salomon musste immer wieder lachen bei dieser Erinnerung. Natürlich, im Moment war er erfolgreich. Offensichtlich trafen seine Bücher den Nerv der Leser und er konnte vom Schreiben leben. Es ging ihm gut, doch es war auch klar, dass er regelmäßig liefern musste. Sonst war es ganz schnell vorbei mit dem »ganz oben«. Und dass es Kollegen gab, die weitaus höher angesiedelt waren in puncto Prominenz und Beliebtheit, war ebenfalls Tatsache!

Er fühlte sich wohl in seinem Leben, aber die Zufriedenheit, die er hier auf der Insel spürte, war anders. Es war eine Gelassenheit, von der er geglaubt hatte, dass es sie gar nicht geben würde.

Ein gutes Jahr war vergangen, seit er die Insel nach vielen Jahren wieder betreten hatte. Der Aufenthalt damals hatte allerdings unter keinem guten Stern gestanden. Zwei Menschen waren ums Leben gekommen und alle anderen, die in jenem Jahr zu den Baltrumer Krimitagen eingeladen worden waren, hatten nur den einen Wunsch gehabt: die Insel so schnell wie möglich wieder zu verlassen. Alle, bis auf ihn. Er kannte Baltrum von vielen Besuchen als Kind und hatte sich sofort wieder in die Insel verliebt.

Jetzt passte alles. Das Haus war so eingerichtet, wie er es sich immer vorgestellt hatte, und erste Kontakte zu den Insulanern waren geknüpft.

Er schaute auf die Uhr. Verdammt. Er musste los. Sein Auftritt wartete. Er zog sein weißes T-Shirt an, darüber die Takelbluse, dann die blaue Tuchhose. Die weißen Sneaker steckten mal wieder ganz hinten im Schrank. Was fehlte noch? Nichts. Ein kritischer Blick in den Spiegel verriet ihm: Es war nicht der Thrillerautor, der ihm freundlich entgegenschaute, sondern ein Mitglied des Shantychors *Balt'mer Korben*. Ein sehr vergnüglicher Anblick. Zumindest wenn er an die nächsten Stunden im Kreis der Musiker dachte.

Im Hinausgehen griff er nach dem Akkordeon und wunderte sich wieder einmal darüber, wie sehr sich sein Leben in den letzten Monaten verändert hatte. Natürlich war er oft an Land. Er hatte Verträge einzuhalten. Mit seinem Verlag. Mit Buchhandlungen, die ihn zu Lesungen baten, und auch die Frankfurter Buchmesse im Oktober und die in Leipzig ließ er nicht aus. Werbetrommel. So war es eben, wenn man als Autor Erfolg hatte.

Er packte sein Akkordeon in die Wippe und hängte sie an das Fahrrad. Ja, auch ein Fahrrad und einen Anhänger, den die Insulaner Wippe nannten, hatte er sich zugelegt. Anders ging es hier nicht, wollte man größere Teile transportieren. So ein Akkordeon wog einiges.

Als er vom Grundstück ab und auf die Straße bog, kam ihm Hartmut Hielscher entgegen.

Salomon bremste. »Na, willst du schauen, ob dein Haus Fortschritte macht?« Er hatte den Satz noch nicht zu Ende gebracht, da merkte er bereits, dass der nicht gut bei dem Mann ankam.

»Hör bloß auf. Meine Frau und ich können ja froh sein, dass wir eine andere Bleibe haben«, winkte Hielscher missmutig ab. »Seit Jahren verfällt das Haus hier immer mehr. Die Denkmalschutzbehörde zeigt einfach kein Einsehen, und so wie ich die kenne, wird es Jahre dauern, bis die das zum Abriss freigeben. Du guckst jeden Tag von deinem Grundstück auf das verfallene Dach. Das kann man doch nicht mehr reparieren!«

Salomon verkniff sich die Frage, warum Hielscher das Haus nicht saniert hatte, als es in einem reparablen Zustand gewesen war, doch der Mann gab ihm die Antwort von selbst. »Du weißt, dass ich es abreißen, ein schönes neues Haus auf dem Grundstück bauen und dann dorthin ziehen will. Mal sehen, wer den längeren Atem hat.«

Das fragte sich Salomon auch manches Mal, wenn er von seiner Terrasse aus auf das Haus mit dem löcherigen Dach schaute. Es gab wirklich erhebendere Anblicke. Auch das Einsteinmauerwerk des alten Friesenhauses war marode. Er war sich sicher: ein kräftiger Schlag, dann würde zumindest die Westwand schlichtweg umfallen.

»Müsst ihr wieder die Gäste beglücken?«, fragte Hielscher.

Salomon nickte. »Ja. Wir singen heute …«

»Ich weiß. Hab bei der Truppe auch schon mitgemacht.«

Ganz zu Anfang von Salomons Shantykarriere war Hartmut Hielscher ein, zwei Mal dabei gewesen. Ob Salomon ihn fragen sollte …? Einen Versuch war es wert. »Hartmut, ich weiß, dass du im Moment nicht mehr dabei bist. Aber du hast jede Menge Erfahrung. Wäre es möglich und hättest du Zeit, mir ein paar Nachhilfestunden in Sachen Shantymusik zu geben? Ich habe ja nach vielen Jahren erst wieder mit dem Spielen angefangen und könnte ein paar Tipps gut gebrauchen.«

Hartmut Hielscher schaute ihn einen Moment schweigend an, dann sagte er: »Wenn du mir das zutraust …«

»Natürlich. Du warst doch ein festes Standbein des Shantychores.«

»Ich war sogar Gründungsmitglied!«

»Gut, ich rufe dich an und wir machen einen Termin. Danke auch.« Er winkte dem Mann zu und fuhr weiter. Wenn er noch mehr Leute traf, würde er glatt zu spät kommen und das war im Shantychor gar nicht gerne gesehen. Wäre auch ziemlich schlecht, wenn die ohne seine Begleitung anfangen müssten. Es war sowieso eine große Ausnahme, dass er nach den wenigen Proben, an denen er im Winter hatte teilnehmen können, schon öffentlich mit auftreten durfte. Die Sänger hatten eine wesentlich längere Vorlaufzeit. Schließlich mussten die Lieder perfekt sitzen. Da konnte ihm zusätzliche Hilfe von Hartmut gewiss nicht schaden.

Bei Salomon hatte alles angefangen, als er kurz nach seinem Entschluss, auf die Insel zu ziehen, auf den Geburtstag seines Nachbarn eingeladen worden war. Dort war auch Björn Buse gewesen und hatte von einem Auftritt seines Chors in Essen auf dem Weihnachtsmarkt erzählt. »Damals war alles gut«, hatte er berichtet, »aber uns fehlt wohl bald ein Akkordeonspieler. Einer der alten wird aufhören und wir brauchen dringend einen Nachfolger.«

Salomon war auf der Stelle das Instrument eingefallen, das seit Jahren auf dem Dachboden der Wohnung seiner Eltern sein Dasein fristete. Vorsichtig hatte er erwähnt, dass er mit einem Akkordeon umgehen konnte und schon hatte Björn ihn zur Probe eingeladen. Bei seinem nächsten Besuch zu Hause hatte er sehr zur Verwunderung seiner Eltern das alte Stück hervorgeholt, jedoch feststellen müssen, dass es nicht mehr zu gebrauchen war. Es war schlichtweg vergammelt. Der Balg war gerissen und auch sonst sah es nicht mehr gut aus. Er hatte nicht lange überlegt und sich ein neues bestellt. Was gar nicht so einfach gewesen war. Es gab eben zu viele Ausführungen. Eines wusste er jedoch sehr schnell: Je teurer es war, desto schwerer wurde es. Und wenn er sich vorstellte, er würde damit stundenlang auf der Bühne herumstehen … Er hatte nach Absprache mit Björn Buse eines mit sechsundneunzig Bässen genommen. Fünf Kilo, das war zu verkraften. Der Preis und die Farbe, ein kräftiges Rot, gefielen ihm auch.

Er wollte dabei sein, sich ins Baltrumer Leben eingliedern, und wie ging das besser als mit einer Mitgliedschaft im Shantychor?! Er hatte inständig gehofft, dass sein Talent nicht ebenso eingerostet war wie das alte Instrument vom Dachboden, doch als er die ersten Töne auf seinem neuen gespielt hatte, war ihm klar geworden, dass er nichts vergessen hatte.

Auch das Vorspielen hatte gut geklappt, und seitdem hatte er, wann immer es ging, Mittwoch für Mittwoch an den Übungsabenden teilgenommen. Der erste Auftritt vor Publikum war gut gelaufen, obwohl ihn das Lampenfieber arg mitgenommen hatte. Dieses Gefühl hatte er nicht gekannt, vor seinen Lesungen war er die Ruhe selbst. Aber vor dem Saisonstart der Shanty-Sänger im *Haus des Gastes* hatten seine Nerven geflattert und er war von der Toilette kaum runtergekommen. Erst nach dem vierten oder fünften Konzert war ein wenig Routine eingezogen. Er war nicht mehr ganz so nervös.

Er fuhr am Spielteich vorbei und bog am Hotel *Fresena* ab ins Dorf. Bei der Volksbank überholte er Kenny Jannssen. Auch der trug bereits seine Shanty-Dienstkleidung.

*

»Huhu, kommst du mit? Es wird Zeit!« Ewelina und Paulina schoben sich kichernd ins Büro. »Die warten auf uns.«

Hanna Goedeke bemühte sich, nicht zu stöhnen, doch so ganz konnte sie es nicht verhindern. »Ich habe zu tun. Außerdem warte ich auf Florian.«

»Der ist bestimmt schon auf der Hüpfburg. Es gibt so viel zu erleben, du musst einfach dabei sein«, rief Ewelina mit theatralisch zitternder Stimme. Ihr polnischer Akzent verstärkte sich in Momenten wie diesem. Doch meistens wandte sie ihn nur an, wenn sie Mitleid erwartete. Sei es, dass sie vergessen hatte, den Gästen eine Flasche Mineralwasser bereitzustellen oder dass ihr Fahrrad wieder mal einen Platten hatte.

Allerdings, Hanna musste es zugeben, kam es selten

vor. Ewelina und Paulina waren seit Langem ein eingeschworenes Putzteam bei der Firma *Saubär.* Sie selbst war erst seit Saisonbeginn dabei. Hanna erinnerte sich wie heute an ihren ersten Tag, damals, als sie mit Florian auf die Insel gekommen war und keine Ahnung hatte, was sie hier erwartete. Sie hatte ihr bisheriges Leben hinter sich lassen wollen und sich auf die Anzeige beworben, die sie im Internet gesehen hatte. Sie war auf die Insel gefahren, hatte sich bei Werner Bärmann vorgestellt und war eingestellt worden, ohne dass er irgendwelche Papiere hatte sehen wollen. Am liebsten wäre sie gleich dageblieben, aber Florian musste ordnungsgemäß aus der Schule abgemeldet werden und auch sonst war einiges zu regeln gewesen. So war sie also zunächst einmal zurück in ihre alte Heimat gefahren. Doch eine Woche später hatte sie drei Koffer und ihr Kind gepackt und war an die Nordseeküste gereist.

»Geht ihr mal. Ich muss nach der Wäsche schauen. Außerdem wird sich Florian vermutlich nicht auf der Hüpfburg vergnügen. In seinem Alter ist das uncool.«

Die beiden winkten und verschwanden lachend. Sie hatten versprochen, am Bratwurststand zu helfen.

Es war wieder einmal großer Wechsel in den von der Firma *Saubär* betreuten Ferienwohnungen gewesen. Ihr Chef und ihre Chefin begrüßten gerade im Auftrag der Wohnungsbesitzer, die nicht auf der Insel lebten, die letzten Gäste. Danach war Feierabend für heute. Hanna schob die letzte Fuhre Wäsche in den Trockner. Für die Büroarbeiten war sie ebenfalls eingestellt. Darum würde sie sich ab morgen verstärkt kümmern. Jetzt wartete erst einmal das Inselglockenfest.

»Mama, bist du so weit?«

Sie erschrak, als Florian plötzlich neben ihr stand. »Sofort. Aber sollen wir wirklich? Es wird sicher ziemlich voll dort.«

Florian verzog das Gesicht, dann stampfte er mit dem Fuß auf. »Wenn du nicht willst, gehe ich allein. Ist sowieso doof, mit der Mutter dort aufzukreuzen. Die anderen kommen auch allein!«

Sie seufzte. Genau genommen war ihr die Lust schon wieder vergangen. Beim Aufwachen heute Morgen war sie fest entschlossen gewesen, endlich mal was anderes zu sehen als ihr Büro und die Waschküche. Aber jetzt … Sollte sie nun Florian ein paar Euro in die Hand drücken und ihn allein …? Hier konnte schließlich nichts passieren. Oder? Nein. Es war besser, wenn sie mit ihm ging.

»Ich bin in zehn Minuten durch. Dann können wir. Warte in der Wohnung. Ich muss mich nur umziehen.«

So schnell, wie Florian aufgetaucht war, verschwand er wieder. Sie war gespannt, ob er auf sie wartete.

Doch als sie in ihr kleines Appartement kam, saß er auf dem Sofa und spielte mit seinem Handy. »Papa ruft einfach nicht an«, sagte er missmutig.

Sie schwieg. Zu oft hatte sie ihren Sohn schon vertröstet, ihm verschwiegen, dass sein Vater sich nie mehr melden würde. Sie zog eine langärmelige, aber luftige weiße Bluse und die dreiviertellange pinkfarbene Hose an, die sie zwei Tage zuvor bei *Stadtlander* gekauft hatte, fuhr sich durch ihre kurzen blonden Haare und lächelte sich im Spiegel zu. Auf los geht's los. »Florian, wir können.«

Träge, als koste es ihn eine unendliche Überwindung, stand er auf, steckte sein Handy in die Tasche und folgte ihr. »Ich verstehe das einfach nicht.«

»Was verstehst du nicht?«, fragte sie gegen ihren Willen.

»Das mit Papa. Er ist mein Freund. Aber er geht einfach nicht ran!«

»Manchmal müssen sich auch Freunde für eine Weile trennen«, machte sie den müden Versuch einer Erklärung. Sie war es so leid! Sie hatte keine Antworten mehr. Sie hatte es schon oft gesagt, aber er fragte immer wieder. »Ab aufs Rad.«

Sie wäre am liebsten gelaufen, aber da würde Florian nicht mitmachen. Fahrradfahren war das einzige, was ihm auf dieser Insel von Anfang an Spaß gemacht hatte. Er nahm sein Rad aus dem Ständer und sauste los, ohne sich umzublicken. Sie hatte keine Chance, in Sichtweite zu bleiben.

Bald standen ihr die ersten Schweißperlen auf der Stirn. Es war Juli und sehr warm. Sie war gespannt, ob wirklich viele Besucher bei der Inselglocke waren, oder ob sich die Gäste bei diesem Wetter lieber am Strand aufhielten. Doch schon kurz hinter der Post füllte sich die Straße zusehends. Sie stellte ihr Fahrrad ab. Damit würde sie ohnehin nicht weiterkommen. War Florian zu sehen? Nein, sie sah weder ihn noch sein Rad. Stattdessen Pagodenzelte, jede Menge Menschen und zwei Hüpfburgen auf dem Gras um die Inselglocke.

»Hanna, wie schön, dass Sie da sind. Endlich kommen Sie mal aus dem Haus.« Ingrid Bärmann stand vor ihr und schaute sie freundlich an. »Werner und ich sind auch mit der Arbeit durch und wollen uns eine Bratwurst gönnen. Kommen Sie, ich lade Sie ein.«

»Aber Florian … Ich wollte …« Hanna sah ein, dass sie keine Chance hatte. Ihre Chefin hatte sie untergehakt und zog sie zu dem Zelt, von dem ein einladender Duft ausging.

»Falls Florian vorbeikommt, kriegt er natürlich auch eine. Aber erst einmal sind wir dran. Werner, stellst du dich an?« Ingrid Bärmann nickte ihrem Mann zu, der etwas abseits im Gespräch war, schob Hanna auf eine freie Partybank und setzte sich daneben.

Hanna musste lachen. Ihre Chefin lud sie ein und überließ alles Weitere ihrem Mann … Hoffentlich hatte der überhaupt mitbekommen, was seine Aufgabe war.

Er hatte. Tatsächlich beendete er das Gespräch und reihte sich in die Schlange der Wartenden vor dem Grill ein.

»Wenn wir gegessen haben, möchte ich unbedingt ein paar Lose …« Der Rest von Ingrid Bärmanns Satz verlor sich im Gesang des Shantychores, der sich vor dem Restaurant *Zum Seehund* aufgereiht hatte und *Der Käpt'n, der Bootsmann, der Stürmann und ik* anstimmte.

Es dauerte nicht lange, da stellte Werner Bärmann ihnen drei Pappteller mit Bratwürsten hin, die er vorsichtig zum Tisch jongliert hatte, und setzte sich dazu. »Ewelina und Paulina haben mir die schönsten rausgesucht. Guten Appetit.« Genussvoll biss er in ein Würstchen.

Die Wurst schmeckte tatsächlich sehr lecker und Hanna hätte wohl eine zweite essen können, aber ihre Chefin stupste sie an und deutete auf das nächste Zelt. Dort gab es die Lose. Hanna schaute sich um. Von Florian war immer noch nichts zu sehen. Sie folgte Ingrid Bärmann, suchte zehn Papierröllchen aus dem Eimer, den eine junge Frau ihr lächelnd entgegenhielt, und bezahlte.

Leider nichts gewonnen. Versuchen Sie es wieder. Bloß nicht aufgeben. Nein, würde sie nicht. Vorsichtig knibbelte sie den nächsten Papierring ab, der das Röllchen zusammenhielt. Beim vorletzten Los hatte sie Glück. 555. Endlich, ein Gewinn! Sie juchzte auf. Aus dem Augenwinkel bemerkte sie, wie ein Akkordeonspieler des Shantychores zu ihr herüberblickte. Dann stimmten die Männer ein neues Lied an.

Sie reichte ihr Los über den Tisch, auf dem Bücher, Baltrumtassen, Netze mit Sandspielzeug und Strohhüte lagen, und hielt bald darauf einen kleinen, blauen Stoffelefanten in der Hand. Toll! Was sollte sie mit einem blauen Elefanten? Florian war mit seinen zehn Jahren eindeutig zu groß für dieses bunte Kuscheltier.

»Das kann meine Nichte gut gebrauchen.« Ingrid Bärmann deutete auf den Elefanten und hielt Hanna ein mit kleinen Seepferdchen bedrucktes Tuch vor die Nase. »Sollen wir tauschen?«

»Gerne.« Seepferdchen waren Hannas Lieblingstiere. Es passte also wunderbar.

»Und nun?« Ihre Chefin ließ den Elefanten in der Jackentasche verschwinden.

»Nun suche ich erst einmal nach Florian«, sagte Hanna entschlossen.

»Alles klar.« Ingrid Bärmann winkte ihr zu und setzte sich neben ihren Mann. »Wir werden den Sonntag hier ein wenig genießen und dann nach Hause gehen. Sonst ist das Fest ja meistens auf einem Mittwoch und da haben wir einfach keine Zeit. Wir sehen uns morgen.«

Begleitet von einer wunderbaren Melodie der Shanty-Sänger ging Hanna zu den Hüpfburgen. Sie kannte das Lied, nur der Titel wollte ihr nicht einfallen.

Je näher sie den bunten Ungetümen kam, desto lauter wurde das fröhliche Gekreische der Kinder, die im Bällebad herumsprangen oder die Rutsche hinuntersausten. Ob Florian doch hier auftauchte? Sie konnte es sich kaum vorstellen. Aber zumindest war es einen Versuch wert. Hanna wartete eine ganze Weile hinter dem weißen Holzzaun, schaute hin und her, rief sogar einmal, wohl wissend, dass sie gegen den Lärm nicht ankommen würde. Florian meldete sich tatsächlich nicht. Aber irgendwo musste ihr Junge sein. Sie stieg über den Zaun. Ein paar Meter weiter stand Klaas Geuken. Sein Sohn Marko war in Florians Klasse. »Hast du Florian gesehen?«, rief sie ihm zu.

Doch der schüttelte den Kopf. »Jetzt nicht mehr. Er war kurz hier, ist dann aber weg.«

»Danke.« Wo sollte sie suchen? Sollte sie überhaupt weitersuchen? Florian lief auch an anderen Tagen ohne sie über die Insel. Schließlich musste sie arbeiten. Trotzdem – ihr war nicht wohl bei dem Gedanken. So viele Menschen … Was wäre, wenn …? Unruhe machte sich in ihr breit.

»Na, haben Sie Ihren Sohn gefunden?« Ihr Chef war neben ihr aufgetaucht.

Sie schüttelte den Kopf.

»Dann haben Sie ein wenig Zeit für mich? Vielleicht könnten wir ja …«

»Nein«, sagte sie und passte auf, dass ihre Stimme in diesem Moment nicht das wiedergab, was sie empfand. »Ich werde mich um meinen Sohn kümmern.«

»Keine Sorge. Der taucht schon wieder auf. Hier geht keiner verloren.«

Eigentlich wollte Hanna ihm zustimmen, ihre Sorge als grundlos empfinden. Hier auf der kleinen Insel waren sie sicher. Dennoch. Das Leben hatte überall seine Schattenseiten. Da waren zum Beispiel die Nachstellungen ihres Chefs. Immer wieder versuchte er, mehr als betrieblichen Kontakt zu ihr aufzubauen. Bisher hatte sie ihn freundlich aber bestimmt in die Schranken weisen können.

Sie ging zurück zu einem der Zelte, wo sich eine lange Schlange vor dem Zapfhahn aufgebaut hatte. Wenn sie schon hier war, konnte sie sich ein Bier gönnen, während sie den Platz weiter mit ihren Augen absuchte. Der Junge musste hier irgendwo stecken!

Zu ihrem Erstaunen bekam sie ihr Bier recht zügig. An einem der Tische war Platz. Nun nichts wie los, bevor alles besetzt war. Es waren nur ein paar Meter, doch gerade, als sie ihr linkes Bein über die Bank heben wollte, spürte sie einen kräftigen Schubs in den Rücken. Nicht nur sie, sondern auch das Bierglas schwankte bedrohlich und der halbe Inhalt spritzte über den Tisch. Zum Glück saß auf der anderen Seite auch gerade keiner, sonst wäre die Dusche perfekt gewesen.

»Entschuldigung«, hörte sie eine Stimme.

Als sie sich gefangen hatte und sich umdrehte, sah sie den großen Mann mit den schwarzen, lockigen Haaren vor sich, der ihr schon bei den Shantymen aufgefallen war. Auch er hielt ein Bierglas in der Hand, das allerdings gut gefüllt war.

»Es … es tut mir echt leid, aber ich bin gestolpert, und da ist es passiert.«

»Schon gut.« Sie zog ein Taschentuch heraus, wischte die Bank ab und setzte sich.

»Sollen wir tauschen? Sie bekommen mein volles Glas und ich nehme Ihres«, schlug der Mann vor.

Wollte er einfach nur nett sein, oder war das als Anbiederungsversuch zu werten? Sie würde es sicherlich erfahren. Denn genau in diesem Moment wurde der Platz neben ihr frei und der Mann setzte sich einfach zu ihr.

»Machen Sie hier Urlaub?«

Sie wollte eigentlich gar nicht antworten, doch dann schüttelte sie leicht den Kopf. »Nein. Ich arbeite hier. Und jetzt gerade warte ich auf meinen Sohn.« Der sollte gleich wissen, worauf er sich einließ!

Hanna konnte sich ein Lachen kaum verkneifen, als ihr bewusst wurde, was sie da gerade gedacht hatte. Nur weil er gerade mal zwei Fragen gestellt hatte, standen sie nicht kurz vor der Verlobung! Wahrscheinlich wollte der nur mit ein paar netten Sätzen von seinem Malheur ablenken. Sie griff nach ihrem halbleeren Glas und nahm einen kräftigen Schluck. Er konnte sein Bier selber trinken.

»Salomon Bartels. Ich bin mit dem Shantychor hier.«

Was jetzt? Namen nennen oder einfach aufstehen und gehen? »Hanna Goedeke«, nuschelte sie.

»Und wo sind Sie beschäftigt?«

»Bei Bärmanns.« Wieder nahm sie einen Schluck. Wann war endlich dieses verdammte Glas leer?

»Ich kenne Kenny Jannssen vom Shantychor. Der arbeitet auch bei *Saubär,* oder? Er hat mir im Garten geholfen. Ein echter Glücksfall. Aber hier auf der Insel hilft man sich eben. War nämlich ganz schön was dran zu tun.«

Kenny. Natürlich. Er war fürs Grobe in der Firma zuständig. Wenn ein Abfluss verstopft war, wenn Äste von einem Baum gefallen waren und beseitigt werden mussten, wenn dienstags etwas auf der Müllumschlagstation entsorgt werden musste, und das war eigentlich immer der Fall – Kenny war da. Im Sommer beinahe jeden Tag. Hanna hatte das Gefühl, dass seine Arbeit eigentlich das ganz große Hobby dieses Mannes war. Sie sah ihn, wenn er mal ins Büro kam, nur lächeln und in der Zeit nach ihrer Ankunft hatte er oft Florian mitgenommen und ihm das Inselleben gezeigt.

»Das kann ich mir vorstellen«, erwiderte sie. Dabei war ihr völlig klar, dass sie erstens Salomons Garten überhaupt nicht kannte. Und zweitens, dass sie den Mann in Gedanken gerade Salomon genannt hatte. Es reichte. Sie wollte keinen Menschen hier näher kennenlernen. Schon gar nicht einen Mann. »Entschuldigen Sie, aber ich muss nach meinem Sohn schauen.«

Doch ehe sie im Gewühl verschwinden konnte, tauchte Florian wie aus dem Nichts vor ihr auf. »Mama, gibst du mir Geld? Ich will Lose kaufen.«

In die Erleichterung, dass ihr Sohn heil und munter vor ihr stand, mischte sich Hilflosigkeit. Welchen Grund sollte sie nun anbringen, um zu gehen? Neuer Versuch! »Ich komme mit.«

»Nein. Gib mir einfach das Geld«, stöhnte Florian genervt. »Meine Freunde warten.«

Der Mann neben ihr lachte.

Sie zog ihre Börse aus der Tasche. »Hier. Fünf Euro. Bring ordentlich Gewinne mit.«

Das war's dann mit dem Abgang. Als Salomon Bartels anbot, ein weiteres Bier von der Theke zu holen, nickte sie.

Kurz darauf war er mit den beiden Getränken wieder da. »Ich spiele Akkordeon im Shantychor und ansonsten wohne ich hier und schreibe Thriller.«

Da waren im letzten Jahr doch diese Krimitage gewesen, die in einem Desaster geendet hatten. Sie erinnerte sich. Nicht, weil sie es selbst miterlebt hatte, sondern weil Ewelina und Paulina ihr mit verschwörerischen Gesichtern eines Abends davon erzählt hatte. Sie war drauf und dran gewesen, die Insel wieder zu verlassen, bei dem Gedanken, dass auch hier auf diesem Flecken, den sie für sich und ihren Sohn als Nest ausgesucht hatte, so schlimme Dinge passierten. Aber am nächsten Morgen hatte sie beschlossen, sich davon nicht in Angst versetzen zu lassen. Etwas Schreckliches war zwar geschehen, wenn alles so stimmte, wie ihre beiden Kolleginnen es ihr berichtet hatten, aber der Fall war aufgeklärt. Sie würde Salomon jetzt nicht fragen, ob er damals etwas mit den Geschehnissen etwas zu tun gehabt hatte.

Er prostete ihr zu. »Hier duzt man sich. Sollen wir nicht auch …?«

Das musste ja so kommen. Sie hob ihr Glas und stieß vorsichtig an. »Meinetwegen.« Sie wusste, dass das nicht gerade euphorisch klang, aber zu mehr Enthusiasmus war sie nicht in der Lage.

Salomon schien es nicht zu bemerken. »Ich war schon als Kind hier«, erzählte er. »Meine Verwandten haben hier gewohnt. Als die weggezogen sind, war meine schöne Baltrumzeit vorbei. Bis ich dann im letzten Jahr wieder einmal angereist bin. Tja. Und ich bin geblieben. Und du?«, fragte er. »Wie bist du auf die Insel gekommen?«

Sie zögerte. Jetzt war es wirklich Zeit zu gehen. »Eine Anzeige im Internet«, sagte sie kurz.

»Echt? Ist dein Mann auch hier?«

Sie schüttelte den Kopf, nahm einen letzten Schluck und stand auf. »Ich muss los.« Sie ließ das Glas zurück und ging zur Losbude.

Florian strahlte und zeigte ihr stolz einen Kescher. »Damit können wir Krebse fangen.«

»Und was machen wir mit den Krebsen?«, fragte sie.

»Du kaufst ein Aquarium«, schlug er vor. »So eins wie im Nationalparkhaus. Da setzen wir die dann rein und können die super beobachten.«

»Ich glaube, dafür ist unsere Wohnung zu klein«, erwiderte sie. »Außerdem habe ich keine Ahnung, was Krebse fressen.«

»Dann musst du die Frau im Nationalparkhaus fragen. Oder den Mann, der die Krebse gefüttert hat.«

»Ich denke, es ist besser, wenn wir die Tiere dort anschauen. Oder da, wo sie wohnen. Für deinen Kescher finden wir eine andere Aufgabe.« Mein Sohn ist nicht dumm, dachte sie, und die Schule hier tut ihm gut. Kleine Klassen und engagierte Lehrer. Nicht wie in der Stadt. Dort war er in den ersten beiden Jahren beinahe untergegangen im Durcheinander der vielen verschiedenen Kinder. »Ich möchte nach Hause. Kommst du mit?«

»Nein, ich will noch etwas hierbleiben. Nimmst du den Kescher mit?«

»Klar.« Sie nahm Florian den Kescher ab, winkte ihm zu und ging zu ihrem Fahrrad. Er würde sicher auch bald zu Hause sein. Sie hatte ihm Pfannkuchen zum Abendessen versprochen.

Mühsam schälte sich Michael Röder aus seiner Bettdecke. Es war spät geworden gestern Abend. Doch das Klingeln seines Telefons zeigte ihm unmissverständlich an, dass er gebraucht wurde. Er langte zum Nachttisch hinüber, stieß den Wecker um und fegte beinahe sein kleines Radio herunter. Dann, endlich, fand er das Telefon. »Röder. Polizei Baltrum«, nuschelte er.

»Hallo, Michael. Hier ist Verena. Wir räumen gerade auf und der Mann, der die Hüpfburg abbaut, hat bemerkt, dass bei der alten Inselkirche etwas nicht stimmt. Die grüne Holztür steht weit offen und das Schloss der Glastür scheint defekt.«

»Bin gleich bei euch.«

Ein Morgen ohne Frühstück ist wie …? Nein, dachte er. Es ist eigentlich egal. Wenn Sandra, seine Frau, zu Hause war, dann war ein ordentliches Frühstück angesagt, ja. Aber sie weilte bereits vierzehn Tage am Festland zu Besuch bei ihrer Freundin Wiebke. Eigentlich hatte er zum Wochenende auch hinfahren wollen, aber sein Hilfssheriff hatte für eine Nacht nach Hause müssen. Notfall in der Familie. So war Michael auf der Insel geblieben und hatte fest versprochen, Sandra am nächsten Wochenende abzuholen. Er freute sich darauf, weil er dann seinen Freund Arndt Kleemann sehen würde, der mit Wiebke einen ganz neuen Lebensweg ging. Er hatte sich als Ermittler freistellen lassen und war Bauer geworden. Das Ehepaar hatte eine kleine Landwirtschaft in der Krummhörn gepachtet und baute Obst und Gemüse an.

Seitdem war sein Freund ein ganz anderer Mensch geworden. Es war, als sei das Wort Entspannung in sein Gesicht geschrieben. So ruhig und gelassen hatte er Arndt als ermittelnden Kommissar die letzten Jahre über nicht erlebt.

Röder griff nach Hemd und Hose und wurde kurz darauf in der Küche von Amir, dem Heidewachtel, begrüßt. »Kommst du mit?«, fragte er den Hund, wohl wissend, dass es dieses Satzes nicht bedurft hätte, um Amir aus dem Körbchen zu locken. Er konnte ihm kaum folgen, so schnell, wie der draußen war.

Er holte sein Fahrrad aus dem Schuppen und fuhr los. Es war schon ordentlich Leben auf den Straßen. Vor der Backstube *Störtebeker* standen die Menschen bis an die Straße, alle beseelt von dem Wunsch nach frischen Brötchen. Andere zogen ihren Bollerwagen zum Strand. Darin saßen Kinder umgeben von Liegen, Schaufeln, Bällen und allem, was man zum Leben am und im Wasser so benötigte. Auch der eine oder andere Pferdewagen mit Fracht war unterwegs, um die Lebensmittelmärkte zu versorgen. Die am Wochenende frisch angekommenen Gäste hatten die Regale leer geräumt, daher warteten die Mitarbeiter montags immer besonders dringend auf neue Ware vom Festland.

Auf dem Platz vor dem Restaurant *Zum Seehund* herrschte ebenfalls reges Treiben. Zelte wurden abgebaut und die Hüpfburgen lagen schlapp mit abgelassener Luft auf dem Rasen vor der Inselglocke. Mitten im Gewühl sah er Verena. Er stellte sein Rad ab und winkte ihr zu. »Was soll ich mir ansehen?«, rief er.

»Komm mit.«

Er folgte ihr zur alten Inselkirche. Die grüne Holztür stand tatsächlich offen. Auch die Glastür, die normalerweise fest verschlossen war, wenn nicht eine Hochzeit, eine Taufe oder ein Abendgottesdienst dort stattfand, war nur angelehnt. Ein Riss ging längs durch das Glas und am Schloss konnte er Bruchspuren erkennen. »Hast du was mitbekommen? Geräusche oder etwas anderes?«

Verena schüttelte den Kopf. »Nein. Das Inselglockenfest zog sich heute Nacht ziemlich hin. Es dauerte eine ganze Weile, bis die letzten Gäste weg waren. Das heißt, die Allerletzten sind, nachdem wir draußen Schluss gemacht hatten, noch auf ein Bier mit in die Gaststätte gekommen. Als endlich Feierabend war, bin ich todmüde ins Bett gefallen. Ich hätte nicht einmal gehört, wenn die die ganze Kirche abgerissen hätten.«

»Ist dir aufgefallen, ob irgendwas fehlt?«

Sie lachte. »Wie soll ich das wissen? Ich wohne zwar neben der Kirche, habe aber ewig nicht mehr reingeschaut.«

Röder schaute zum Altar. Er kam ihm merkwürdig leer vor. Es war zwar auch bei ihm schon eine ganze Weile her, dass er einen Blick in die Kirche geworfen hatte, aber er meinte sich zu erinnern, dass dort ein blauer Kelch gestanden hatte. »Ich rufe Nadja Recknagel an. Sie ist die Expertin.«

Er knotete Amirs Leine an den weißen Holzzaun und wartete.

Es dauerte keine fünf Minuten, da war die Pastorin zur Stelle. »Was ist passiert? Habe ich das eben richtig verstanden? Ein Einbruch? Ach, guten Tag erst einmal«, sprudelte sie atemlos heraus, während sie von ihrem Fahrrad sprang.

»Wir wissen gar nichts. Dafür brauchen wir Sie«, erklärte Röder.

Nadja Recknagel drängte sich an ihm vorbei und starrte auf die zerbrochene Glastür. »Was ist das? Das sieht echt nach Einbruch aus!«

»Es kann natürlich auch sein, dass einer von den Gästen angeschickert gegen die Tür geknallt ist, was die dann nicht überlebt hat. Alle Möglichkeiten sind offen«, sagte Röder. »Ich möchte zunächst wissen, ob etwas fehlt.« Er deutete auf den Blumenstrauß, der zerfleddert vor dem Altar lag. »Stand noch mehr auf dem Altar?«

»Ein silbernes Kreuz. Ich kann es nicht entdecken. Und normalerweise ein blauer Abendmahlskelch. Den habe ich aber hinter den Altar gestellt.«

»Ist das Kreuz wertvoll?«, fragte Verena. »Wenn ja, hätte man es besser nicht da stehen lassen sollen. Das bietet sich doch zur Mitnahme an.«

Nadja Recknagel schaute die Wirtin ungläubig an. »Hier auf der Insel? Wer rechnet denn damit, dass das Ding geklaut wird? Außerdem war die Tür immer abgeschlossen.«

»Was jedoch für den Dieb kein Problem war, oder?«, hakte Verena nach.

»Offensichtlich nicht.« Nadja Recknagel wollte die Kirche betreten, doch der Inselpolizist hielt sie zurück. »Bitte nicht. Ich möchte erst einmal auf Spurensuche gehen. Da wäre es unklug, eben diese jetzt zu verwischen. Fehlt sonst etwas?«

»Nicht, soweit ich es von hier aus erkennen kann.« Die Pastorin atmete tief durch. »Wie gut, dass unser wertvollstes Stück hier nicht gestanden hat. Es ist ein Kelch. Er wurde der Gemeinde zwischen fünfzehnhundertfünfundfünfzig und -neunundfünfzig von Katharina von Schweden geschenkt. Sie war die Frau von Graf Edzard dem Zweiten. Der Kelch steht aber gut verwahrt in der Johannes-A-Lasco-Bibliothek in Emden. Ich gebe zu, dass es sinnvoll war, ihn sicher unterzubringen, bei dem Wert. Aber für das kleine Kreuz habe ich nie eine Gefahr gesehen. Der Geldwert ist nicht hoch.«

»Aber für den einen oder anderen vielleicht der ideelle«, überlegte Verena.

Nadja Recknagel schaute die Wirtin des *Seehunds* verblüfft an. »Sie denken doch nicht, dass Gäste zur Erinnerung an ihre Hochzeit das Kreuz haben mitgehen lassen?«

»Egal ob Gäste oder Einheimische, das Kreuz ist weg«, antwortete Verena trocken.

»Gut, dann werde ich meinem Kollegen Bescheid geben, dass er mit dem Spurensicherungsköfferchen erscheinen soll.« Röder schaute auf die Uhr. Das Schiff, mit dem sein Kollege Wille wieder zurück auf die Insel kommen wollte, hatte bereits angelegt. »Sie, Frau Recknagel, möchte ich bitten, nachzusehen, ob Sie ein Bild oder eine genaue Beschreibung des Kreuzes in den Unterlagen haben.«

»Ich bringe Ihnen alles auf die Wache.« Genauso schnell, wie die Frau erschienen war, verschwand sie wieder.

»Und ich, kann ich auch gehen?«, bat Verena. »Wir haben so viel zu tun heute Morgen.«

Röder nickte. »Kein Problem, ich weiß, wo ich dich gegebenenfalls finde.«

Wilfried Weerts, genannt Wille, meldete sich sofort und versprach zu kommen. Röder wartete vor der Tür und sah, wie zwei von Verenas Mitarbeitern die Theke ins Haus trugen. Die werde ich auch befragen, überlegte er. Schließlich wohnten die nicht weit entfernt. Vielleicht hatten sie etwas gehört.

Er zuckte zusammen, als es direkt neben ihm heftig quietschte. Die Bremse von Willes Pedelec konnte tatsächlich mal wieder etwas Reinigung vertragen, aber das würde er seinem Hilfssheriff überlassen, er selbst hatte zu so etwas einfach keine Lust. Daher war die Pflege der Räder seit Jahren der Job der Kollegen, die im Sommer zu seiner Unterstützung auf die Insel kamen. Bei ihm war das Pedelec für den täglichen Gebrauch bisher ohnehin nicht so recht angekommen. Es war auf den roten Verbundsteinen sehr rutschanfällig. Bei Minusgraden war es sogar äußerst gefährlich. Ein Schlenker oder ein wenig zu scharf gebremst und schon verlor man die Kontrolle.

»Na, alles gut zu Hause?«, begrüßte er seinen Kollegen.

Wille stöhnte leicht. »Nicht wirklich. Meine Mutter hatte einen Schlaganfall. Jetzt wird sie im Krankenhaus versorgt. Die Ärzte haben jedoch eine ganz positive Prognose abgegeben. Warten wir mal ab. Meine Schwester kümmert sich. Aber jetzt – was liegt hier an?«

»Eine aufgebrochene Kirchentür, etwas Randale und ein verschwundenes Kreuz«, sagte Röder knapp, während Wille den Koffer vom Fahrrad hob. »Was genau dahintersteckt, ob Diebstahl oder eine aus dem Ruder gelaufenen Fete – ich habe bis jetzt keine Ahnung.«

»Na, dann lass uns mal mit der Tatortarbeit beginnen und die Spuren sichern. Vielleicht kommen wir der Sache dann näher.« Wille öffnete den Koffer und reichte ihm Schutzkleidung.

Musste das sein? Schließlich lag kein Toter in der Kirche. Und Fingerabdrücke? Die waren reichlich vorhanden. So ungefähr jeder zweite Inselbesucher hatte mit Sicherheit schon einmal versucht, die Glastür zu öffnen, um einen näheren Blick in die Kirche werfen zu können. Aber Wille hatte recht. Wozu waren sie Polizisten? Er zog sich die Schutzkleidung an, nahm Pinsel und Rußpulver und begann mit der Arbeit.

Er schaute unter die Bänke, ob sich nicht dort das silberne Kreuz finden ließ, doch er konnte nichts entdecken. Was ihm allerdings auffiel, war der kräftige Geruch nach Bier. Und tatsächlich, neben der Orgel lag ein leeres Glas. Die Orgel selber glänzte klebrig und je näher er kam, desto intensiver wurde der Alkoholgeruch. »Da hat jemand die Pfeifen unter Bier gesetzt«, sagte er zu Wille.

Sein Kollege beugte sich über die Orgel. »Ich schätze mal, das war nicht nur ein Glas voll. Hier hat sich jemand richtig ausgetobt! Was soll das nur? Wie besoffen muss man denn sein, um so einen Schweinkram zu veranstalten?«, schimpfte er. »Oder wie groß muss der Hass auf die Kirche sein? Welchen Grund gibt es? Ach Mist, was heißt hier Grund – es gibt keinen Grund, so ein Elend hier zu hinterlassen. Ich bin echt gespannt, ob die Orgel weiter bespielbar ist.«

»Ich spreche mit der Pastorin, wenn sie das Bild von dem Silberkreuz in die Wache bringt. Sie kann dann Kontakt mit einem Restaurator aufnehmen.«

»Es wäre wirklich ein Jammer, wenn das gute Stück kaputt wäre«, wiederholte Wille. »Bei uns in Norden in der Ludgeri-Kirche gibt es eine Arp-Schnitger-Orgel. Du müsstest mal erleben, wenn sie gespielt wird. Da wird man ganz klein in der Kirchenbank. Hier die Orgel ist natürlich viel einfacher, eben der Kirche angepasst, aber die Orgel ist Herz und Seele einer Kirche.«

»Sie muss mit Sicherheit gewartet werden, dann wissen wir mehr«, versuchte Röder seiner Kollegen zu beruhigen. »Außerdem werde ich vorschlagen, dass die Figur dort oben zumindest für eine gewisse Zeit entfernt wird.« Er zeigte auf eine weiße Madonnen-Skulptur.

»Könnte besser sein«, bestätigte Wille. »Wenn es wirklich jemand auf die Kirche abgesehen hat, möchte ich keine Garantie übernehmen. Übrigens sollten wir uns Gedanken um die anderen Kirchen auf der Insel machen. Wer weiß, was dort so alles passiert in den nächsten Tagen.«

»Das ist eben die große Frage: Kirchenhasser oder Saufbold? Das sollten wir möglichst schnell herausfinden«, erwiderte Röder.

Sie hatten Spuren genommen, Röder hatte Amir nach Hause gebracht, und dann hatten sie die gesamte Nachbarschaft rund um die kleine Inselkirche befragt. Zumindest all die Menschen, die sie an diesem schönen

Sommertag hatten erreichen können. Doch keiner hatte etwas Wesentliches zur Aufklärung beitragen können.

Später würden sie sich einige Teilnehmer des Inselglockenfestes vornehmen. Die, mit denen sie bis jetzt gesprochen hatten, hatten ratlos mit den Schultern gezuckt und lediglich Auskunft über die leckere Bratwurst oder einen Erfolg bei der Tombola geben können. Aber nun, nach ein paar Stunden der Ermittlungen, zog Röder seine verschwitzte Dienstkleidung aus und seine Malerhose an. Eine Stunde Pause, das musste einfach sein, bevor es wieder losging.

Röder entrollte die Tapete auf dem Tapeziertisch und schnitt eine Bahn ab. Hoffentlich war es diesmal die richtige Länge. Die erste war genau zehn Zentimeter zu kurz gewesen.

Er überstrich die Wand des Flures mit Kleister, pappte die Tapete möglichst zielsicher neben die andere Bahn und schaute vorsichtig nach unten. Prima. Sie passte genau. Er strich sie glatt, bis keine Delle mehr zu sehen war, dann bestrich er das nächste Stück Wand mit Kleister. Wenn er weiter so viel Glück hatte, wäre er gegen Abend fertig.

Sandra würde sich ganz schön wundern. Sie hatte zwar mal angedeutet, dass der Flur wieder eine neue Tapete gebrauchen konnte, würde jedoch nie damit rechnen, dass er sich tatsächlich an die Arbeit gemacht hatte. Er hatte noch an ihrem Abfahrtstag alles bestellt, was er benötigte, und ein paar Tage später waren die Sachen angeliefert worden. Wille hatte angeboten, ihm zu helfen, aber Michael hatte ihn gebeten, den Dienst zu versehen, damit er selbst sich, wenn nicht viel zu tun war, freinehmen konnte. Das ging jetzt, wo sie zu zweit ihre Arbeit aufteilen konnten, besser als in der Winterzeit, in der er allein für alles zuständig war.

»Der Bericht ist fertig!«

Röder erschrak. Beinahe wäre ihm der Quast aus der Hand und in den Kleistereimer gefallen.

Wille lachte. »Wo warst du denn mit deinen Gedanken, lieber Michael? Konzentrier dich auf die Arbeit. Nicht, dass die Streifen schräg über die Wand verlaufen.«

Das wäre tatsächlich nicht gut.

War es denn überhaupt gut? Er hatte ein dezent gestreiftes Muster ausgewählt, das ihm auf der Seite des Herstellers gut gefallen hatte, aber jetzt kam er sich mit der neuen Tapete vor wie ein Orang-Utan in einem Zoo hinter Gittern. Es war Jahre her, dass sich dieses Bild bei ihm eingeprägt hatte, aber er hatte den Blick dieses traurigen Menschenaffen nie vergessen können. Seitdem war er kein Freund von Zoobesuchen mehr, obwohl er wusste, dass sich in der Haltung der Tiere inzwischen viel getan hatte.

Er würde sich schon dran gewöhnen. Außerdem – wenn erst die Garderobe wieder an der Wand stand, würde das Muster gar nicht mehr so auffallen.

»Ich habe übrigens mit einem der Bewohner der *Alten Schule* gesprochen«, berichtete Wille. »Wir hatten ihn heute Morgen nicht erreicht. Das Haus steht ja direkt neben der Kirche, aber der Mann sagte, er habe nur mal ein wenig Gegröle und Geschimpfe gehört, als er kurz in der Küche war. Aber er war fest der Meinung, dass das vom Fest herübergeschallt ist.«

»Wann war das? Hat er eine Uhrzeit gesagt?« Röder maß ein neues Stück Tapete aus.

»So gegen zweiundzwanzig Uhr, meinte er. Da war es ja fast noch hell. Wenn da einer die Tür eingetreten hätte, wäre das doch aufgefallen, denke ich. Trotz der feuchtfröhlichen Lautstärke auf dem Platz.«

»Das glaube ich auch«, sagte Röder. »Allerdings haben wir keine Zeugenaussage, die belegen kann, wann in der Kirche noch alles in Ordnung war.«

»Das ist richtig«, bedauerte Wille. »Wir können also nur beten, dass irgendjemand etwas bemerkt hat. Habe aber nicht viel Hoffnung.«

Die hatte Röder auch nicht. Sie hatten am Morgen Verenas Mitarbeiter befragt, aber keinem war etwas Ungewöhnliches aufgefallen. Keiner hatte Personen auf dem Schirm gehabt, die sich auffällig benommen hatten.

»Was ist mit den beiden jungen Frauen hinter der Wursttheke?«, fragte Wille.

»Ewelina und Paulina meinst du?«

»Aha, woher kennt mein Kollege die Vornamen?« Wille grinste.

»Nun mach mal halblang. Verena hat sie mir genannt und auch erzählt, dass sie bei *Saubär* arbeiten. Daraufhin habe ich mit Bärmann besprochen, dass er den Damen Bescheid sagt und ich so gegen sechzehn Uhr dort auftauche. Dann haben die nämlich Feierabend und sind nicht damit beschäftigt, Ferienwohnungen zu putzen.« Röder schaute auf die Uhr. »Noch zwei Bahnen, dann fahre ich los.«

»Wasch dir aber vorher die Hände, damit du nicht aus Versehen an den Damen festklebst. Das könnte Sandra …«

»Raus!«

Wille zog lachend die Tür zum Wachraum hinter sich zu.

Röder schaffte es ziemlich zügig, die beiden Bahnen an die Wand zu kleben. Er zog die Malersachen aus und seine Dienstkleidung an. Machte sich immer besser, offiziell aufzutreten.

Michael klopfte an die Bürotür und eine freundliche Stimme bat ihn herein. Er öffnete und sah am Schreibtisch eine Frau mit kurzen blonden Haaren sitzen. Ihr Alter schätzte er auf Mitte dreißig.

»Was kann ich für Sie tun?«, fragte sie mit leiser Stimme.

»Ich suche die beiden Damen, die hier arbeiten sollen. Röder. Polizei Baltrum. Und wer sind Sie?«

»Hanna Goedeke.« Sie stand auf. »Ich hole die beiden.«

Röder wunderte sich. Hatte ihr sein Erscheinen einen so großen Schreck eingejagt? Sie schien ihm fast ein wenig eingeschüchtert. Genau von dem Moment an, als sie ihn erblickt hatte. Er sah sich um. An allen Wänden standen Regale voll mit Aktenordnern. Auf dem Schreibtisch lag ein Haufen Papiere, dennoch sah es nicht unordentlich aus. Hanna Goedeke schien ihren Arbeitsplatz gut im Griff zu haben.

Sein Blick fiel durch das Fenster auf das Grün. Hier, ganz im Westen der Insel, war nur wenig Bebauung.

Eine Tür klappte, Hanna Goedeke erschien und schob zwei junge Frauen vor sich her. Sie sahen sich erstaunlich ähnlich, schlank, mit langen, glatten Haaren. Eine der beiden trug eine Brille mit einem schmalen Silberrand. »Hier sind sie. Brauchen Sie mich?«, fragte die Büromitarbeiterin.

»Nein. Nur wenn Sie gestern Abend beim Inselglockenfest waren.«

Sie schüttelte den Kopf. »Ich war nachmittags da. Warum?«

»Weil es in der alten Inselkirche einen Einbruch gegeben hat. Wir ermitteln jetzt im Umfeld der Feier, ob jemand etwas mitbekommen hat.« Er wandte sich den zwei jungen Frauen zu, die ihn gespannt anschauten, und stellte sich vor. »Darf ich nach Ihren Namen fragen?«

»Ewelina und Paulina Kwiatkowska. Ich bin Ewelina. Mit w. Und das ist meine Schwester.« Sie zeigte auf die Frau neben sich. »Bitte sagen Sie Paulina und Ewelina zu uns. Mit dem Nachnamen hier ist immer etwas schwierig. Den kann sich keiner merken.« Die beiden Frauen kicherten.

»Es geht um das Inselglockenfest. Man sagte uns, dass Sie in der Bratwurstbude geholfen hätten. Sie waren doch sicher länger da, oder?«

»Bis das Fest war zu Ende«, sagte Paulina und Ewelina fügte hinzu: »Wir haben ziemlich lange gewartet, bis wir konnten reintragen den Grill, so heiß war der. Wir haben auch aufgeräumt. Restliche Bratwürste, Senf, Ketchup, alles musste in Küche. Die Mülleimer haben wir geleert und die Kasse gebracht zu Verena.«

»Dann war also ordentlich was los, oder?«

»Das kann man wohl sagen. Als ob«, Paulina lachte, »als ob Menschen in Deutschland seit Tage nichts mehr zu essen gehabt.«

»Ist Ihnen zu später Stunde etwas aufgefallen? Gab es Streit?«

Die beiden Frauen überlegten, dann schüttelten sie gleichzeitig den Kopf.

»Mancher hatte ganz schön Alkohol getrunken«, erklärte Paulina. »Aber nichts Besonderes. Ist normal für so ein Fest und einen schönen Abend.«

»Drei Männer vom Shantychor haben gesungen«, berichtete Ewelina. »Ziemlich laut. Bis einer hat geschrien, sie sollen halten die Klappe. Andere haben ›weitermachen‹ gerufen. Danach ich nichts mehr gehört.«

Röder hatte nicht das Gefühl, dass er mehr erfahren würde. »Wenn Ihnen etwas einfällt, auch Ihnen, Frau Goedeke, bitte melden Sie sich bei uns. Sie wissen, wo die Wache ist. Sonst rufen Sie mich einfach an.«

»Wache ist, wo *Inselcafé* ist, oder?« Paulina öffnete die Tür. »Was ist genau passiert in Kirche?«

»Die Tür wurde, wie gesagt, aufgebrochen, ein silbernes Kreuz ist verschwunden und jemand hat Bier in die Orgel geschüttet«, sagte Röder im Rausgehen. »Falls Ihnen das Kreuz also irgendwo auffällt …«

»Was soll heißen?« In Paulinas Gesicht zeigten sich plötzlich rote Flecken. »Wollen Sie damit sagen, dass wir, nur weil wir Polen alles klauen …«

»Nun mal langsam«, versuchte Röder die junge Frau zu beruhigen. »Davon habe ich kein Wort gesagt. Die Bitte um Aufmerksamkeit gebe ich jedem mit auf den Weg, egal aus welchem Land er kommt.«

»Entschuldigung. Wollte ich das nicht so sagen.« Paulina sah zu Boden. »Aber manche Leute sprechen so. Wenn etwas fehlt in Ferienwohnung – wir waren es! Meistens. Dabei haben die Menschen meist aus Versehen woanders hingelegt. Aber wir, wir immer müssen erklären bei Frau Bärmann, dass wir nicht schuld sind, wenn Dinge weg!«

»Meine Damen sind absolut zuverlässig!« Auch Ingrid Bärmann stand plötzlich vor Röder.

»Es gibt keinen Grund, daran zu zweifeln. Aber jetzt muss ich los, wenn Ihnen nicht noch etwas zu dem Fest einfällt.« Röder schaute auf die Uhr. Nicht, weil ein Termin rief, sondern weil er genug hatte von der Frauenarmee, die sich ihm wie eine feindliche Macht Schritt für Schritt näherte.

Gezielt trat er den Rückzug an und war froh, als er wieder auf seinem Fahrrad saß und nach Hause strampelte.

In Höhe des Nationalparkhauses winkte ihm Salomon Bartels entgegen. Sollte er bremsen? Warum nicht. Sie hatten sich ein wenig angefreundet. Im letzten Jahr war ihm der Mann bei seinem ersten Besuch ziemlich auf den Wecker gegangen. Er hatte sich von dessen Fragen regelrecht verfolgt gefühlt. Als dann seine Frau Sandra einen feuchtfröhlichen Abend mit Salomon verbracht hatte, war es mit der Sympathie ganz und gar vorbei gewesen. Aber inzwischen verstanden sie sich gut. Der Mann war ein offener, freundlicher Typ und seine Fragen gewiss nur beruflicher Natur. Röder hatte ihn sogar ausführlich über die Polizeiarbeit informiert und ihm die Wache mit der Zelle gezeigt. »Hallo, Salomon, was gibt's?«

»Das wollte ich dich gerade fragen. Einbruch in die Kirche? Habt ihr schon Verdächtige? Hat die Sache einen Glaubenshintergrund?«

»Nun mal langsam, Alter«, winkte Röder ab, »wenn du jetzt auch noch behauptest, der IS könnte dahinterstecken, dann fahre ich gleich weiter.«

»Das weiß man heutzutage nie«, sagte Salomon. »Aber mal im Ernst – wisst ihr schon was?«

»Und wenn ja, warum sollte ich es ausgerechnet dir verraten?«, fragte Röder. »Vielleicht bist du ja höchstselbst für den Einbruch verantwortlich. Erst gesungen, dann zu viel getrunken, Kirche mit Klo verwechselt und in die Orgel gepinkelt. Klingt doch gut, oder?«

»Eher traurig.«, erwiderte Salomon.

»Na gut, das mit dem Pinkeln nehme ich zurück. Es war Bier in der Orgel. Trotzdem eine Schweinerei.«

»Allerdings«, sagte Salomon. »Und wenn ich für diesen Mist verantwortlich wäre, könntest du mich jetzt in Handschellen abführen. Aber ich war es nicht. Ich habe mit einer netten Frau zusammengesessen, aber da sie sich ein wenig abweisend zeigte, bin ich nach Hause und habe in mein Kissen geweint.«

»Wer war denn die Glückliche?«

»Eine Hanna. Sie arbeitet bei *Saubär,* hat einen Sohn und ist seit Saisonbeginn hier. Mehr war leider nicht aus ihr herauszubekommen. Aber vielleicht laufen wir uns irgendwo noch mal über den Weg. Ist ja nicht allzu schwierig hier auf der Insel.«

Röder erzählte seinem neuen Freund, dass er ebendiese Frau vor ein paar Minuten getroffen hatte. Von seinem unrühmlichen Abgang erwähnte er jedoch nichts. Das würde sich, wenn er Pech hatte, auch so schnell genug auf der Insel herumsprechen.

»Die ist nett, oder?«

Röder nickte. Das war auch sein erster Eindruck gewesen, als er lediglich ihre Stimme gehört hatte. Dann allerdings hatte die Frau sich ziemlich verschlossen oder unsicher gezeigt. Was natürlich per se kein schlechter Charakterzug war. Besser als das Gehabe so mancher Haudegen, die ihm in seiner Laufbahn begegnet waren.

»Versuch dein Glück!«, rief er, als er sich wieder aufmachte. Immerhin war es besser, Salomon bemühte sich um diese Frau als um Sandra.

»Wie wäre es mit einem Bier nach Feierabend?«, rief Salomon ihm nach. »Halb neun an der Strandmauer?«

»Genehmigt. Bin da«, rief er zurück. Röder würde mit Amir seinen Abendspaziergang dort ausklingen lassen. Das Wetter versprach einen lauen Sommerabend, da war es einfach blöd, allein zu Hause rumzusitzen.

Er fuhr zurück zur Wache und sah Wille, der sich auf der Treppe vor dem Haus mit einer Frau unterhielt. Als er näherkam, schlug ihm unangenehm ihre schrille Stimme entgegen.

»Kann man nicht mal seine Geldbörse im Strandkorb liegenlassen, wenn man nur kurz schwimmen geht? Anzeige! Ich erstatte eine Anzeige«, rief sie aufgebracht.

»Das steht Ihnen zu. Kommen Sie bitte mit rein, damit ich die Daten aufnehmen kann«, forderte Wille sie auf. »Waren Sie auch schon beim Fundbüro?«

»Was soll ich denn da?«, antwortete die Frau. »Meinen Sie, da klaut jemand mein Geld und gibt es dann im Fundbüro ab? Das glauben Sie doch selbst nicht!«

»Nein, aber es könnte ...«

Mehr hörte Röder nicht. Er stellte das Rad in den

Schuppen und ging in seine Wohnung. Mal sehen, ob noch eine Tiefkühlpizza auf ihn wartete.

Das Kochen war trotz Sandras Abwesenheit bisher nicht zu seinem Hobby geworden, aber es gab in den Märkten auf der Insel genug Fertiggerichte, mit denen man ausgezeichnet leben konnte. Zumindest musste man nicht hungern. Auch wenn der Appetit auf ein selbstgemachtes Hühnerfrikassee mit Reis sich ab und zu meldete.

Doch bevor er den Gefrierschrank öffnen konnte, forderte Amir sein Recht. Röder hatte sogar das Gefühl, dass in Amirs Augen ein gewisser Vorwurf lag, dass er ihn allein zu Hause gelassen hatte. Und jetzt – jetzt drehte dieser Hund sich in seinem Körbchen einfach um. Es fehlt nicht viel und er legt seine Pfote über die Augen, dachte Röder, als er die Dose mit dem Hundefutter öffnete.

»Ist ja gut«, sagte er, »dein Frauchen hätte dich tatsächlich besser mitgenommen. Aber wir müssen allein durchhalten. Das werden wir schaffen.«

Röder schüttelte den Kopf. Jetzt unterhielt er sich tatsächlich schon mit einem Hund. Es war zwar sein Hund, aber immerhin ein Hund. Ob das beginnende Vereinsamung war? Gut, dass er sich später mit Salomon traf. Er mochte sich nicht vorstellen, wie er den Abend sonst verbracht hätte. Eine Runde Scrabble oder Monopoly mit Amir vielleicht?

Als Röder Futter auf den Boden stellte, schien Amir ihm zu verzeihen. In Sekundenschnelle war die Schale blank. Auch die nächste Schale mit dem frischen Wasser leerte der Hund.

»Jetzt esse ich. Dann gehen wir los, okay?«

Hatte der Hund gerade genickt? Röder wollte es nicht wissen.

*

Daniel Peters schaute in seine Tasche. Hatte er alle Unterlagen mit? Natürlich hatte er, wie immer. Aber so war das Ritual.

Vor dem Heimatmuseum warteten bestimmt schon einige Gäste. Sollte er eine Jacke überziehen? Er schaute aus dem Fenster. Nein, es war zwar früher Morgen, aber die Sonne schien bereits von einem blauen Himmel und warm war es auch. Schließlich war Juli, der bisher wärmste Monat in die diesem Jahr. So zog er lediglich seine grüne Weste mit dem Aufdruck *Inselführer* auf dem Rücken über das T-Shirt, hängte seine rote Tasche um, schloss die Haustür und fuhr los.

Welchen Weg sollte er diesmal mit seinen Zuhörern nehmen? Er entschloss sich immer erst sehr kurzfristig. Jedes Mal die gleiche Route, das war ihm zu langweilig. Aber ein paar Stationen waren natürlich Pflicht. Die drei Kirchen, die Schule, ein paar Worte zum Rathaus, das musste sein. Zumal einige Gäste sich sehr für die Zusammensetzung des Rates und andere politische Fragen interessierten.

Tatsächlich, als er den Bummert erreichte, in dem die Baltrumer Geschichte untergebracht war, sah er mit Freude die Menschen, die auf ihn warteten. Er stellte sein Rad ab, begrüßte alle und zog seinen Geldbeutel aus der Tasche. Als der Dritte mit einem Fünfzigeuroschein auf ihn zutrat, verzog er genervt das Gesicht. War heute der Monatserste, dass alle mit großem Geld bezahlen wollten? Er konnte zwar Kleingeld bei der Volksbank bekommen, aber der Umtausch kostete und das wollte er sich gerne ersparen.

Er hatte sich entschieden, zuerst durch das alte Westdorf zu gehen, und sich dann so weit wie möglich gen Osten vorzuarbeiten. Er musste immer wieder aufpassen, dass er nicht zu lange an einem Ort blieb. Schließlich gab es zu allen Ecken so viel zu erzählen und so war es ihm schon passiert, dass die Zeit um gewesen war, als er gerade erst an der Katholischen Kirche ankam. Das sollte nicht noch einmal geschehen.

»Wir stehen hier vor der alten Inselkirche. Sie ist die fünfte Kirche, die auf Baltrum erbaut wurde, nachdem die anderen dem Meer zum Opfer gefallen waren. Sie stammt aus dem Jahr 1826«, erklärte er den Urlaubern, die sich dicht um ihn geschart hatten. »In der Kirche finden Sie eine Skulptur. Sie ist von dem Bildhauer Ernst Müller-Braunschweig und wurde von ihm anlässlich seines fünfundzwanzigsten Baltrumaufenthaltes im Jahr Neunzehnhundertvierzehn der Insel gestiftet, und heißt *Die Schauende*. Leider ist in die Kirche, wie bekannt wurde, in der Nacht zu gestern eingebrochen worden. Normalerweise hätte hier heute eine Hochzeit stattfinden sollen, aber die wurde in die große Kirche verlegt.«

»Da passen auch mehr Leute rein«, rief einer der Gäste. »Wie viele haben hier eigentlich Platz? Dürfen wir mal reinschauen?«

»Hier? Fünfzig. Und nein.« Er deutete auf das Polizeisiegel. »Normalerweise ist die grüne Holztür geöffnet. Aber da die Glastür dahinter aufgebrochen wurde, hat die Polizei die Außentür verschlossen. Aber in anderen Zeiten werden die Gottesdienstbesucher durch die Inselglocke, unser Wahrzeichen, zum Gottesdienst gerufen. Da steht dann die Pastorin mit ihrem Trallala hier auf der Wiese und läutet die Glocke von unten.«

Eine der Frauen lachte laut auf. »Trallala. Das klingt gut. Ich bin nämlich die mit dem Trallala, die heute hier gestanden hätte. Ich bin zurzeit Kurpastorin auf Baltrum und unterstütze Nadja Recknagel.«

»Oh, Entschuldigung, ich meine natürlich Talar«, murmelte Peters in das Gelächter.

»Schon gut. Ich bin gespannt, was Sie uns sonst zu erzählen haben.«

Peters schluckte. Der Schuss war ja nach hinten losgegangen. Wie gut, dass die Frau so nett reagiert hatte. »Die Glocke trägt die Inschrift: *Johann Kruse und Sohn, Amsterdam, 1786*. Wie sie auf die Insel gekommen ist, ist nicht ganz klar. Die einen behaupten, sie sei angespült worden, wahrscheinlicher ist aber, dass Baltrumer Schiffer sie von einem Amsterdamer Trödelmarkt mitgebracht haben.«

»Wird die abgenommen, wenn kein Gottesdienst ist?«, fragte ein älterer Mann.

»Nein. Die hängt da immer.« Daniel Peters drehte sich um, sah das Schloss, mit dem der Läutestab unten am Glockenstuhl gesichert war, folgte dem Metall mit den Blicken nach oben und sah zwischen den Holzbohlen die Querstange mit dem kleinen Ausleger, an dem der Stab befestigt war.

Die Glocke war weg.

Er schloss die Augen, verharrte einen Moment, um ihnen Ruhe zu gönnen. Es war nur ein Versehen. Ganz sicher. Er öffnete erst das linke, dann das rechte Auge, wagte einen neuen Blick, doch es änderte sich nichts. Die Glocke blieb verschwunden.

»Das ist ...« Ihm versagte die Stimme.

»Wir sollten die Polizei rufen«, rief die Pastorin und zog ihr Telefon aus der Tasche. Sie wählte, dann sagte sie: »Maria Bakker. Ich bin die Kurpastorin. Bitte kommen Sie sofort. Die Inselglocke ist weg.« Und nach einer kurzen Pause: »Nein, nicht das ganze Gestell, sondern die Glocke. Ja, bis dann.«

»Aber ... aber ... wer macht denn so was?«, stotterte Peters.

»Das wird die Polizei herausfinden. Herr Röder wird gleich hier sein«, sagte Maria Bakker.

»Und warum hat das keiner mitbekommen?«, wunderte sich einer der Gäste.

Die Gruppe stand um ihn herum, als erwartete sie eine schlüssige Antwort, doch damit konnte der Inselführer nicht dienen. »Keine Ahnung.« Er zuckte mit den Schultern. »Warten wir auf unseren Inselpolizisten.«

»Also gehen wir jetzt erst nicht weiter?«

Diese Frage hatte sich Peters auch gerade gestellt und beschlossen, zumindest so lange zu bleiben, bis Michael da war. Zum Glück musste er nicht lange warten. Es dauerte keine fünf Minuten, da bog der Inselpolizist um die Kurve. Auch dessen erster Blick galt dem leeren Holzgestell. Gleich darauf folgte sein Hilfssheriff.

Maria Bakker war aus der Gruppe herausgetreten. »Ich habe Sie angerufen. Das kann doch nicht wahr sein! Da hat es jemand auf die Kirche abgesehen. Erst landet Bier in der Orgel und das Kreuz wird geklaut, dann ist die Glocke weg.«

»Hat einer von Ihnen zufällig etwas von der Aktion mitbekommen?«, fragte Röder. »Wohnt jemand hier in der Nähe?«

»Ja. Ich. Es hat heute Nacht geläutet«, sagte eine Frau, die mit einem Baby auf dem Arm auf die Gruppe zukam. »Wenn ich gewusst hätte, dass hier nachts die Glocken läuten, hätte ich auch ins Emsland zu den Katholen fahren können. Mein Fridolin ist aufgewacht und konnte zwei Stunden lang nicht mehr einschlafen. Sehr erholsam, das Ganze.« Sie wischte sich eine lange blonde Haarsträhne aus dem Gesicht.

»Bitte sagen Sie mir: Wann war das genau und haben Sie zufällig aus dem Fenster geschaut? Haben Sie etwas Auffälliges gesehen?«, fragte Weerts ruhig.

Sie überlegte. »Nein, gesehen habe ich nichts. Ich

hatte genug mit Fridolin zu tun. Aber es war genau viertel nach drei. Geläutet hat es so eine Minute, denke ich. Nicht zu lange. Aber lange genug, um mein Kind zu wecken.«

»War das ein gleichmäßiges Anschlagen der Glocke?«

»Wie?«, fragte die Frau verwirrt.

»Na ja, war es wie ein Läuten zum Gottesdienst, oder mehr unruhig, als ob der Wind sein Spiel damit getrieben hätte oder sich jemand an der Glocke zu schaffen gemacht hätte?«, präzisierte Weerts seine Frage.

»Weiß ich nicht. Es bimmelte einfach.«

»Aber ich weiß es«, sagte jemand.

Daniel Peters stellte fest, dass sich seine Gruppe inzwischen wesentlich vergrößert hatte. Aus allen Häusern der Umgebung waren Menschen gekommen und auch Menschen, die vermutlich etwas anders vorgehabt hatten, waren stehengeblieben und verfolgten interessiert das Geschehen.

»Was wissen Sie?«, fragte Röder den Mann, der sich gemeldet hatte.

»Es hat gleichmäßig geläutet. Zu Anfang. Aber nicht sehr lange. Dann war der Ton gemischt mit einem anderen scharfen Geräusch. So eines, wie wenn Metall auf Metall trifft.«

»Und es hat Sie nicht interessiert, was dahintersteckt?«, fragte Röder ungläubig.

»Nein. Ehrlich gesagt nicht. Das Einzige, was ich hier will, ist meine Ruhe haben. Mehr nicht. Ich erlebe so viele Geräusche jeden Tag in meiner Stadt, da stumpft man ab. Oder anders: Da will man nichts als Urlaub. Ich habe mich im Bett umgedreht und weitergeschlafen.«

»Ich hätte gerne Namen und Adresse von Ihnen beiden.« Röder wandte sich an Wille Weerts. »Besuchst du bitte die umliegenden Häuser? Könnte sein, dass sich jemand drinnen aufhält und etwas mitbekommen hat.

Ich kümmere mich hier um alles. Frau Bakker, würden Sie bitte Ihre Inselkollegin anrufen und sie bitten, herzukommen?«

»Darf ich dann mit meiner Gruppe weiterziehen?«, fragte Daniel. »Wir sind schon lange über die Zeit.«

»Darfst du. Es sei denn, jemand hat mir etwas mitzuteilen.«

Doch alle schwiegen. Nur die Kurpastorin sagte: »Ich bleibe hier und komme beim nächsten Mal wieder mit. Danke, Herr Peters.«

»Alles klar. Nach diesem aufregenden Erlebnis gehen wir erst einmal zum Haus des ehemaligen Kirchen- und Gemeindevorstehers Eilt Honken Evers. Sicher haben Sie schon die Buchstaben bemerkt, die in die Wand des Insulanerhauses zur Straße hin eingelassen sind und von seinem Namen zeugen.« Wie jedes Mal an dieser Stelle sah er erstauntes Kopfschütteln. Kaum jemand bestätigte, dass die metallenen Zeichen je aufgefallen wären.

Er winkte die Gruppe hinter sich her, führte sie am *Frischemarkt* vorbei und blieb bei einem kleinen Haus mit tief heruntergezogenem Dach stehen. Er erzählte, dass der Bruder des Mannes, der Seefahrtsschüler Tjark Ulrich Honken Evers, einen Tag vor Heiligabend des Jahres 1866 im Watt ums Leben gekommen und den Eltern nur eine Zigarrenschachtel mit einem Brief darin geblieben war, die der junge Mann kurz vor seinem nassen Tod dem Meer übergeben hatte. »Die Schachtel und der Brief liegen im Heimatmuseum. Schauen Sie dort vorbei, wenn Sie Zeit und Lust haben. Es ist sehr berührend.«

»Davon erzählt doch auch das Denkmal neben dem Kinderspielhaus, oder? Da ist die Geschichte in Stein verewigt«, fügte einer der Gäste hinzu.

Daniel Peters nickte. Das hätte er beinahe vergessen zu erwähnen, abgelenkt, wie er war. Denn ein Gedanke ging ihm einfach nicht aus dem Kopf: Warum war es an diesem Morgen nicht viel eher jemandem aufgefallen, dass die Glocke fehlte?

Aber vielleicht war ihre Anwesenheit so selbstverständlich, dass keiner darauf geachtet hatte. Ihm war es schließlich ebenso ergangen.

*

Michael Röder konnte es immer noch nicht fassen. Was sollte das denn nun wieder? Sein Blick ging noch einmal hoch zum leeren Glockenstuhl. Neben ihm, auf dem Stein mit der Gedenkplatte an die Beisetzung des Kirchenvorstehers Hinrich Remmers, saß die Pastorin Nadja Recknagel, eine Zigarette zwischen den Fingern. Daneben lehnte Kurpastorin Maria Bakker mit gesenktem Kopf an der grünen Kirchentür.

»Leider nichts Neues«, rief ihnen Wilfried Weerts entgegen. »Ich war gerade bei der Wirtin vom *Seehund*. Aber auch die hat nichts gehört. Ihre Mitarbeiter ebenfalls nicht.«

»Ich verstehe es einfach nicht. Wer könnte einen Grund haben, so etwas zu tun?«, fragte die Pastorin traurig.

»Muss man dafür einen Grund haben? Also, ich meine einen nachvollziehbaren Grund«, überlegte Maria Bakker. »Es reicht doch einfache Zerstörungswut.«

»Aber warum ausgerechnet gegen die Kirche?« Nadja Recknagel schaute den Hilfssheriff ratlos an. »Was haben wir getan, dass jemand seine Wut auf diesem Wege abreagiert?«

»Natürlich ist das die Frage, die auch uns beschäftigt«, erwiderte Weerts. »Hat es in der letzten Zeit unliebsame Ereignisse gegeben? Beschwerden von Gästen oder Einwohnern?«

»Mir fällt spontan nichts ein.«

»Überlegen Sie in Ruhe und geben Sie uns Bescheid.«

»Auch ich habe im Moment keine Hinweise«, sagte Maria Bakker. »Aber eines weiß ich: Wir werden ein Kirchenfest veranstalten und Geld sammeln für eine neue Glocke. Solange ich hier bin, und das sind weitere drei Wochen, von mir aus jeden zweiten Tag!«

»Nun mal langsam«, winkte Weerts ab. »Vielleicht taucht das gute Stück wieder auf. Ist doch möglich!«

»Das glauben Sie selber nicht. Das liegt tief versunken in der Nordsee«, rief die Kurpastorin.

»So kommen wir nicht weiter«, sagte Röder. »Mit den wenigen Spuren, die wir sichern konnten, sind wir durch. Fotos von der Stelle, wo die Glocke abgesägt worden ist, haben wir. Axel, ihr könnt die Leiter wieder mitnehmen.«

Axel Meinders, der Gemeindebrandmeister, nickte seinen beiden Kameraden zu und mit ein paar geübten Handgriffen verstauten sie die Schiebeleiter auf dem Feuerwehrfahrzeug. »Wir sind dann unterwegs. Wenn ihr uns braucht …«, sagte er, bevor er einstieg.

»Ich hoffe nicht«, rief Röder hinter ihm her, und an die beiden Frauen gewandt sagte er: »Sobald es etwas Neues gibt, melde ich mich.«

»Na gut, ich verlasse mich drauf«, antwortete Nadja Recknagel mit einem kleinen Lächeln. »Sollte mir etwas einfallen oder ein Erpresserbrief unter der Tür durchgeschoben …«

»Jetzt reicht es.« Maria Bakker hatte ihre Kollegen untergehakt und schob sie energisch weg.

»Lass uns in die Wache fahren und dort den Fall beleuchten«, schlug Röder vor.

»Gute Idee«, bestätigte Wille.

Zu Hause angekommen setzte Röder erst einmal die Kaffeemaschine in Gang. Bei einem Getränk dachte es sich leichter. Das war die Erfahrung seiner jetzt bereits zwölf Jahre Dienst auf Baltrum. Während das Wasser in die Kanne lief, fütterte er Amir und versprach dem Hund einen Spaziergang nach dem Dienstgespräch.

Bevor der Kaffee fertig war – er hatte sogar ein paar Plätzchen im Wohnzimmerschrank gefunden – klingelte sein Telefon. Sandras Name leuchtete im Display auf. Doch als er sich meldete, war es nicht etwa seine Frau, die ihn begrüßte, sondern sein Freund Arndt.

»Wie ist die Lage auf dem Sandhaufen?«, begann der das Gespräch fröhlich, doch Röder hatte sofort das Gefühl, dass etwas nicht stimmte. War etwas mit Sandra? War sie nicht in der Lage zu telefonieren? Warum rief Arndt nicht von seinem Telefon aus an?

»Was ist los? Ist etwas passiert?«

»Mir ist langweilig. Und da dachte ich, ich rufe mal meinen alten Freund an. Die beiden Frauen sind in Oldenburg zum Shoppen und ich sitze auf dem Bauernhof und beobachte, wie die Rüben wachsen.«

Röder musste lachen. Offenbar fehlte seinem Freund die Polizeiarbeit nun doch. »Wenn du etwas zum Ermitteln brauchst – wir suchen die Inselglocke.« Er berichtete, was sich in den letzten zwei Nächten ereignet hatte. »Wir stehen vor einem Rätsel. Was aber nicht heißen soll, dass du deine selbstverordnete Sabbatzeit beendest und hier angerauscht kommst.«

Das Schweigen auf der anderen Seite war nahezu hörbar, bis Arndt sagte: »Eigentlich schade. Weißt du, ich fühle mich sauwohl auf dem Hof. Trotz der vielen Arbeit ist das Leben hier ungemein gut für die Nerven. Und dennoch – je länger ich hier bin, desto mehr fehlt mir die Ermittlungstätigkeit. Aber keine Angst. Ich komme nicht. Die Erbsen müssen vom Strauch und die Bohnen sind auch bald so weit.«

»Dann bin ich beruhigt. Nicht, weil ich dich nicht

sehen will, sondern weil ich denke, dass es dir gut geht. Außerdem handelt es sich hier nur um Diebstahl und Vandalismus, nicht um Mord.« Röder stellte die volle Kanne neben zwei Bechern und den Plätzchen auf das Tablett.

»Aber wenn ihr Hilfe braucht …«

»Ich brauche nur eine Hilfe, und zwar bei der Beantwortung der Frage, warum du Sandras Telefon benutzt und nicht dein eigenes«, hakte Röder nach.

»Weil bei meinem der Akku leer ist, sie ihres hier vergessen hat und ich eine leichte Sehnsucht nach deiner Stimme verspürte«, erklärte Arndt.

»Na, dann ist alles gut. Und grüß Sandra«, gab Michael seinem Freund mit auf den Weg, bevor er auflegte und das Tablett in den Wachraum trug, der gleich neben der Dienstwohnung lag.

»Junge …!«, begrüßte ihn sein Kollege Wille. »Ich habe gerade noch einmal mit der Pastorin telefoniert und ihr die Idee vorgetragen, ob es wohl ein Konfirmandenstreich gewesen sein könnte. Die ist vielleicht an die Decke gegangen! Sie wollte nicht glauben, dass Kinder in diesem jugendlichen Alter nachts auf den Glockenstuhl gelangen können. Dazu kommt, dass es in diesem Jahr gar keine Konfirmandengruppe auf der Insel gibt. Und überhaupt – die Insulanerkinder wären alle so nett – die täten das nicht! Es hat eine ganze Weile gedauert, bis sie sich wieder beruhigte. Schade, dass du das nicht mitbekommen hast.«

»Nicht so schlimm«, lachte Röder und erzählte Wille von seinem Gespräch mit Arndt.

»Sollte mich nicht wundern, wenn der Mann trotzdem bald auf der Matte steht«, sagte Wille. »Einmal Polizist, immer Polizist.«

»Wir ermitteln ohne ihn«, sagte Röder. »Also, Butter bei die Fische, wo sollen wir anfangen? Müssen wir noch jemanden befragen? Meinst du, dass das alles gegen die Kirche gerichtet ist? Oder haben der Einbruch in die Kirche und der Glockendiebstahl nichts miteinander zu tun?«

Wille Weerts hob ratlos die Arme. »Zu all deinen Fragen die gleiche Antwort: keine Ahnung. Der Diebstahl des Kreuzes, das Bier in der Orgel und die verschwundene Glocke – das sieht alles nach Kirchenangriff aus, aber wenn uns nicht der Zufall über den Weg läuft, weiß ich nicht, wo wir ansetzen sollen. Ich schlage vor, ich bringe die ganze Sache mal aufs Papier und du drehst mit Amir eine Runde. So haben wir beide Muße zum Nachdenken. Hinterher treffen wir uns wieder hier und tragen unsere Überlegungen zusammen.«

Beinahe schweigend tranken sie ihren Kaffee aus. Dann brachte Röder das Tablett zurück in die Küche, schnappte sich Amir und ging los.

Je länger er unterwegs war, desto wärmer wurde ihm unter der Dienstjacke, aber ohne fühlte er sich nicht wohl.

Es war einiges los, schließlich war Hauptsaison. Er ging hinunter zur Straße, die am Heller entlang führte. Dort durfte er Amir frei laufen lassen. Er löste die Leine, was der Hund erfreut zur Kenntnis nahm. Amir sauste übermütig los. Jetzt war der Zeitpunkt genau richtig, über die beiden mysteriösen Fälle nachzudenken. Doch ihm blieb keine Muße, sich in die Psyche des Täters hineinzuversetzen. Immer wieder wurde er von Insulanern gegrüßt. Ständig schallte ihm ein fröhliches »Moin« entgegen, das ihn aus seinen Gedanken riss. Und zum guten Schluss, genau auf der Höhe des Spielteiches, kam ihm Björn Buse entgegen und bremste scharf.

»Hallo, Michael! Was macht die Kunst?«

»Welche Kunst?«, fragte er teilnahmslos zurück. Er hatte keine Lust, sich mit dem Leiter des Shantychores zu unterhalten. Nicht weil er ihn nicht mochte, sondern wegen der Aufgabe, die Wille ihm mit auf den Weg gegeben hatte und deren Lösung in immer weitere Ferne rückte. Vielleicht hätte er sich doch besser ans Ostende der Insel zurückgezogen. Aber selbst da würde er zu dieser Jahreszeit Menschen antreffen. Nur nicht so viele Insulaner. Die hatten für den Strandbesuch oft keine Zeit.

»Na, habt ihr den Glockendieb schon hinter Schloss und Riegel? Da du Zeit für einen Spaziergang hast, nehme ich an …«

»Mach dir bitte nicht meine Gedanken, wir haben genug zu tun«, fuhr Röder ihm ins Wort. »Du fährst schließlich auch am helllichten Tag mit dem Rad durch die Gegend.«

»Ich bin auf dem Weg zum Postfach. Also dienstlich unterwegs. Aber wo ich dich jetzt treffe – ich hätte gerne einen Rat von dir. Ich kann dich aber auch gerne später anrufen, wenn es besser passt.«

»Dann melde dich später«, sagte Röder. Er wollte in Ruhe seinen ›Gedanken-Gang‹ zu Ende bringen.

Björn Buse nickte, stieg auf sein Rad und fuhr los.

Röder schaute nachdenklich hinter ihm her. Ob es richtig gewesen war, Björn zu vertrösten? Aber wenn es wichtig gewesen wäre, hätte der es ja sagen können. Oder hatte ihm im letzten Moment der Mut gefehlt? Blödsinn. Warum sollte es so sein? Dennoch – er war gespannt, was der Mann auf dem Herzen hatte. Hoffentlich meldete der sich.

Er pfiff nach Amir, der sich intensiv mit dem Beschnuppern eines der vielen Hundehaufen auf der Grasfläche zwischen Straße und Heller befasste. Röder ärgerte sich, wenn die Hundebesitzer die Haufen ihrer Lieblinge schlichtweg ignorierten, und hatte schon so manches Mal Herrchen oder Frauchen auf ihr Fehlverhalten angesprochen. In besonders hartnäckigen Fällen von Verweigerung sogar mit einer Ordnungswidrigkeitsstrafe gedroht. Aber ihm war auch klar, dass er allein das Problem nicht aus der Welt schaffen konnte.

Als er im Ostdorf angekommen war, fiel sein Blick auf ein Haus, das etwas abseits auf einer Düne stand. Hier war Salomon Bartels eingezogen und hatte daraus ein Schmuckstück gemacht. Zumindest von innen. Draußen sah es aus wie früher. Klein, gemütlich und mit alten Holzfenstern, die einen neuen Anstrich gebrauchen konnten. Salomon würde sich die Außenarbeiten zum Herbst vornehmen, hatte er gesagt.

Aber immerhin sah es dennoch gepflegt aus, was man von dem Haus daneben nicht zwingend sagen konnte. Da kam tatsächlich gerade eine Elster aus einem Loch im Dach geflogen. Es wurde dringend Zeit, dass hier mal was Entscheidendes passierte. Immerhin hatte der Besitzer, Hartmut Hielscher, einen Zaun darum gezogen und das obligatorische Warnschild daran befestigt. Allerdings war der Zaun an einigen Stellen bereits heruntergedrückt worden und spielende Kinder hatten sich das verfallene Haus zum Abenteuerspielplatz erkoren. Das ein oder andere Kind war dabei schon verletzt worden, aber Hielscher verwies auf das Warnschild und das war es dann.

Salomon hatte Michael Röder und Sandra neulich eingeladen und selbst ohne Sofa hatte das Wohnzimmer schon sehr wohnlich ausgesehen. Aber das war nun auch endlich da. Salomon hatte es ihm erzählt, als sie am Abend zuvor wie verabredet ein Sonnenuntergangsbier auf der Strandmauer getrunken und sich unterhalten hatten. Es war sehr angenehm gewesen, mit ihm dort zu sitzen, bis zu dem Punkt, als gerade die Sonne im Meer versank. Da war nämlich Hanna Goedeke aufgetaucht. Salomon war aufgesprungen und hatte nur noch sie im Blick gehabt.

Röder war dann gegangen. Allein ein Bier trinken konnte er auch zu Hause vor dem Fernseher. Soll der doch glücklich werden mit seiner neuen Flamme, hatte er im Weggehen gedacht.

Und genau diese Frau verließ soeben mit energischen Schritten Salomons Haus und kam direkt auf ihn zu. Er grüßte freundlich, doch es kam nur ein mürrisches Nicken zurück. Wenn man es überhaupt als Nicken bezeichnen konnte. Das war kein fröhliches Auseinandergehen. Er sah Salomon in der Tür stehen. Sollte er ihn fragen?

Ach was. Es gab Dringenderes. »Wir kehren um«, sagte er zu Amir. »Es gibt genug Arbeit auf der Wache.«

*

Hanna Goedeke schäumte. Allerdings wusste sie nicht genau, warum. Denn Salomon Bartels hatte sie nur gefragt, ob sie ihn nicht zu einer Lesung ans Festland begleiten wolle. Weil sie ihm erzählt hatte, dass sie Schermbeck, den Ort, wohin er zu fahren hatte, ganz gut kannte. Es war ihr so herausgerutscht. Als sie verneinte, hatte er sehr traurig geguckt.

Dabei hatte das alles ganz harmlos angefangen. Ein Gast hatte sie gebeten, von dem bekannten Schriftsteller ein Autogramm zu besorgen. Sie hätte das nicht müssen, aber ihre Chefin, Ingrid Bärmann, war immer sehr bemüht, die Wünsche der Gäste zu erfüllen. Also hatte sie Bartels angerufen und er hatte sie zum Kaffee eingeladen. Mit dem Endergebnis, dass sie mit ihm ans Festland fahren sollte. Das war unglaublich. Was bildete dieser Mann sich ein? Nur weil sie sich beim Inselglockenfest und abends auf der Strandmauer kurz mit ihm unterhalten hatte? Sie hatte einen Job und nicht zu vergessen Florian, den sie nicht allein lassen konnte.

Wütend stieß sie einen Stein von der Straße, der mit

einem dumpfen ›Plopp‹ im Gras landete. Warum hatte sie ihrer Chefin nachgegeben? Sie hatte sich fest vorgenommen, den sicheren Schutz des Hauses nur dann zu verlassen, wenn es wirklich nötig war. Ihr Besuch auf dem Inselglockenfest und der abendliche Spaziergang waren die große Ausnahme gewesen.

Zurück im Büro setzte sie sich sofort wieder an den Schreibtisch. Es waren ein paar Rechnungen zu schreiben und das würde sie jetzt erledigen. Allein und in Ruhe.

Sie schaffte genau zwei, dann ging die Tür auf und Werner Bärmann stand vor ihr. »Wir haben ein Problem«, sagte er. »Ewelina und Paulina sind am Putzen und Kenny steckt mitten in der Gartenarbeit. Ich habe auch keine Zeit, weil gleich ein Handwerker kommt, um in der einen Wohnung nach dem Licht in der Küche zu sehen. Für das Haus *Silberstrand* erwarten wir Gäste und ich habe denen gesagt, dass eine Wippe am Hafen steht und einer von uns, der ihnen den Schlüssel gibt. Ansonsten kennen die sich aus. Würden Sie das bitte übernehmen? Wir müssen doch zusammenhalten.« Er beugte sich über sie und strich ihr über den rechten Oberarm.

Sie zuckte zurück, als sie seine schwitzige Hand auf dem Blusenärmel spürte, schwieg jedoch.

Er legte ihr den Schlüssel auf den Schreibtisch und verschwand, ohne eine Antwort abzuwarten.

Verdammt! Verdammt! Konnte dieser Mann nicht seine Finger von ihr lassen? Außerdem – sie war als Bürokraft und Wäscherin angestellt und nicht als Laufbursche. Nein, sie wollte nicht zum Hafen. Sie wollte sich nicht unter die Menschenmenge mischen, die sich dort mit Ankunft des Schiffes versammeln würde.

Sollte sie Florian bitten, den Schlüssel zum Hafen zu bringen? Nein, das ginge nicht. Das würde ihr der

Chef ziemlich verübeln. Und verstehen würde er es schon gar nicht.

Sie schaute auf die Uhr. Kurz nach eins. Es wurde Zeit. Das Schiff war um viertel vor eins in Neßmersiel losgefahren. Jacke? Brauchte sie nicht. Es war warm. Sie schnappte sich das Schild mit dem Namen des Hauses darauf, nahm sich eines der Fahrräder und bog kurz darauf rechts ab auf die Hafenstraße. Es war jede Menge los. Viele Insulaner holten ihre Gäste ab, oder stellten zumindest die Wippe an den Hafen. Dort angekommen, parkte sie ihr Rad bei den anderen und schloss es vorsichtshalber ab. Man konnte schließlich nie wissen, wer es gebrauchen konnte.

Als das Schiff anlegte und die Gangway herausgefahren wurde, stellte sie sich in eine Reihe mit all denen, die die Namensschilder ihrer Häuser zur besseren Orientierung für die Gäste vor die Brust hielten. Ein gewaltiger Gästestrom kam die Gangway herunter. Sie ertappte sich bei dem Versuch, sich jedes Gesicht genau anzuschauen. Aber bis jetzt hatte sie kein ihr bekanntes darunter erkennen können. Warum sollte es auch so sein, rief sie sich zur Ordnung. Warum sollte ausgerechnet jetzt …

»Hallo, wir sind Familie Seidel«, holte eine freundliche Frauenstimme sie aus ihren Gedanken.

»Guten Tag. Ich habe den Schlüssel für Ihre Wohnung«, sagte sie. »Ihr Kofferwagen steht dort vorne in der Reihe bei den anderen.«

»Danke«, erwiderte Frau Seidel. Inzwischen hatte sich der Rest der Familie eingefunden. »Jetzt wird erst einmal Urlaub gemacht. Ist die Wohnung bezugsbereit?«

Hanna nickte. »Sie wurde gestern bereits frei, daher konnten wir sie schon putzen. Sie können sie so beziehen.«

»Dann wollen wir mal unser Gepäck holen. Wir

kommen in den nächsten Tagen ins Büro und klären den neuen Urlaubstermin. Ein Jahr ohne Baltrum geht gar nicht. Zur Kurtaxe für dieses Mal haben wir uns bereits angemeldet. Der Strandkorb ist bestellt und die Wohnungsmiete haben wir vor einem Monat überwiesen. Also dann.«

Hanna atmete auf. Das war problemlos über die Bühne gegangen. Das sah manchmal ganz anders aus, wenn sie Kennys Erzählungen glauben durfte.

Sie nahm ihr Fahrrad und fuhr zurück ins Büro. Nur noch zwei Stunden, dann war Feierabend und sie konnte sich um Florian kümmern. Der saß vermutlich in der Wohnung und machte Hausaufgaben. Wenn er schon damit fertig war, spielte er bestimmt mit Marko und würde spätestens zum Abendessen zu Hause auflaufen. Und danach? Vielleicht konnte sie ihren Sohn zu einem Strandspaziergang überreden. Bei aller Vorsicht – das Wetter war einfach zu schön, um drinnen zu sitzen.

Hoffentlich begegnete ihr dann nicht wieder dieser Schriftsteller.

*

Salomon Bartels stellte sein Akkordeon in den Flur. Gleich ging es los. Björn Buse hatte zur Ton- und Lichtprobe ins *Haus des Gastes* gebeten. In zwei Tagen war der große Inselabend und es hatte zudem einige Änderungen im Chor gegeben, die Auswirkungen auf das Programm hatten. Hartmut Hielscher, der eigentlich für das Eingangslied vorgesehen gewesen war, war ja nicht mehr dabei, und Peter Meenken, der Ersatz, hatte um eine weitere Probe gebeten. Salomon selbst konnte ebenfalls ein paar Übungseinheiten mit dem Akkordeon gebrauchen.

Bei seinem ersten Gespräch mit dem musikalischen Leiter des Chores hatte er damals nicht erwähnt, dass er auch über einen annehmbaren Bariton verfügte. Das hatte er erst später gemacht und schon bald das eine oder andere Lied mit einstudieren dürfen. Aber bei Auftritten mitsingen? Nee, das war nicht drin. »Im nächsten Jahr«, hatte Björn versprochen.

Er schaute kurz nach, ob Mails eingegangen waren, dann ging er in die Küche und öffnete das Fenster. Er hatte sich Pasta mit Tomatensauce zubereitet und immer noch roch es im ganzen Haus nach Knoblauch.

Salomon hatte sehr gehofft, die Nudeln zusammen mit Hanna genießen zu können, aber die Frau war wutentbrannt abgehauen. Dabei hatte er nichts getan, was sie zu ihrem überstürzten Aufbruch gedrängt haben könnte. Er konnte sich zumindest an nichts erinnern. Im Gegenteil, es war doch nett von ihm gewesen, sie zu fragen, ob sie nicht mitwolle. Er hätte sie im Auto mitgenommen und auch ordnungsgemäß wieder zurückgebracht. Mehr nicht. Aber vermutlich hatte sie das ganz verkehrt verstanden.

Meine Güte, was hatten ihre Augen geblitzt, als sie vom Sofa hochgeschossen und zur Tür gerannt war. Als ob er ihr an die Wäsche hätte gehen wollen. Aber so weit war es noch lange nicht zwischen ihnen beiden gewesen. Das hatte selbst er erkannt. Obwohl er ein Mann war.

Er warf einen letzten Blick ins Wohnzimmer und sah im Strahl der Sonne etwas blinken. Auf dem Sofa lag ein Armband. Er erkannte es als Hannas. Ein Sammelarmband mit vielen kleinen goldenen Teilen daran. Es musste ihr bei ihrem spontanen Aufbruch abgefallen sein. Was sollte er damit machen? Ein Blick auf die Uhr sagte ihm, dass es Zeit wurde loszufahren, wollte er den Anfang der Probe nicht verpassen. Sollte er das Armband mitnehmen und Kenny zustecken? Der könnte es dann morgen früh Hanna geben.

Nein. Keine gute Idee. Wer weiß, was Kenny oder

die anderen, die das mitbekämen, für überflüssige Fragen stellten. Er legte es auf den Schreibtisch neben die Recherche-Unterlagen für sein neues Buch. Dort würde er das gute Stück morgen früh bestimmt nicht übersehen und ins Büro der Firma *Saubär* bringen.

Als er im *Haus des Gastes* ankam, waren schon einige andere da. Er gesellte sich zu einer kleinen Gruppe, die in ein intensives Gespräch vertieft war. Natürlich ging es um die verschwundene Glocke. Es war das Hauptthema an diesem Tag unter den Insulanern.

»Meine Damen und Herren, ab auf die Bühne!«, unterbrach Björns Stimme die angeregte Unterhaltung. »Peter, du fängst an, wenn die Techniker ihr Okay gegeben haben.«

Es dauerte einen Moment, dann gab der Mann am Mischpult ein Zeichen.

»Ich habe eine Lieblingsinsel, die das, was ich mag, vereint«, begann Peter Meenken mit seinem kräftigen Tenor und bald fiel der ganze Chor ein: *»Wir sind verliebt in eine Insel, akzeptier'n keine Kritik …«*

Salomon liebte dieses Lied, das von einem Mitglied des Shantychores textlich ein wenig angepasst worden war. Es drückte genau das aus, was er für Baltrum empfand. Gut, das mit dem ›sich mit warmem Bier vollschütten‹ und dem ›dicken Kopf‹ am nächsten Tag musste er nicht immer haben, aber die Stelle mit den blonden Mädchen fand er schon erlebenswert.

Ein Lied folgte auf das vorherige, ab und zu unterbrochen vom Tonmeister, der an einigen Stellen Korrekturen vornahm, dann winkte Björn Buse ab. »Das war's, liebe Leute. Wir sehen uns am Donnerstag an gleicher Stelle. Wer geht mit auf ein Bier?«

Salomon überlegte, dann entschied er sich dagegen. Er hatte einiges abzuarbeiten. Der Verlag drängte hartnäckig auf den Abgabe-Termin seines neuesten

Manuskripts und er war noch lange nicht so weit, dass es Zweck gehabt hätte, den Text seinem Lektor zu schicken. Er hatte sich einfach nicht aufraffen können. Sein letztes Buch hatte ihn sehr viel Kraft gekostet. Die Recherchen in Erfurt in italienischen Mafiakreisen waren nicht immer ganz ungefährlich gewesen, obwohl er das damals nicht hatte wahrhaben wollen, so sehr hatte ihn das Jagdfieber gepackt gehabt. Dann war eine Lesung nach der anderen gefolgt.

Anschließend hatte er Baltrum wieder für sich entdeckt und nach dem spontanen Hauskauf seine Zeit damit verbracht, seine neue Bleibe auf Vordermann zu bringen.

Zumindest hatte er sich eingeredet, dass es nichts Wichtigeres auf der Welt gäbe. In Wirklichkeit hatte er die Nase so voll von Morden, Erpressungen und anderen Straftaten, dass er nichts mehr davon hören, geschweige denn darüber schreiben mochte.

Er hatte inzwischen zwar wieder angefangen, doch was er bis jetzt zu Papier gebracht hatte, war weit davon entfernt, ein Thriller zu sein. Es erinnerte ihn mehr an eine Liebesgeschichte. Zu einem einzigen Todesfall hatte es auf den ersten dreißig Seiten gereicht. Das war ihm in den letzten Büchern nie passiert. Und das Gruselige, das seine Texte sonst ausgemacht hatte, war ebenfalls nicht vorhanden. Klar war: Wenn der Verlag sein Manuskript annehmen sollte, musste er sich ordentlich ins Zeug legen.

Er verstaute sein Akkordeon im Kasten, winkte seinen Chorbrüdern und -schwestern zu und ging zu seinem Fahrrad.

Es war immer noch warm draußen. Ob er den restlichen Abend doch lieber auf der Strandmauer anstatt am PC verbringen sollte? Zwar hatte er den Nachmittag bereits zur arbeitsfreien Zeit erklärt und eine Fahrradtour ganz bis zum Osten auf dem holperigen Weg durch die Dünen gemacht. Der war vor vielen Jahren für den Einsatz von Feuerwehr oder den Krankenwagen angelegt worden und hieß deshalb, wenn er sich recht erinnerte, im Volksmund Katastrophenweg.

Der laue Sommerabend ließ ihm keine andere Wahl. Drinnen sitzen und schreiben konnte er den ganzen Winter über. Doch erst würde er das Akkordeon nach Hause bringen.

Er stellte sein Instrument im Flur ab und fuhr wieder los. An der Sonnenuntergangsbude holte er sich ein Getränk und setzte sich auf die Steine. Es war ruhig an diesem Abend. Von seinen Chorfreunden war keiner zu sehen. Gemütlich nahm er einen Schluck nach dem anderen und sah der Sonne zu, wie sie im Meer versank.

Als er wieder zu Hause ankam, war es bereits dunkel. Aber zum Schlafengehen war er einfach zu munter. Er würde sich mit einem Prosecco auf die Terrasse setzen und über seinen Text nachdenken. Er stellte sein Rad ab, öffnete die Haustür und zögerte.

Irgendetwas stimmte nicht. Er wusste nicht, was es war, aber etwas kam ihm anders vor.

Dann fiel es ihm auf. Sein Akkordeon, das er in den Hausflur gestellt hatte, war nicht mehr da. Oder habe ich es doch ins Wohnzimmer gebracht, fragte er sich verwirrt. Er schaute nach. Aber auch da sah er es nicht. Mensch, ich habe nur ein Bier getrunken, so voll kann ich gar nicht sein, dass ich nicht weiß, wo ich das Ding hingepackt habe, dachte er, bevor er einen kräftigen Schlag im Rücken verspürte. Er verlor den Halt, wirbelte mit den Armen durch die Luft auf der Suche nach etwas, an dem er sich festhalten konnte, doch er griff ins Leere und fiel ungebremst neben dem Sofa zu Boden.

Das Letzte, was er hörte, war das Läuten einer Glocke. Dann schloss sich die Tür zur Außenwelt bis auf einen winzig kleinen Spalt, durch den Licht in die Schwärze fiel. Verzweifelt versuchte er, diese Tür wieder zu öffnen, es nicht völlig dunkel werden zu lassen und sich gleichzeitig aufzurichten, doch er war zu schwach. Wieder wurde der Spalt kleiner, die Schwärze intensiver.

Nein, er durfte nicht zulassen, dass die Nacht gewann. Er hob leicht den Kopf. Auch keine gute Idee, Er hatte nie gewusst, dass sich Dunkelheit drehen konnte.

Einige Minuten blieb Salomon ruhig liegen und konzentrierte sich darauf, nicht in Bewusstlosigkeit zu versinken, dann stemmte er sich erneut hoch. Diesmal schaffte er sogar ein paar Zentimeter. Mit dem Ergebnis, dass sich ein höllischer Schmerz in seinem Rücken und der Wunsch nach gnädiger Ohnmacht in ihm ausbreitete.

Das Gegenteil war der Fall. Der Schmerz machte ihn hellwach. Doch seine Kraft reichte nicht aus, um aufzustehen. Eigentlich ist es hier auf dem Boden auch ganz nett, dachte er verzweifelt. Was mache ich mir Gedanken? Es interessiert doch sowieso keinen, wo ich liege. Ich habe keine Frau, keine Kinder, die mich vermissen. Was soll's also? Er merkte, wie eine Träne aus dem linken Auge rollte.

Noch eine ganze Weile lag er so in tiefstem Bedauern über sein Schicksal, dann machte sich unaufhaltsam Wut in ihm breit. Welcher Idiot war dafür verantwortlich, dass er hier in seinem Wohnzimmer neben und nicht gemütlich auf dem Sofa lag? Wenn er weiterhin im Selbstmitleid schwelgte, würde er es nie herausfinden. Außerdem musste er sich um sein Akkordeon kümmern. War es nun weg, oder hatte er es nur irgendwo abgestellt?

Die Schmerzen waren beinahe unerträglich, doch mit eiserner Willenkraft schaffte er es, auf die Knie zu kommen und sich auf das Sofa zu schieben.

Er stocherte in der Hosentasche. War sein Handy dort? Er hatte Glück. Sollte er Michael anrufen? Es war inzwischen elf Uhr. Aber immerhin war er niedergeschlagen worden. Vielleicht sollte er auch die Ärztin herbitten. Sein Rücken tat höllisch weh und er war sich auch nicht sicher, ob er blutete. Er schob seine Hand zwischen T-Shirt und Haut, zog sie zurück und hätte sich nicht gewundert, wenn sie rot gewesen wäre. Doch da war nichts zu sehen. Sollte er also? Oder reichten eine Schmerztablette und ein Gespräch mit Michael morgen früh? Der Mann musste schließlich auch mal seine Ruhe haben.

Ich werde nach meinem Instrument schauen und mich dann entscheiden, überlegte er, stand auf und ging mit wackeligen Schritten in den Flur. Kein Akkordeon. In der Küche und im Arbeitszimmer auch nicht. Und in das Schlafzimmer im ersten Stock hatte er es bestimmt nicht getragen. Oder doch? Schließlich hatte er, bevor er zur Strandmauer gefahren war, eine Jacke oben aus dem Schrank geholt. Nein. Er hatte das Akkordeon im Flur abgestellt. Definitiv. Er wählte Michaels Nummer.

Es dauerte keine fünf Minuten, da stand Michael Röder vor ihm. »Was sagtest du eben? Du bist überfallen worden und man hat dir dein Instrument geklaut? So schlecht spielst du doch gar nicht. Hat mir zumindest Sandra erzählt. Sie hat euch beim Open Air beim *Sturmeck* zugehört.«

»Mann! Hör auf zu labern. Es stimmt.« Im Moment ging ihm der Inselpolizist fürchterlich auf den Sack. Sein Rücken schmerzte und sonst war auch alles Scheiße und jetzt quatschte ihn der obendrein voll. Als ob er den aus Jux und Dollerei mitten in der Nacht angerufen hätte.

»Entschuldige.« Michael Röders Gesicht war ernst

geworden. »Erzähle, was los war. Aber erst einmal – brauchst du die Ärztin?«

»Ich weiß nicht. Ich bin niedergeschlagen worden und es tut extrem weh.«

»Warte, ich rufe sie an.«

Röder bat Ellen Neubert zu kommen, dann sagte er: »Nun berichte, was genau passiert ist.«

Salomon erzählte von der Chorprobe und dass er sein Akkordeon nach Hause gebracht und eine Fahrt zur Strandmauer unternommen hatte. »Als ich zurückkam, merkte ich, dass etwas anders war. Und dann fiel es mir auf: Das Instrument war weg. Ich bin ins Wohnzimmer, um nachzusehen, ob ich es dort vielleicht abgestellt hatte und schon kam der Schlag.«

»Hast du jemanden gesehen?«, fragte Röder. »Ist dir etwas aufgefallen? Ein Duft? Ein Geräusch? Hat die Person etwas gesagt?«

Salomon überlegte. Selbst das tat weh. »Nein. Mir ist nichts … Doch. Da war etwas. Ich habe Glockengeläut gehört. Nach dem Schlag. Ich bin gestürzt und als ich da lag, läuteten die Glocken.«

»Kann ich mir vorstellen. Wäre mir vermutlich ebenso ergangen, wenn ich einen auf dieselbe bekommen hätte«, murmelte Röder mit einem leichten Grinsen. Gleich darauf fragte er eindringlich: »Da bist du wirklich sicher? Du hast Glocken gehört? Wie klangen sie?«

»Was heißt: Wie klangen sie?«, sagte Salomon ratlos. »Wie Glocken eben klingen.«

»Wie unsere kleine Glocke vom Glockenturm? Oder waren es machtvolle Töne großer Glocken? Oder sogar der einzelne Ton – das meine ich jetzt nicht humorvoll – der Totenglocke?«

»Es hörte sich nicht wie schweres Geläut an. Mehr wie eine Einzelglocke. Aber ganz ehrlich – ich habe es gehört und dann war ich kurz weg von dieser Welt. Warum fragst du denn überhaupt?« Im gleichen Moment fiel ihm ein, warum der Polizist sich dafür interessierte. Die Inselglocke war schließlich in der Nacht zuvor verschwunden. »Meinst du, dass die Person, die mich überfallen und mein Akkordeon geklaut hat, mir etwas himmlischen Beistand mit auf den letzten Weg geben wollte?«

»Ich habe keine Ahnung.«

»Aber das hieße dann ja, dass dieser Überfall geplant war und nicht etwa nur ein durchgedrehter Junkie gesehen hat, wie ich mein Instrument abgestellt und die Tür nicht abgeschlossen habe«, rief Salomon empört.

»Zumal er mit dem Diebstahl dann auch nicht gewartet hätte, bis du wieder auf der Matte stehst«, bekräftigte Röder. »Außerdem – ein Hehler würde sich schön bedanken, wenn einer mit einem Akkordeon auftaucht und das zu Geld machen will. Das wird selbst einem zugedröhnten Junkie klar sein. Nein, da steckt was anderes hinter. Hast du Stress mit jemandem?«

»Nein, habe ich nicht!«, sagte Salomon entschieden.

Es klopfte und Ellen Neubert steckte ihren Kopf durch die Tür. »Bin ich hier richtig?«

»Bist du. Komm rein.« Der Inselpolizist berichtete der Ärztin, was passiert war und fragte: »Soll ich rausgehen, während du deinen Patienten untersuchst?«

»Das bestimme immer noch ich«, stöhnte Salomon, als er versuchte, sein Hemd auszuziehen. »Du kannst gerne bleiben. Immerhin bin ich Teil der Ermittlungen. Stehe sozusagen im Mittelpunkt der Sache. Obwohl mir lieber wäre, es wäre nicht so.«

»Langsam. Ich helfe«, mischte sich die Ärztin in seinen Versuch ein, sich vom Hemd zu befreien. »Wir wollen nicht mehr kaputtmachen als unbedingt nötig. Arme nach oben. Ich kann das Hemd auch aufschneiden, dann geht es einfacher.«

»Schon gut.« Dass die Ärztin die Schere ansetzte, hätte ihm gerade gefehlt. Auch wenn es nur ein Hemd war. So vorsichtig wie möglich streckte er seine Arme über den Kopf und Ellen Neubert schob das Hemd nach oben. Ein Stück, noch ein Stück, dann war es geschafft. Sein Kopf brummte und in seinem Rücken brannte es.

»Wir haben keine offenen Wunden, aber hier am Rücken, wo der Täter zugeschlagen hat, ist die Haut dunkel verfärbt. Sie können Ihre Arme wieder runternehmen. Ich schaue mir jetzt Ihren Hinterkopf an. Hat er wiederholt zugeschlagen und Sie auch dort getroffen?«, erkundigte sich die Ärztin.

Salomon überlegte. »Ich denke nicht. Es war, glaube ich, nur ein Schlag. Aber ich bin beim Hinfallen mit dem Kopf auf den Boden geknallt. Darum war ich auch wohl ein wenig weggetreten.«

»Und er hat Glocken gehört«, sagte Röder.

»Dann sollten wir doch auf einer genauen Untersuchung im Krankenhaus bestehen«, schlug die Ärztin vor.

Jetzt reichte es ihm. Warum nahm ihn hier eigentlich keiner ernst? »Nein. Ich bleibe. Ich nehme ein paar Schmerztabletten und warte ab, wie es mir morgen geht. Und gehen, das könnt ihr jetzt auch«, schnaufte er. Wenn die bloß abhauen würden! Er wünschte sich nichts mehr, als sich allein in seinem Bett zu verkriechen.

»Nun beruhige dich. Ich habe das gerade ganz und gar nicht lustig gemeint«, protestierte Röder. »Außerdem habe ich ein paar weitere Fragen. Und wenn du dich zu einer Antwort in der Lage fühlst, bleibe ich einen Moment.«

»Aber ich bin dann mal weg«, sagte die Ärztin. »Falls Probleme auftauchen, melden Sie sich. Das kann ich Ihnen nur dringend ans Herz legen. Bedenken Sie, dass innere Blutungen vorhanden sein können. Dieser

Befund kann nur mit einer genaueren Untersuchung im Krankenhaus erfolgen.«

»Nein.« Salomon versuchte, sich aus dem Sofa zu heben, doch mit einem Stöhnen ließ er sich wieder fallen.

»Bleiben Sie sitzen. Michael wird Sie bestimmt gleich ins Bett bringen.« Verschwörerisch grinste sie den Inselpolizisten an. »Sandra ist ja nicht da, soweit ich weiß.«

Jetzt war es Salomon, der sich ein Lachen nicht verkneifen konnte. »Danke für den Tipp.«

Als die Ärztin verschwunden war, sagte er: »Was für ein elender Tagesabschluss. Und das, wo unsere Probe so gut gelaufen ist. Oh, verdammt – die Probe – was mache ich denn übermorgen? Ich habe kein Instrument mehr. Wer soll die Jungs denn begleiten?«

»Kannst du dir nicht ein neues beschaffen? Ans Festland fahren dürfte morgen allerdings wegen der Schmerzen wohl nicht sinnvoll sein. Hat denn hier auf der Insel keiner ein Akkordeon rumliegen?«, überlegte Röder.

Salomon schüttelte vorsichtig den Kopf. »Ich habe keine Ahnung.«

»Außerdem stellt sich die Frage, ob du überhaupt in der Lage sein wirst, die ganze Zeit mit dem schweren Instrument auf der Bühne zu stehen. Daran glaube ich ehrlich gesagt nicht.«

»Ich weiß es auch nicht. Erst einmal lege ich mich jetzt ab.« Mühsam stand er auf und wünschte sich nichts mehr, als dass Michael ihn jetzt in Ruhe ließe. Wenn noch Fragen waren – morgen war auch ein Tag. »Und nein – du brauchst mich nicht ins Bett zu bringen. Das schaffe ich schon allein!«

Auch Röder stand auf. »Du weißt, dass du mich jederzeit anrufen kannst. Ich komme sofort.«

»Danke. Das geht schon.«

Als Michael gegangen war, atmete Salomon tief durch.

Was für ein aufregender Abend. Er würde jetzt schlafen gehen. Wenn der Schmerz und die Unruhe, die sich in seinem Inneren festgesetzt hatte, es zuließen. Michaels Überlegung, dass es jemand nicht nur auf sein Instrument, sondern auch auf ihn abgesehen hatte, ließ ihn nicht los.

Er schlurfte zur Haustür und tat das, was er nie gemacht hatte, seit er auf dieser Insel wohnte. Er schloss ab.

Mittwoch

Salomon blinzelte gegen die Helligkeit in seinem Schlafzimmer. Er hatte vergessen, die Vorhänge zuzuziehen. Was nach dem gestrigen Abend auch kein Wunder war.

Vorsichtig schob er erst den linken, dann den rechten Arm unter der Bettdecke hervor. Wo war der Schmerz? Er horchte in sich hinein, aber es ging. Auch als er seine Beinmuskeln in Bewegung brachte, spürte er nichts. Doch als er sich aufrichten wollte, merkte er genau, wo sein Rücken den Schlag abbekommen hatte. Langsam, ganz langsam setzte er sich auf, schloss die Augen und öffnete sie wieder.

Die Wände, die sich gerade noch um ihn gedreht hatten, standen jetzt dort, wo sie immer standen. Und – er wollte es nicht glauben – er verspürte ein leichtes Ziehen in der Magengegend, das nach einem kräftigen Frühstück verlangte. Dann konnte ja alles nicht so schlimm gewesen sein. Er hob die Beine aus dem Bett. Die Sonnenstrahlen umfingen warm seinen nackten Oberkörper. Er ging in die Küche, stellte die Kaffeemaschine an, schnitt ein paar Scheiben Brot von dem Laib und nahm Wurst und Käse aus dem Kühlschrank.

Doch je länger er wach war, desto intensiver überfiel ihn die Erinnerung. Wer war der Idiot, der locker in Kauf genommen hatte, dass er, Salomon, die Attacke eventuell gar nicht überlebt hätte?

Ihn fröstelte. Wo war sein Hemd? Im Wohnzimmer? Er hatte es mit Hilfe der Ärztin ausgezogen, bevor sie ihn untersucht hatte.

Er ging rüber und tatsächlich, da lag es neben dem Sofa. Er hob es auf und sah sich um. Das Zimmer sah aus wie immer, nichts deutete darauf hin, dass ein Überfall stattgefunden hatte. Nichts, bis auf … Er blickte auf den Schreibtisch. Dorthin, wo er das Armband abgelegt hatte. Es war nicht mehr da. Und seine Unterlagen, die er wie üblich, wenn er nicht gerade schrieb, ordentlich übereinandergestapelt hatte, sahen aus, als hätte sie jemand aufgenommen und nicht sehr ordentlich wieder an der gleichen Stelle abgelegt. Links schaute die blaue Mappe mit den Unterlagen über zwei Giftmorde heraus und unten hatte sich der Baltrum-Prospekt ein Stück hervorgewagt.

Das war ungewöhnlich, nicht seine Art von Ordnung. Ohne äußere Ordnung gibt es keine innere. Das hatte er von einem Seminar als bleibende Lehre mitgenommen und es half. Wenn um ihn herum Chaos war, hatte er keine Muße zum Schreiben.

Er schob den Stapel wieder zusammen, zog ihn zur Seite und wieder zurück. Vielleicht steckte das Armband unter den Papieren. Doch so lange er auch suchte, er fand es nicht. Dann war wohl der Zeitpunkt gekommen, Hanna reinen Wein einzuschenken. Salomon ging zurück in die Küche, doch der Appetit war ihm vergangen.

Im Schlafzimmer zog er Hose, Socken und Schuhe an und machte sich auf den Weg zum Haus der Bärmanns. Es war schon ordentlich was los auf den Straßen. Kein Wunder, war es doch schon halb elf, wie er mit einem Blick auf die Rathausuhr verblüfft feststellte.

Als er an der Polizeiwache vorbeikam, überlegte er kurz, ob er Michael davon unterrichten sollte, dass nicht nur das Akkordeon fehlte. Aber er beschloss, nicht den zweiten Schritt vor dem ersten zu tun. Je länger er wartete, desto unangenehmer erschien ihm das bevorstehende Gespräch mit Hanna. Obwohl er keinerlei Schuld an der Situation trug. Es steckten bestimmt wertvolle Erinnerungen in den einzelnen Teilen, die an dem Armband hingen.

Er atmete noch einmal tief durch, dann klopfte er an die Bürotür.

»Ja, bitte?«, hörte er Hannas Stimme.

Er öffnete die Tür. Aus Hannas Gesicht verschwand schlagartig jegliche Freundlichkeit, als sie ihn erkannte. Aber was zeigte ihre Miene? Neutralität? War die Frau abweisend oder sogar ungehalten über sein Erscheinen? Er konnte es nicht einschätzen, war auch zu sehr mit der Frage beschäftigt, wie er ihr erklären sollte, dass ihr Armband nicht mehr da war.

»Was kann ich für dich tun?«, fragte sie ruhig. Mit einer fast eleganten Bewegung schob sie eine Haarsträhne hinter das Ohr.

»Ich ... ich muss dir was erklären«, erwiderte er. »Kann ich mich eben setzen?« Seine Beine zitterten.

Sie streckte den Arm aus und zeigte auf die kleine Sitzgruppe. »Wenn du willst.«

Ja. Er wollte. Denn an ihrem ausgestreckten Arm glitzerte etwas. Und das sah genau aus wie das Armband, das bis gestern Abend auf seinem Schreibtisch gelegen hatte. Jetzt musste er seine Gedanken völlig neu formulieren.

»Was liegt also an?«, fragte sie, als auch sie sich auf einem der schmalen Sessel niedergelassen hatte.

Er straffte seine Schultern, den Schmerz, der sich sofort meldete, außer Acht lassend. »Wie kommst du an das Armband? Hast du zwei von der Sorte?«

»Nein. Ich habe es gestern bei dir aus der Wohnung geholt. Du warst nicht da, aber die Haustür war offen«, erklärte Hanna.

»Ach, nur weil nicht abgeschlossen ist, gehst du einfach rein?«, fragte er ungläubig.

»Also pass mal auf. Ich bin kein Dieb. Ich habe nur geholt, was meines ist«, sagte sie laut und bestimmt. »Dafür, dass du mich gestern noch mit auf Lesereise nehmen wolltest, ist deine Frage jetzt ziemlich seltsam.«

Salomon stand auf. Alles war gut. Sie hatte ihr Armband wieder. Damit war der Fall erledigt. Er würde ihr nicht erzählen, wie der gestrige Abend für ihn verlaufen war. »Okay. Dann will ich mal wieder. Tschüss.« Ohne eine Antwort abzuwarten, verließ er eilig das Büro. Fast wäre er in dem schmalen Flur mit Kenny Jannssen zusammengestoßen.

So eine schwierige Frau hatte er in seinem Leben noch nie getroffen. Sollte sie sehen, wie sie mit dem Leben klarkam. Er würde sich jedenfalls in Zukunft von ihr fernhalten.

Er stieg auf sein Rad und fuhr zum Aufgang bei *Stark's Strandladen*. Ein Gang zum Wasser, barfuß, um den Sand zwischen seinen Zehen zu spüren, war das einzige, was ihn jetzt wieder auf die richtige Spur bringen konnte.

Es war Badezeit und viele Menschen tummelten sich im Wasser, gut bewacht von den Leuten der DLRG. Andere Gäste sonnten sich in den Strandkörben oder bauten mit ihren Kindern mehr oder weniger kunstvolle Sandburgen. Er ließ den Hunde- und den Drachenstrand hinter sich und schnell wurde es ruhiger. Ein paar Wanderer waren wie er an der Wasserkante unterwegs, hier und da war ein kleines buntes Zelt aufgebaut, aber es war kein Vergleich mehr zu dem fröhlichen Treiben an der Badezone. Endlich konnte er seine Gedanken in Ruhe sortieren.

Doch je weiter er lief, desto mulmiger wurde ihm. Gerade hatte er noch für sich beschlossen, die Sache mit dem Armband auf sich beruhen zu lassen, aber nun nahm der Gedanke, dass der eine Fall durchaus etwas mit dem anderen zu tun haben könnte, immer mehr Raum in seinen Überlegungen ein. Wer sagte ihm denn, dass Hanna ihm nicht einen verpasst hatte, so genervt, wie sie von ihm war?

Gut, natürlich stellte sich die Frage, warum sie vorher sein Akkordeon geklaut haben sollte. Darauf fiel ihm keine passende Antwort ein. Es wäre außerdem ziemlich unüberlegt, als Beweis für ihre Taten mit diesem Armband herumzulaufen. Sollte er trotzdem mit Michael sprechen? Natürlich wollte er die Frau nicht grundlos verdächtigen, aber irgendwie musste Licht ins Dunkel kommen.

In seinen Thrillern verfolgte er ein praktisches Rezept: Wenn ihm heute keine Lösung einfiel, wartete er bis zum nächsten Tag. Mit ein wenig Abstand klappte es meist mit der Aufklärung einer verwickelten Szene. Aber sollte er wirklich eine Nacht darüber schlafen, bevor er Michael ins Vertrauen zog? Nein, er würde jetzt mit ihm reden. Selbst in seinen Büchern vermied er es aus Überzeugung, den einsamen Cowboy ermitteln zu lassen. Bei aller Spannung – Team-Arbeit war ihm wichtig.

Er nahm sein Handy aus der Tasche und verabredete mit Michael, dass er in gut einer Stunde in der Wache sein würde. Nun gab es kein Zurück mehr. Alea iacta est.

Aber noch hatte er Zeit. Er ging weiter, bis zu dem Pfahl, der den Aufgang zum BK-Heim bezeichnete. Ein Netz war aufgestellt und ein paar junge Mädchen spielten Volleyball.

Das war die schöne Seite der Insel. Das Gefühl der Unbeschwertheit, das ihm von seinen früheren Besuchen bei seiner Verwandtschaft in Erinnerung geblieben war, erfasste ihn endlich wieder. Genau das war der Grund gewesen, hierher zu ziehen.

Aber wenn es diesmal auch wieder so liefe wie im letzten Jahr, dann war's das. Mord und Totschlag konnte er auch am Festland haben.

Nach ein paar Metern sah er eine kleine Einbuchtung in den Randdünen, dort, wo die Sturmfluten des letzten

Winters ordentlich genagt hatten, und setzte sich. Sein Rücken schmerzte. Er brauchte eine Pause. Er schaute über die weite Wasserfläche. Der Wellenschlag hatte sich in der Viertelstunde verstärkt, obwohl der Wind eher lau wehte. Aber es war Flut und das Wasser würde noch um einiges steigen.

Ein schwarzer Schäferhund versuchte mit lautem Gebell, den Ball zu fangen, den sein Herrchen immer wieder in weitem Bogen warf. Der Hund rannte hinterher, scheute auch nicht vor dem Wasser zurück, wenn der Ball zu weit geflogen war und brachte ihn schwanzwedelnd zurück. Etwas weiter gen Osten tanzte eine beleibte gelb-schwarze Biene am Himmel. Ein schlankes Mädchen wurde beinahe mit in die Luft gezogen bei dem Versuch, den Drachen zu lenken. Doch eine Erwachsene – ihre Mutter? – packte mit an und das übermütige Lachen der beiden drang zu ihm herüber.

Eine Weile blieb er sitzen und ließ den gestrigen Abend wieder und wieder Revue passieren. Wer nur hatte es auf ihn abgesehen? Ob Michael schon Näheres in Erfahrung gebracht hatte? Er würde es gleich hören. Dazu musste er jedoch erst einmal aufstehen. Mühsam erhob er sich und stapfte durch den Sand zurück zu seinem Fahrrad.

In Höhe des Kinderspielhauses bremste er scharf. Ein Mann, der einen Kinderwagen vor sich herschob, wechselte ohne Ankündigung die Straßenseite. Er nahm wieder Fahrt auf. Um diese Jahreszeit ist es wirklich sinnvoller, die breitere Route am Spielteich entlang zu nehmen, dachte er, auch wenn es ein Umweg ist. Aber was war auf dieser kleinen Insel schon ein Umweg?

Michael Röder stand in der offenen Tür der Wache und winkte ihn herein. »Das ist mein Kollege Weerts aus Norden«, stellte er den anderen Mann vor, der hinter dem Schreibtisch saß.

»Ich weiß«, erwiderte Salomon. »Wir haben uns im letzten Jahr bereits kennengelernt.«

»Das ist richtig«, bestätigte Weerts.

»Entschuldigt. Natürlich«, sagte Röder. »Es ist nur, weil mein Kollege erst seit zwei Wochen wieder hier ist. Ich habe nicht daran gedacht, dass er im letzten Jahr ebenfalls die Sommerzeit hier verbracht hat.«

»Und da war doch mindestens ein Kommissar aus Aurich, nicht wahr?«, überlegte Salomon.

»Ja. Mein Freund Arndt.«

Salomon hörte sich interessiert an, was Michael über Arndt Kleemann zu erzählen hatte. »So schnell ändert sich der Lebensplan«, sinnierte er. »Wer weiß, was uns alles passiert.«

»Genau. Lass uns also damit anfangen, darüber zu reden, was gestern Abend passiert ist«, sagte Röder. »Setz dich. Wie geht es deinem Rücken?«

»Die Stelle schmerzt noch. Der Kopf jedoch nicht. Und schwindelig ist mir auch nicht.«

»Schön zu hören. Also pass auf. Wir haben heute Morgen einen Hinweis bekommen. Es geht um eine Gruppe fahrender Handwerker, Osteuropäer oder so, die immer wieder auf der Insel auftauchen und nach Arbeit fragen. Zurzeit sind sie wohl auch hier. Bisher habe ich keine Klagen gehört, aber ein Insulaner erzählte mir, dass die bei einem Nachbarn gearbeitet haben und mit dem in Streit geraten sind. Daraufhin hat einer von denen ›aus Versehen‹ einen Hammer in eine Badewanne fallen lassen.«

Salomon erschrak. Auch er hatte die Hilfe der Männer in Anspruch genommen … Er war im Großen und Ganzen zufrieden gewesen. Allerdings hatte er keine allzu hohen Ansprüche gestellt. Die drei Männer hatten tapeziert, Laminat verlegt und die neuen Küchenschränke aufgehängt. Er erzählte Michael, wie er sie kennengelernt hatte. »Das war in Neßmersiel. Wir warteten auf das Schiff. Einer von denen bat mich um Feuer für seine Zigarette. So kamen wir ins Gespräch und sie fragten mich, ob ich nicht etwas für sie zu tun hätte.«

»Und?«

»Du weißt, wie das Haus von innen aussah, als ich es übernommen habe. Das hätte ich nie allein geschafft. So kamen die mir wie gerufen«, erklärte Salomon. »Allerdings gibt es da eine Sache: Ich habe die Männer gebeten, die Garderobe im Flur aufzubauen. Das haben sie anstandslos gemacht. Als ich abends eine Jacke aufhängen wollte, fiel das Teil beinahe in sich zusammen. Ich habe die Männer am nächsten Tag darauf angesprochen und der Chef hat ziemlich sauer reagiert. Man habe das Beste aus dem Billigteil rausgeholt, hat er gemeint. Ich habe es darauf beruhen lassen und als eine Woche später mein Bruder zu Besuch war, haben wir die Garderobe gemeinsam noch mal aufgebaut. Jetzt hält sie einigermaßen. Die war wirklich nicht von allerbester Qualität. Das war übrigens auch das letzte Mal, dass die Männer bei mir aufgetaucht sind.«

»Und wo haben sie gewohnt?«, fragte Weerts.

»Keine Ahnung. Sie waren morgens da und abends sind die gegangen. Mittags haben sie, wenn ich mich recht erinnere, im *Seehund* gegessen. Da kann man ein Abo abschließen.«

»Dann werde ich Verena fragen«, sagte Röder. »Kann gut sein, dass sie mal mit den Männern ins Gespräch gekommen ist.«

»Glaubst du denn wirklich, dass die Handwerker etwas mit den seltsamen Ereignissen der letzten Tage zu tun haben?«, sagte Salomon zweifelnd.

»Das will ich herausfinden. Zumindest hat man mir gesagt, dass sie zu den letzten gehört haben, die auf dem Inselglockenfest waren und einer von denen soll ziemlich betrunken herumgegrölt haben.« Röder war aufgestanden.

»Ich bin gespannt. Lass von dir hören.« Auch Salomon erhob sich. »Nächste Woche muss ich ans Festland. Ich habe dort einige Lesungen. Nur zur Info.«

»Okay. Pass auf dich auf«, rief Röder hinter ihm her, als er die Wache verließ.

Erst zu Hause erinnerte Salomon sich an Hanna und das Armband. Er hatte völlig vergessen, den beiden Polizisten davon zu berichten. Egal. Würde er es eben später erledigen. Jetzt hatte er erst einmal Hunger.

*

»Meine Liebe, wie schön der Tag beginnt, wenn ich Sie hier morgens sitzen sehe!« Werner Bärmann war da. Und mit ihm einer seiner bekloppten Sprüche.

Ihr fiel mal wieder keine Antwort ein, also schwieg sie.

»Geht es Ihnen gut? Wenn nicht, lassen Sie zu, dass ich Ihnen helfe.« Mit jedem Wort war er ihr ein Stückchen näher gekommen. Sie wusste, was nun folgte. Und tatsächlich. Sie spürte, wie seine fleischigen Finger plump die Nackenhaut unter ihren Haaren rieben.

»Sie haben sich doch richtig gut eingelebt. Und Florian auch, oder?«

Sie zuckte zusammen. War das eine Drohung? Es klang beinahe so. Was wollte der Mann? Bis jetzt hatte er nicht mehr von ihr verlangt, als dass sie still hielt, während er seine Finger auf ihrer Haut kreisen ließ. Das dauerte so etwa drei Minuten, dann war es gut. Aber was sollte die Frage nach Florian?

»Meinem Sohn geht es prima«, sagte sie leise.

»Wie schön, dann wollen wir hoffen, dass Sie möglichst lange bei uns bleiben.« Bärmanns Hände wanderten nach vorne und seine Finger suchten den Weg in ihren Ausschnitt. »Ich werde meine Frau davon überzeugen, dass ich Sie … dass wir Sie auch im Winter brauchen. Es gibt so viel im Büro zu tun. Die neuen Anfragen kommen und meine Frau muss einfach mal ganz lange Urlaub machen. Am besten in einem Sanatorium. Weit weg von hier. Ich habe schon etwas Passendes für sie gefunden.«

Hanna wurde es schlecht. Ihre Gedanken rasten. Sie brauchte einen Job. Und der musste weit weg im Nirgendwo sein. Also genau hier. Darum und nur darum hatte sie bisher die Hände ihres Chefs ertragen. Schweiß rann ihr den Rücken herunter.

»Werner? Werner, wo bist du?«

»Oh, meine Frau ruft mich.« Mit einem Ruck zog Bärmann seine Hand unter ihrer Bluse hervor und machte einen Schritt zurück. »Jetzt haben wir ein Geheimnis«, raunte er Hanna zu, bevor er das Büro verließ.

Hanna atmete tief durch. Was sollte sie noch alles ertragen? War es das wert? Hatte es einen Sinn, mit Ingrid Bärmann zu reden? Ihr von den Übergriffen ihres Mannes zu berichten? Sie hatte keine Ahnung, wie die Frau reagieren würde. Wie sollte sie auch. Klar war nur: Wie immer die sich entschied, den Job hier wäre Hanna los. Und wo sollte sie dann hin? Florian hatte sich gerade ganz ordentlich eingelebt. Wer würde sie nehmen, mit den paar kümmerlichen Papieren, die sie vorzuweisen hatte?

Und wenn Bärmann selber vielleicht Lügen über sie auf der Insel verbreitete, dann konnte sie sehen, dass sie das nächste Schiff erreichte. Denn dass man ihrem Chef, der seit Jahren hier wohnte, mehr Glauben schenkte als ihr, das war klar.

Aber so konnte es doch trotzdem nicht weitergehen.

Wenn sie nur jemanden hätte, mit dem sie reden könnte! Aber das war ein für alle Mal vorbei. Nein, sie musste durchhalten. Für Florian. Solange es eben ging.

Hier war der einzige Ort, an dem ihr Sohn auch allein unterwegs sein konnte. Natürlich machte sie sich auch hier Gedanken, ob es ihm gut ging, aber man konnte einen Jungen in seinem Alter nicht im Haus festhalten.

Mit zitterigen Fingern tippte sie die nächste Buchungsbestätigung in den PC. Und als sich die Tür ein weiteres Mal öffnete, merkte sie, wie sich alle Muskeln in ihr zusammenzogen. So langsam werde ich verrückt, dachte sie.

Doch es war Ewelina, die sie fröhlich begrüßte. Ob sie mit ihr …? Nein. Wenn das Leben sie eines gelehrt hatte, dann das: Dinge für sich zu behalten. Die Wahrheit konnte ganz schön gefährlich sein.

»Du siehst weiß aus in Gesicht. Musst du mehr an die Sonne gehen, wenn Feierabend.« Ewelina strich ihr über die Schulter.

Was für ein Gefühl … Der Wunsch nach mehr Berührung und Liebe erwachte, und die Sehnsucht, dass es nie aufhörte, und gleichzeitig waren da die Angst und der Ekel bei dem Gedanken an Bärmanns Finger.

»Paulina und ich wollen zum Großen Inselabend. Morgen. Kommst du mit? Dann ich besorge Karten. Für Florian auch?« Ewelina hüpfte von einem Bein auf das andere, so als könne sie die Antwort kaum abwarten.

Sollte sie? Mit oder ohne Florian? Der Junge musste am nächsten Tag wieder zur Schule. Aber ihn abends allein zu lassen, war auch keine Option. Sie wusste nur, dass Ablenkung ihr guttun würde. Zu Hause sitzen und über ihren schrecklichen Chef nachdenken konnte sie später.

Sie nickte. »Zwei Karten für mich. Vermutlich werde ich aber in der Pause nach Hause gehen, damit es für Florian nicht zu spät wird.«

»Prima. Dann gehe ich mal. Bezahlen kannst du machen dann. Ich erst mal schauen, was kostet.« Damit zog Ewelina die Tür hinter sich zu und war verschwunden.

Hanna wandte sich wieder ihrem Computer zu. Da waren einige Briefe, die sie gerne heute noch zur Post gebracht hätte, aber ihre Konzentration ließ zu wünschen übrig. Wie weit würde Bärmann gehen? Was würde sie zulassen? Zulassen müssen?

Männer waren doch alle gleich. Ob sie nun Bärmann oder Salomon Bartels hießen. Der Knabe hatte auch nichts Besseres zu tun, als sie im erstbesten Moment aufzufordern, mit ihm auf Reisen zu gehen. Sie wusste genau, was der Preis für die Fahrt war. Vom Regen in die Traufe, oder wie hieß das Sprichwort? Nein. Nicht mit ihr. Ein Mann, der ihr an die Wäsche ging, war schon einer zu viel.

Zumindest hatte sie ihr Armband wieder. Es war eines der wenigen Dinge, die sie aus ihrem früheren Leben mitgenommen hatte. Liebevoll drehte sie das goldene Kettchen mit den Anhängern daran um ihr Handgelenk. Jedes Teil barg eine Erinnerung. Das Zeichen für ihr Sternbild, die Zwillinge, hatte sie von ihren Eltern zur Konfirmation bekommen. Der schiefe Turm von Pisa – wehmütig dachte sie an die Klassenfahrt in der Zehnten. Sie hatten Italien unsicher gemacht und hinterher hatte sie ihr ganzes Taschengeld gespart und sich den schiefen Turm gekauft, den sie beim Juwelier in ihrer Stadt eines Tages in der Auslage gesehen hatte.

Ihr Blick fiel auf das filigrane goldene Vorhängeschloss mit dem angedeuteten Schlüssel. Tränen schossen ihr in die Augen. Sie zerrte ein Taschentuch aus der Hose.

Verdammte Erinnerungen! Ihr vergeblicher Versuch, tief durchzuatmen, endete in einem Hustenanfall. Es dauerte eine ganze Weile, bis die Schläge, die ihre Brust zu sprengen drohten, nachließen und sie wieder Luft holen konnte. Meine Güte, wie sehe ich jetzt bloß aus? Egal. Reiß dich zusammen. So will dich keiner sehen!

Sie stand auf, startete die Kaffeemaschine und nahm

sich einen Keks aus der Schreibtischschublade. Gäste hatten sich gestern verabschiedet und das Gebäck als Geschenk dagelassen.

Welcher Brief war jetzt dran?

Sie arbeitete eine weitere Stunde, dann ging sie nach Hause. Florians Unterricht war zu Ende und sie bemühte sich immer, da zu sein, wenn er aus der Schule kam. Meistens klappte es auch. Später würde sie wieder für ein paar Stunden ins Büro gehen. Ihr graute jetzt schon davor.

Zu Hause angekommen, nahm sie ein Fertiggericht aus dem Gefrierfach und schüttete es in den Topf. *Risotto* stand auf der Verpackung.

Und wie auf ein geheimes Signal hin stand auch schon Florian neben ihr. »Mama, ich muss heute ins Nationalparkhaus«, sagte er aufgeregt.

»Was machst du dort?«

»Wir helfen einer Gruppe beim Müllsammeln am Strand. Morgen auch. Und übermorgen. Die haben uns in der Schule gefragt und die meisten machen mit.«

»Na denn. Iss erst einmal was und mach deine Schularbeiten, dann kann es losgehen«, erwiderte sie.

»Super.« Er nahm sich einen Löffel, schaufelte Reis und Gemüse auf den Teller und leerte ihn in Windeseile. Es dauerte nur einen kleinen Moment, dann stand er auf und griff nach seinem Rucksack. »Ich bin in meinem Zimmer.«

»Du willst mich also hier ganz allein sitzen lassen?«, rief sie hinter ihm her, doch es kam keine Antwort.

Richtiges Benehmen werde ich ihm wohl etwas intensiver beibringen müssen, beschloss sie schmunzelnd. Sie war froh, dass aus Florian so ein selbstbewusster, meistens recht fröhlicher Junge geworden war. Früher hatte das ganz anders ausgesehen. Sie musste durchhalten. Das war sie ihm einfach schuldig.

Sie machte sich über den Rest des Mittagessens her, räumte den Tisch ab, ging hinüber ins Wohnzimmer und legte sich auf das Sofa, das ihr nachts auch als Bett diente. Mehr gab die Wohnung nicht her, aber mit einem weiteren Raum wäre sie nicht zu bezahlen gewesen. Hier wohnten Florian und sie sogar einigermaßen preisgünstig. Dafür hatte Werner Bärmann gesorgt. Inzwischen war ihr klar, warum. Ansonsten war es beinahe unmöglich, auf der Insel eine Wohnung zu bekommen. Beinahe alle wurden an Feriengäste vermietet. Damit war finanziell um Längen mehr herauszuholen. Das hatte sie auch erst lernen müssen, als sie auf die Insel gekommen war.

Sie schloss die Augen und wäre beinahe eingeschlafen, wenn nicht die Stimme ihres Sohnes sie in die Wirklichkeit zurückgerufen hätte.

»Ich bin dann mal weg.«

»Wohin?«

»Habe ich doch eben schon gesagt«, stöhnte er genervt auf, »wir treffen uns am Nationalparkhaus mit den anderen. Helfen.«

»Was für eine Gruppe ist das?«, fragte Hanna.

»Keine Ahnung. Irgendwas mit Umwelt. Du brauchst dir also keine Gedanken zu machen. Ich bin schon groß. Bis dann.«

Ehe Hanna auch nur antworten konnte, war Florian verschwunden.

Hatte ihr Sohn recht? Machte sie sich zu viele Gedanken? Nein! Die Gefahr war immer da. Die Frage war nur, wie sie damit umgehen sollte. Klar, sie könnte nach Amerika auswandern, aber ob sie sich dort sicherer fühlen würde? Sie bezweifelte es.

Eigentlich wünschte sie sich nichts sehnlicher, als wieder in einen ganz normalen Lebensablauf einzutauchen. Dann wäre sie Bärmanns ekelige Annäherungen los. Aber noch ging das nicht. Oder vielleicht doch?

Wieder einmal war sie an einem Punkt völliger Ratlosigkeit angelangt und wünschte sich dringend Hilfe von außen. Aber das war unmöglich!

Sie stand auf. Allein in ihrer Wohnung rumsitzen war auch langweilig. Da konnte sie genauso gut arbeiten. Sie machte sich frisch und ging den kurzen Weg zurück zu ihrem Büro.

An ihrem Schreibtisch saß Ingrid Bärmann und sortierte Post. »Gut, dass Sie hier sind«, sagte sie, »es sind einige Bestätigungen eingegangen. Die Buchungen für das nächste Jahr laufen wie verrückt.«

Hanna wunderte das nicht. Bärmanns hielten die Unterkünfte top in Schuss. Ewelina, Paulina und die anderen Mitarbeiter waren richtig klasse. Besonders Kenny kümmerte sich unermüdlich darum, dass die Technik in den Wohnungen funktionierte. Es könnte alles so schön sein, dachte sie wehmütig, wenn nur der Chef nicht …

»Frau Goedeke? Was ist mit Ihnen?«

Hanna zuckte zusammen. »Nnichts. Alles klar. Ich setze mich sofort dran.«

Zögernd stand Ingrid Bärmann auf und musterte sie aufmerksam. »Wenn Sie irgendein Problem haben … Sie können damit immer zu mir kommen. Ich möchte Sie ungern verlieren, verstehen Sie?«

Hanna war zu keiner richtigen Antwort fähig, druckste nur ein leises »Danke« heraus und setzte sich. Noch ein Wort von ihrer Chefin und sie würde in Tränen ausbrechen.

*

»Fassen wir es zusammen: In der Nacht vom Sonntag auf Montag wird in der Kirche randaliert. Montagnacht wird die Glocke entwendet und in der Nacht auf Mittwoch wird Salomon Bartels niedergeschlagen und sein Akkordeon gestohlen.«

Wille Weerts hatte ein weißes DIN-A4-Blatt vor sich liegen und malte so etwas wie eine Grafik auf. Auch bei näherem Hinsehen konnte Röder nicht so ganz ausmachen, was sein Kollege damit zu erreichen versuchte.

»Ich bemühe mich, einen Zusammenhang zwischen den Taten herzustellen«, erklärte Wille, als hätte er Röders Gedanken gelesen.

»Ich habe ehrlich nicht die mindeste Ahnung, ob es überhaupt einen Zusammenhang gibt«, sagte Röder. »Ich weiß auch nicht, wo ich weiter ermitteln soll.«

Verena Fahlert, die Chefin des *Seehund*, hatte er nicht erreichen können. Es war Mittwoch und somit Ruhetag im Restaurant. Immer schon. Er hatte nur nicht darüber nachgedacht. Verena war ans Festland gefahren und würde abends erst zurückkommen. Er setzte zwar nicht viel Hoffnung in das Gespräch, aber er wollte jeder Spur nachgehen.

»Das Einzige ist Bartels' Aussage, er habe eine Glocke kurz vor seinem Tiefschlaf läuten hören«, überlegte Wille. »Ich denke, dass in solch einem Fall das Gehirn durchaus mal Kapriolen schlägt. Wahrscheinlich steckt nichts dahinter. Trotzdem lohnt es sich, auf dieser Schiene mal weiterzudenken. Will uns jemand mit diesen Aktionen etwas sagen? Wenn ja, was? Bisher habe ich die Taten ganz eng mit der Kirche verbunden, aber wie passt dann Bartels da mit rein?«

»Warten wir ab, ob Verena Neues für uns hat.« Röder wischte sich über die Stirn. Es war keine gute Idee gewesen, die Tür der Wache publikumsfreundlich offen stehen zu lassen. Einzig ein warmer Sommerwind war hereingeströmt und weckte Sehnsucht nach Strand und Meer.

Doch er hatte sich nun mal dummerweise dafür entschieden, in seiner Freizeit, die schließlich auch einem Inselpolizisten zustand, den Flur der Dienstwohnung zu tapezieren und nicht faul im Sand zu liegen. Aber vielleicht war später Zeit für einen Gang am Wasser. Auch wenn garantiert der ein oder andere Insulaner mit dem hämischen Spruch: »Na, musst du wieder Streife laufen?« aufwartete. Damit konnte er leben.

Sein Telefon meldete sich. Wenn man vom Teufel redet, dachte er, als er Verenas warme dunkle Stimme hörte.

»Mein Koch hat mir gesagt, dass du mich sprechen wolltest«, sagte sie. »Ich habe mir gedacht, dass es vielleicht nicht bis heute Abend warten kann. Also – was liegt an?«

»Es geht um drei Männer, die bei dir im Abo essen, wenn sie auf der Insel sind. Wanderarbeiter oder so. Kannst du mir Näheres zu denen sagen?«

»Ach so, wahrscheinlich meinst du Dieter und seine zwei Kollegen. Ja, die sind oft auf der Insel«, bestätigte Verena. »Die helfen aus, wo sie nur können.«

»Und – was sind das für Typen? Was haben die für einen Ruf?«, hakte er nach.

»Tja, was soll ich dazu sagen? Das habe ich mal so, mal so gehört. Die einen finden die sehr gut und freuen sich, wenn die ihnen helfen, die anderen sagen: nie wieder! Ich habe keine Ahnung, was richtig ist. Bei mir haben sie noch nicht gearbeitet.«

»Weißt du, wo die übernachten, wenn die hier sind?«, fragte Röder.

»Ich habe gehört, dass sie in einem Bauwagen hausen«, antwortete Verena. »Der steht im Garten vom Haus *Südblick*. Gut versteckt hinten in den Dünen. Aber ob das stimmt, oder ob das nur erzählt wird – ich habe keinen Schimmer. Wir unterhalten uns nie großartig. Sie kommen, essen und gehen wieder.«

»Und? Die sind im Moment doch auf der Insel, oder?«

»Ich denke wohl. Zumindest habe ich sie am Sonntag ziemlich spät beim Inselglockenfest gesehen. Einer von denen hat sich gut die Kante gegeben. Und gestern waren sie zum Essen da. Für morgen haben sie sich wieder angemeldet.«

»Okay. Danke erst einmal. Ich komme heute Abend trotzdem kurz vorbei, wenn es passt. Ich habe bestimmt ein paar weitere Fragen«, sagte Röder.

»Warum erkundigst du dich überhaupt nach denen?«

»Erklär ich dir später. Bis dann.« Er beendete das Gespräch erzählte Wille, was er erfahren hatte. »Ich mache mich mal auf und versuche, die Jungs zu erwischen. Vielleicht weiß der Vermieter ja, wo die gerade arbeiten.«

Draußen schnappte er sich sein Fahrrad, doch bevor er aufsteigen konnte, stand Pastorin Nadja Recknagel vor ihm. »Zu Ihnen wollte ich gerade. Ich habe genauere Daten über die verschwundenen Dinge gefunden.«

»Gehen Sie man rein«, erwiderte er. »Mein Kollege Weerts ist da und nimmt die Unterlagen gerne entgegen. Danke auch.«

»Da nicht für. Sind Sie mit ihren Ermittlungen schon weitergekommen?«, fragte sie.

»Bisher nicht viel«, gestand er ein. »Wie heißt es so schön – wir ermitteln in alle Richtungen.«

»Was nichts anderes heißt, als: Sie haben keine Ahnung«, lächelte sie. »Meine Kurpastorin, Maria Bakker, lässt übrigens nicht locker und will übermorgen das erste Kirchenfest zugunsten einer neuen Glocke veranstalten. Sind Sie dabei? Vielleicht können Sie sogar selber einen Stand gestalten. Gibt es Plakate, Flyer und

Give-aways bei der Polizei? Sozusagen als Werbemittel? Es gibt doch auch Puppenspieler bei Ihnen, die in Schulklassen gehen und den Kindern alles über die Gefahren des Straßenverkehrs beibringen. Haben Sie jemanden an der Hand, der das …«

»Frau Recknagel, ich muss los. Erzählen Sie alles Herrn Weerts. Der wird sich darum kümmern.« So schnell er konnte, schwang er sich auf sein Rad und fuhr los. Liebe Güte, ein Puppenspieler. Sollte er auch mit den Kindern Polizisten aus Filz basteln oder Handschellen aus Strohhalmen? Er schaffte es kaum, die neue Tapete gerade an die Wand zu kleben. Und die Fantasie für selbst ausgedachte Spiele fehlte ihm ebenfalls.

Aber Wille würde es schon richten. Der hatte ihm mal erzählt, dass er sich ehrenamtlich mit Flüchtlingskindern beschäftigte. Auf spielerischem Wege die deutsche Sprache beibringen, das war es, was er machte. Also würde es ihm auch gelingen, für einen Nachmittag Insulaner- und Gästekinder zu unterhalten.

Bei der Volksbank war ordentlich was los. Kein Wunder, denn die Sparkasse hatte ihre Filiale bereits vor zwei Jahren dichtgemacht und nur einen Auszahlungsautomaten zurückgelassen. So viel zum Thema Kundenbindung, dachte Röder beinahe jedes Mal, wenn er daran vorbeifuhr. Die von der Sparkasse hatten doch tatsächlich vorgeschlagen, man solle Geld, das einzuzahlen wäre, nach Dornum schaffen. Leider gab es dorthin keinerlei Busverbindung. Wer als Insulaner kein Auto hatte, musste also von Neßmersiel acht Kilometer hin und auch zurück laufen oder sich ein Taxi mieten. Auch Sandra und er waren daraufhin zur Volksbank gewechselt, so wie die meisten Inselbewohner.

In Höhe der Schule musste er scharf bremsen. Ein Junge rannte vom Schulhof, ohne nach rechts oder links zu schauen, über die Straße und dann die Schräge hinunter auf den Sportplatz. Komisch, dachte der Polizist, der Unterricht müsste längst durch sein, es ist beinahe Nachmittag. Doch auf dem Schulhof herrschte reges Treiben. Der Leiter der Schule, Paul Abart, stand umringt von den Kindern bei dem bunten Seehund und winkte zu ihm herüber.

»Was treibt ihr?«, rief Röder ihm zu.

»Wir haben eine AG. Die Hälfte der Kinder hat frei, die andere arbeitet an einem Physikprojekt. Wir werden dabei per Video vom Internatsgymnasium in Esens unterstützt. Ist echt spannend. Aber jetzt haben wir gerade Pause.«

»Na denn, viel Vergnügen.« Er fuhr weiter.

Sandra und er hatten keine Kinder. Es hatte sich einfach so ergeben. Wenn sie allerdings welche bekommen hätten, dann wären sie in der Baltrumer Schule bestens aufgehoben gewesen.

In Höhe des Hotels *Strandburg* bog er rechts ab durch das Deichschart und gleich wieder links. Es waren nur noch ein paar Meter, dann stellte er sein Rad vor dem Haus *Südblick* ab. Er schielte um die Ecke und tatsächlich, dort stand ganz hinten im Garten ein altertümlicher hölzerner Bauwagen. Aber ob der auch bewohnt war? Soweit er wusste, musste man dafür eine Genehmigung beim Ordnungsamt einholen, aber es konnte gut sein, dass alles in trockenen Tüchern war.

»Kann ich helfen?« Wie aus dem Nichts stand plötzlich der Besitzer des Hauses, Jürgen Schladerer, vor ihm. Röder kannte den Mann, der wohnte bereits einige Jahre mit seiner Familie auf der Insel. Aber zum »Du« hatte es bis jetzt nicht gelangt.

»Möglich. Ich suche drei Herren, die hier wohnen sollen. Man sagte mir, dass sie in diesem Wagen dort übernachten.« Röder zeigte um die Ecke.

Schladerer lachte. »Was die Einheimischen so alles

wissen, ist erstaunlich. Nein. Die Männer halten sich dort manchmal auf. Es ist deren Wohnzimmer, wenn ich es mal so sagen darf. Aber sie schlafen hier bei uns im Haus.«

»Sind sie da? Ich habe ein paar Fragen.«

»Nein. Sie arbeiten und kommen erst gegen Abend zurück. Ich will aber gerne ausrichten, dass Sie da waren. Sollen die Männer sich bei Ihnen melden?«, fragte Schladerer. »Um was geht es denn genau? Dann kann ich das schon mal weitergeben.«

Röder schüttelte den Kopf. »Das möchte ich lieber selbst mit ihnen besprechen. Wo sind die Herren beschäftigt?«

»Ich bin mir nicht sicher.« Schladerer strich sich durch die Haare. »Ich glaube, irgendwo in der Papphusenstraat. Zumindest versuchte Breda, dieses Wort heute Morgen beim Frühstück unfallfrei auszusprechen. Sehr zum Entzücken der anderen Gäste.«

»Also gehe ich davon aus, dass diese Männer keine Deutschen sind?«, fragte Röder.

»Wieso? Stört Sie das? Werden die Herren dadurch verdächtig?« Schladerers Stimme war laut geworden. »Dieter ist Deutscher. Vasile und Breda kommen aus Rumänien. Arbeiten können die trotzdem.«

»Beruhigen Sie sich. Ich bewerte nicht, ich sammele lediglich Informationen«, sagte Röder scharf. »Also, wo finde ich sie?«

»Ich sagte bereits, ich ...«

»Wo sind sie?!« Röder langte es. Wenn dieser Mann nicht sofort ...!

»Bei Dinkelbachs. Die machen da die Badezimmer. - Aber sagen Sie nicht, dass Sie das von mir haben«, rief Schladerer hinter ihm her, als er sich wieder auf sein Rad setzte.

Der hatte Sorgen ...! Was war denn nur so geheimnisvoll an diesen Männern? Das Einzige, was ihm dazu einfiel, war die Sorge um den Zoll. Denn alle paar Tage tauchte ein Mitarbeiter auf der Insel auf und fahndete nach Schwarzarbeitern.

Papphusenstraat – das ist ein Ausdruck aus grauer Vorzeit, dachte Röder, als er bei der Aussichtsdüne rechts abbog. Viele dieser Häuser waren im Fertigbau errichtet worden, daher der Name. Wieder stellte er sein Rad ab. Diesmal bei Dinkelbachs vor der Tür. Aus der Ferne hörte er dumpfes Klopfen. Er wunderte sich. Es war mitten in der Saison und hier wurde umgebaut?

»Ich hoffe, es ist nicht zu laut? Bist du deswegen hier? Drinnen darf ich doch ...« Beate Dinkelbach stand angetan mit einer bunten Kittelschürze vor ihm, die langen blonden Haare zu einem wirren Haufen auf dem Kopf aufgetürmt, und schaute ihn misstrauisch an. »War es einer der Nachbarn? Hielschers von nebenan? Sollte mich nicht wundern. Dabei haben die doch selbst ... Außerdem: Es dauert nicht mehr lange. Nur noch heute und morgen, dann sind wir durch! Ein Wasserrohrbruch. Ausgerechnet jetzt!«

»Hallo«, versuchte er Beates Redeschwall zu stoppen. »Nein! Es gibt keine Beschwerde!«

Beate Dinkelbach atmete tief aus. »Na prima. Aber was willst du dann? Vom Wolfsbarsch probieren? Bodo hat geangelt und ich gebe die Fische gleich in die Pfanne. Oder ist das der Grund ...?«

Verwirrt schaute er Beate an, dann dämmerte es ihm. »Ich gehe davon aus, dass dein Mann gestern und dann wieder heute einen Fisch gefangen hat.«

»Natürlich. So ist es. Gestern und heute«, bestätigte sie.

Röder meinte ein leichtes Grinsen in ihrem Gesicht zu sehen. Es war nämlich verboten, mehr als einen Wolfsbarsch innerhalb von vierundzwanzig Stunden zu fangen. Im Jahr zuvor waren einigen Fischern ganze Schwärme natürlich völlig unabsichtlich an die Angel geschwommen, so dass die Männer ihren Fang an die örtliche Gastronomie verkauft hatten. Daraufhin hatte die Gemeindeverwaltung erst einmal eine Protestmail auf der Insel verteilt.

»Dann bin ich zufrieden«, erwiderte er. »Darf ich trotzdem reinkommen?«

»Aber beeil dich. Ich habe Angst, dass die Katzen sich den Fisch einverleiben.« Schon war sie verschwunden und ihm blieb nichts anderes übrig, als hinter ihr her zu sprinten.

In der Küche holte er sie wieder ein. Hier war das Hämmern ohrenbetäubend. »Ich will die Handwerker sprechen«, rief er ihr lauthals über den Tisch zu.

»Warum?«, rief sie zurück. »Die essen heute auch bei mir. Der *Seehund* hat ja Ruhetag. Wenn du also bleiben willst …«

»Nein!«

Beate schien zu merken, dass er langsam aber sicher am Ende war mit seiner Geduld. Sie nickte nur und verschwand im Flur, nicht ohne die riesigen Fische in die Mitte des Tisches geschoben zu haben. Wenn sie meint, dass die da vor der Katze sicher sind, dann hat sie sich getäuscht, dachte Röder und folgte ihr wieder einmal.

»Hier sind die Herren. Ich lasse euch denn mal allein.«

Er sah zwei Männer in grauen Hosen und T-Shirts. Ihre Arme waren grau von Staub, der in dem Schweiß dunkle Spuren hinterlassen hatte. Einer kniete vor einem Waschbeckenablauf, der andere schlug gerade Fliesen von der Wand. Auf dem Fußboden lag ein großer Haufen dunkelblauer Scherben. Auch in der Luft stand Staub.

»Guten Tag, die Herren. Ich habe ein paar Fragen an Sie. Können wir nach draußen gehen?«, bat Röder und hustete.

»Machen wir eine Pause«, sagte der Mann am Waschbecken und stand auf. »Der Abfluss ist dicht.«

Der andere Handwerker legte seinen Hammer auf die Erde. »Was ist?«, fragte er seinen Kollegen.

»Wir gehen raus. Die Polizei hat Fragen.«

Röder meinte ein nervöses Aufblitzen in den Augen des Mannes zu sehen, war sich jedoch nicht sicher.

Im Garten angekommen, bat er um die Namen.

»Mein Name ist Dieter Hecker«, sagte der eine, »und das ist Vasile Conan. Er ist bei mir angestellt.«

»Dann haben Sie also eine Firma?«, fragte Röder.

»Natürlich. Was glauben Sie denn? Die Insulaner benötigen für ihren Betrieb eine ordnungsgemäße Rechnung und die bekommen sie.«

Röder war sich nicht sicher, ob das wirklich bei allen der Fall war, intervenierte aber nicht. Das war jetzt nicht das Thema. »Sind Sie nicht normalerweise zu dritt? Zumindest hat man es mir erzählt.«

»Ja. Der dritte Mann heißt Breda Serban. Er ist krank.«

»Wo ist er? Auf der Insel?«

»Wollen Sie mir nicht erst einmal erklären, was Sie von uns wollen?«, fragte Hecker.

»Gerne. Man sagte mir, dass Sie auch auf dem Inselglockenfest waren. Stimmt das?«, fing der Inselpolizist vorsichtig an.

»Ja, waren wir. Wie Hunderte andere auch«, bestätigte Hecker.

»Sie waren ziemlich spät noch da, wie man mir ebenfalls berichtete. Ist Ihnen da etwas Besonderes aufgefallen? Sie haben sicher mitbekommen, dass in die Kirche eingebrochen wurde.«

»Nein. Nicht, dass ich wüsste.«

»Und Ihnen?«, wandte sich Röder an den Mann, der bis jetzt stumm neben Hecker gesessen hatte.

»Er hat auch nichts gesehen«, sagte Hecker.

»Es wäre nett, Wenn Herr Conan mir selber antworten würde.«

»Dürfte schwierig werden. Sie verstehen ganz gut, aber sprechen nicht sehr gut Deutsch«, mischte Hecker sich erneut ein.

Aber Röder wollte noch nicht aufgeben. Wenn Hecker mit seinen beiden Mitarbeitern klarkam, warum sollte er das nicht auch versuchen? »Herr Conan. Fest bei der Inselglocke. War da etwas?«

»Nix gesehen«, murmelte Conan. Dann wandte er sich um und ging zurück ins Haus.

»Wo finde ich den anderen Kollegen?« Röder glaubte zwar nicht, dass gerade dieser Mann ihm weiterhelfen konnte, aber er wollte nichts unversucht lassen.

»Zu Hause vermutlich. Er liegt im Bett. Oder ist gerade bei der Ärztin.«

»Alles klar. Ach – eine Frage noch: Sie waren auch bei Herrn Bartels und haben dort gearbeitet, nicht wahr?«

»Ja, warum?«, fragte Hecker knapp.

»Nur so. Ist da alles glatt gelaufen?«

»Warum nicht? Bis wir den Auftrag hatten, seine bescheuerte Garderobe anzubringen, waren wir gerne gesehen. Danach war Schluss mit lustig und wir haben andere Aufträge abgearbeitet«, sagte Hecker.

»Und Sie arbeiten immer zusammen? Nie getrennt?«

Hecker zögerte. »Nein, eigentlich nicht. Bei vielen Arbeiten ist es besser, wenn mehr als zwei Hände anpacken.«

»Gut. Ich danke erst einmal. Wie lange bleiben Sie?«

Hecker zuckte mit den Schultern. »Keine Ahnung. Mal sehen, wie lange das hier dauert.«

Was ist Ermitteln manchmal für ein mühsames Geschäft, dachte Röder, als er zurück zum Haus *Südblick* fuhr. Das bringt doch alles nichts. Ich kann hier fragen, bis ich grün anlaufe. Solange ich nichts Handfestes vorweisen kann, ist alles für die Katz.

Er bremste scharf.

Da war doch irgendwas. Was geisterte da in seinem Kopf herum? Irgendetwas hatte im Haus Dinkelbach nicht gestimmt. Aber was?

Genau! Einer der Angler hatte ihm doch neulich berichtet, dass zurzeit gar keine Wolfsbarsche mehr gefangen werden durften. Neue EU-Verordnung. Wenn das stimmte, dann hatte Beate ihn ganz schön um den Finger gewickelt. Er würde da ganz sicher noch mal nachhaken!

Aber jetzt war Wichtigeres dran.

Diesmal empfing Schladerer ihn nicht an der Haustür. Röder klopfte, aber auch da kam keine Reaktion. Auch in der Küche fand er niemanden. Was sollte er machen? Schließlich hatte er keine Handhabe, die Gästezimmer aufzuschließen und hineinzusehen in der vagen Hoffnung, den kranken Handwerker dort zu finden. Ganz abgesehen davon, dass er natürlich nicht wusste, wo die Schlüssel aufbewahrt wurden. Also würde er wieder gehen. Oder?

Es gab doch noch den Bauwagen. Vielleicht steckte der Rumäne ja dort?

Röder ging durch den Garten und die vier Holzstufen hoch, die zur Tür des Wagens führte. Wieder klopfte er. Auch hier keine Antwort. Er drückte die Klinke – die Tür war offen.

»Herr …?« Wie hieß der Mann noch? Egal. Er war nicht hier.

Röder schaute sich um. Es sah gemütlich aus. Er konnte sich gut vorstellen, in solch einem Gefährt seinen Urlaub zu verbringen. Allerdings wusste er genau, dass er Sandra damit nicht locken konnte.

In dem Wagen mit den kleinen, mit bunten Vorhängen umrahmten Fenstern stand ein Tisch mit vier Stühlen und an der Wand ein rotes Zweiersofa. Links gleich neben der Tür befand sich ein Schrank, hinter dessen Glasscheiben er Spiele und Bücher sah. Daneben brummte leise ein Kühlschrank. Rechts auf der Kommode lagen verschiedene Zeitschriften.

Nein, dieser Raum machte tatsächlich nicht den Eindruck, als ob die drei Männer hier schliefen. Mochten sie sich in ihrer Freizeit hier aufhalten. Doch das taten die anderen Feriengäste aus dem Haus *Südblick* bestimmt auch. Eine gute Idee, den Gästen hier im Garten ein regensicheres Plätzchen zu schaffen.

Gerade wollte er wieder gehen, da fiel ihm ein Stück graues Plastik auf, das sich unter dem Schrank zwischen Wand und Bein versteckte. Er bückte sich, griff danach und hielt gleich darauf eine abgewetzte Tüte in der Hand. Sie war nicht groß, aber etwas steckte darin. Er schaute hinein. Etwas Silbernes blinkte ihm entgegen.

Es war das Kreuz, das zwei Nächte zuvor aus der Inselkirche gestohlen worden war. Röder nahm ein sauberes Tuch aus der Tasche, umfasste damit die Tüte, schob sie in einen Sicherungsbeutel und verließ den Bauwagen.

Noch immer war von Schladerer nichts zu sehen. Er versuchte ein zweites Mal, den Hausbesitzer, den angeblich kranken Rumänen oder einen der anderen Gäste zu erwischen, doch sein Ruf hallte ins Leere.

Sollte er hierbleiben, bis jemand auftauchte? Nein, er würde zunächst zur Wache fahren und mit Wille besprechen, wie sie vorgehen wollten und dann eventuell mit ihm zurückkommen. Er legte die Sicherungstüte mit dem Kreuz in den Fahrradkorb und wollte gerade losfahren, als Peter Meenken, ein Nachbar von Schladerer, ihm zuwinkte.

»Der ist nicht da«, rief der Mann ihm zu. »Wahrscheinlich hängt er wieder in den Dünen ab. Brombeeren suchen. Ich habe ihn eben mit einem Korb hinter der Aussichtsdüne verschwinden sehen.«

»Alles klar. Danke«, rief Röder zurück.

»Soll ich was ausrichten? Ist etwas passiert?«, fragte Meenken. »Ist es wegen der Fete gestern? Haben sich noch andere beschwert?«

»Welcher Fete?« Eigentlich hatte Röder gar nicht reagieren wollten. Meistens ging es bei diesen Fragen nur darum, dass die Leute etwas aus ihm herauskitzeln wollten. Aber vielleicht war es wichtig.

»Gestern Nacht im Bauwagen! Da war Musik an«, rief Meenken entrüstet zu ihm herüber. »Die Lautstärke ist mir irgendwann auf den Senkel gegangen. Schließlich trägt man Verantwortung für seine Gäste. Da bin ich rüber. Die drei Handwerker saßen darin und tranken Bier. Es war nicht das erste. Es standen bereits einige leere Flaschen auf dem Tisch. Ich habe denen klargemacht, dass jetzt Schluss war, und sie haben tatsächlich die Musik leiser gestellt. Sie blieb auch aus, als ich wieder gegangen war. Ist übrigens nicht das erste Mal. Wenn das noch einmal vorkommt, komme ich wieder. Und nicht allein! Das habe ich denen ganz klar gesagt!«

»Mal Vorsicht, Peter, sag besser uns Bescheid. Wir regeln das dann«, erwiderte Röder. »War es das?«

»Ja. Erst einmal schon. Wie gesagt …«

»Alles klar.« Er nahm sein Rad und fuhr los.

In Höhe des Wasserwerkes wurde ihm wieder einmal bewusst, dass Sommer war. Fahrradfahrer, Fußgänger auf dem Weg zum Strand und sogar zwei Pedelec-Fahrer bildeten eine fast undurchdringliche Traube, die eine zügige Weiterfahrt beinahe unmöglich machte. Er musste tatsächlich dreimal absteigen, bis er endlich die Wache erreicht hatte.

»Ich habe einen!«, empfing ihn Wille, bevor er etwas loswerden konnte.

»Was? Wen? Eine Festnahme?«, fragte Röder verdattert.

»Nein. Einen Bauchredner!«

»Wieso?«

»Du hast die Kurpastorin zu mir geschickt. Wegen des Kirchenfestes, oder? Sie hat den Vorschlag gemacht, dass sich die Polizei dort präsentiert.«

Röder dämmerte es. Er hatte es in den letzten Stunden völlig vergessen. Die Gedanken daran hatte er komplett an seinen Hilfssheriff weitergeleitet, und der hatte sich gekümmert.

»In Aurich gibt es die Polizeipuppenbühne«, erklärte Wille. »Die Leute dort haben am Freitag keine Zeit, haben mir aber den Tipp mit dem Kollegen Albert Rating aus Moormerland gegeben. Der kann so was. Der tritt auch in Schulen und Kindergärten auf. Ich habe ihn angerufen und er hat freudig zugestimmt. Er kann, wenn er nicht abends wieder zurückfahren will, bei mir in der Dienstwohnung übernachten. Ein Bett ist ja frei.«

Das war mal ein Ding! Jetzt waren sie nicht nur für die Aufklärung von Strafsachen, sondern auch für die Öffentlichkeitsarbeit zuständig. Hoffentlich konnten sie bis dahin etwas Licht ins Dunkle der mysteriösen Vorgänge bringen, die sich zurzeit auf der Insel abspielten. Sonst hätte er kaum Muße und Lust, an einem Stand zu stehen und jedes Mal, wenn man ihn nach Ermittlungserfolgen fragte, mit »Nein« antworten zu müssen.

»Na prima«, lächelte Röder, »dann kann ich den Rest der Organisation in deinen Händen lassen. Tisch, Stühle, Infomaterial …«

»Ist schon alles erledigt. Wir müssen nur noch dort aufschlagen. Ich weiß bereits genau, wo wir stehen werden. Habe mit Frau Bakker geredet.«

»Gut. Dann habe ich auch eine Neuigkeit für dich.« Röder zog den Sicherungsbeutel hinter seinem Rücken hervor und legte ihn auf den Schreibtisch. »Da!«

Neugierig zog Wille ihn zu sich und schaute hinein. »Donnerwetter. Wo hast du das denn her?«

Röder erzählte, was sich in den letzten zwei Stunden abgespielt hatte. »Es war reiner Zufall, dass ich das Ding in dem Bauwagen gesehen habe. Wenn nicht die Ecke der Plastiktüte unter dem Schrank hervorgeblinzelt hätte …«

»Und wenn es kein Zufall war?«, wandte Wille ein.

»Wieso? Wer konnte denn ahnen, dass ich mich ausgerechnet in diesem Bauwagen aufhalte? Wenn Schladerer zu Hause gewesen wäre, wäre ich gar nicht auf die Idee gekommen, mich dort umzusehen«, sagte Röder.

»Ich meine ja nicht nur dich. Hier auf der Insel weiß wohl jeder Einwohner, wie das geklaute Kreuz aussieht und jeder würde damit zur Polizei gehen und erzählen, wo er es gefunden hat.«

»Ich denke nicht, dass alle Insulaner wissen, wie das aussieht! Und die Gäste, die den Bauwagen nutzen dürfen, würden damit zu Schladerer gehen, wenn dort so etwas auftaucht, oder nicht?« Röder schüttelte den Kopf. »Wer sollte denn wen in die Pfanne hauen wollen? Das passt nicht zusammen. Allerdings frage ich mich, warum die drei Handwerker die Tüte nicht gesehen haben. Die drei haben nämlich gestern Abend dort Party gemacht.«

»Erstens fällt Männern so etwas nicht zwingend auf«, sagte Wille. »Zweitens: Wenn es auffällt, müssen sie nicht unbedingt handeln und drittens waren die wahrscheinlich zugedröhnt, wenn es stimmt, was der Nachbar erzählt. Also – wie das alles zusammenhängt, das eben müssen wir ermitteln.«

Wille hatte recht. Sie mussten den angeblich kranken Handwerker finden und auch die anderen Gäste befragen.

Es würde ein hartes Stück Arbeit werden und er überlegte, ob sie zu zweit damit nicht überfordert waren. Er würde mit seinem Chef in Aurich sprechen. Bis sie allein mit der Befragung durch waren, konnten Tage vergehen. Es war zwar kein Notfall, aber nach allem, was sich ereignet hatte, war er sich nicht sicher, ob wirklich schon das Ende erreicht war. »Ich rufe jetzt Müller an, damit wir Verstärkung bekommen. Das wird für zwei zu viel. Immerhin geht es hier auch um Körperverletzung und nicht nur um Diebstahl.«

»Dann frag ihn gleich, ob das mit dem Infotisch so in Ordnung geht«, sagte Wille.

»Du hast Sorgen ...!«, erwiderte Röder. »Aber gut. Wenn du willst. Allerdings wird sich Müller ziemlich wundern, warum wir Verstärkung brauchen und gleichzeitig die Zeit haben, uns beim Kirchenfest zu beteiligen.«

»Okay, vielleicht finden wir jemanden, der für uns dort die Infos verteilt. Rating ist auch bereit, wenn er nicht gerade einen Auftritt mit Poldus hat.«

»Wer zum Teufel ist Poldus?«

»Seine Puppe. Ein Klappmaulhund mit Dienstmütze auf. Da fahren die Kinder total drauf ab.«

»Aha, ein Diensthund. Immerhin besser als ein Dienstschwein«, stellte Röder fest.

Spontan fiel ihm Kockwitz ein, der Kommissar, der einige Jahre zuvor zur Aufklärung von Verbrechen auf die Insel geschickt worden war. Ein unangenehmer Typ. Er war froh, dass Arndt Kleemann bei den letzten Fällen Marvin Lingenberg an seiner Seite gehabt hatte. Mit dem konnte man prima auskommen.

Wille lachte. »Ja. Das ist wohl besser so. Allerdings – Schweine sind hochintelligent, und wenn du das Bunte Bentheimer oder das Rotbunte Husumer Landschwein, auch Dänisches Protestschwein genannt, betrachtest, wirst du feststellen, dass sie sehr gut aussehen. Und sie sind sensibel. Also haben sie alles, was auch uns Ordnungshüter auszeichnet.«

»Na gut. Wenn du es so betrachtest, können wir Rating ja mal mit dem Vorschlag überraschen …«

»Wäre 'ne Möglichkeit«, erwiderte Wille. »Aber nun wieder zum Ernst der Lage. Während du deinen Anruf erledigst, gehe ich kurz zum *Inselmarkt*. Ich brauche etwas für das Abendessen. Meine Minna hat nämlich Ausgang.«

Röder lachte. Seine ›Minna‹ war sogar ganz weit weg am Festland und er hatte das Gefühl, dass er sie unbedingt mal anrufen müsste. Und genau das würde er jetzt machen. Sein Chef musste ein paar Minuten warten.

Er hörte fröhliche Stimmen im Hintergrund, als seine Frau sich meldete. »Was treibt ihr gerade?«, fragte er.

»Wir sitzen auf der Veranda, trinken Kaffee und essen selbstgebackenen Kuchen«, erwiderte Sandra. »Du würdest ihn lieben. Willst du nicht herkommen?«

»Geht nicht. Wir haben viel Arbeit.« Er berichtete von seinem Fund und dass sie noch ziemlich am Anfang ihrer Ermittlungen standen. »Außerdem sind wir eingeladen, einen Stand beim Kirchenfest zu gestalten. Nur leider habe ich keine Ahnung, wie wir das auch noch geregelt kriegen sollen.«

»Das kann ich doch machen«, sagte Sandra.

»Du? Wenn ich recht informiert bin, sitzt du gerade bei Kleemanns auf dem Hof und hilfst bei der Ernte.«

Sandra lachte. »Das stimmt. Aber ich hatte sowieso vor, am Freitag mal wieder auf die Insel zu kommen. Sie haben wunderbar warmes Wetter gemeldet und ich dachte, wir könnten unsere Stranderfahrung auffrischen. Das, was ich hier auf dem Hof helfen konnte, habe ich getan und die beiden haben gesagt, ich könne ruhig fahren. Aber nur, wenn wir im Herbst wiederkommen. Mit Betonung auf WIR!«

»Darüber lässt sich reden!« Michael hätte beinahe alles versprochen bei dem Gedanken, Sandra bald wieder auf der Insel zu haben. »Eigentlich hatte ich kommen wollen, aber ich kann hier jetzt nicht weg. Dann hole ich dich am Freitag vom Schiff ab, okay? Ist ja schon übermorgen.«

»Wunderbar. Ich freue mich.« Schon hatte sie das Gespräch beendet, ehe er Grüße an seinen Freund Arndt loswerden konnte.

Aber jetzt war erst einmal Müller, dann Schladerer dran.

*

Mit einem lauten Seufzer ließ Röder den Nachmittag Revue passieren. Das Gespräch mit seinem Chef in Aurich war gut gelaufen. Am nächsten Tag würden ein paar Leute zur Verstärkung anreisen.

Schladerer hatte wie erwartet keine Ahnung gehabt, wie das Kreuz in seinen Bauwagen gelangt war. Auch die Handwerker – diesmal hatte er alle drei auf der Baustelle bei Dinkelbachs angetroffen – waren nur schulterzuckend weiter ihrer Arbeit nachgegangen und behaupteten, ihnen sei am Abend zuvor nichts aufgefallen. Er hatte alle nachdrücklich gebeten, zur Wache zu kommen und Fingerabdrücke abzuliefern. Schladerer hatte problemlos zugestimmt und war auch erschienen, die Handwerker hatten nur mürrisch genickt. Von ihnen war an diesem Abend keiner auf die Wache gekommen.

Sein Treffen mit Verena hatte ebenfalls nichts Neues gebracht. Er hatte über die drei Handwerker nichts erfahren, was er nicht schon wusste, und auch ein Rückblick auf das Inselglockenfest war ohne weitere Erkenntnisse geblieben.

Dafür hatten sich die beiden Pastorinnen sehr gefreut, als er ihnen berichtet hatte, dass das Kreuz wieder da sei. Am liebsten hätten sie es gleich bei ihm abgeholt, da hatte er sie jedoch vertrösten müssen.

Und er hatte es tatsächlich geschafft, die letzten drei Tapetenbahnen an die Wand zu kleistern. Sandra konnte also kommen. Er gähnte. Zeit fürs Bett. Selbst Amir schlief bereits tief und fest in seinem Körbchen in der Küche, nachdem er ihn – oder war es umgekehrt gewesen? – zu einem Spaziergang aufgefordert hatte.

Er schaltete den Fernseher aus. Jetzt einen Krimi schauen, das musste echt nicht sein. Röder ging nach oben ins Schlafzimmer und schlief ein, noch ehe er das Licht gelöscht hatte.

*

Walter Siebeking wachte auf. Sein verdammtes Bein krampfte wieder. Es waren höllische Schmerzen, die von der Wade bis zum großen Zeh zogen. Seit seiner Operation hatte er ständig damit zu tun. Er massierte den verkrampften Muskel, was jedoch kaum half.

Er stand auf und wäre beinahe wieder hintenüber auf das Bett gefallen. Aber er wusste, er musste hoch – nur Laufen, auch wenn es noch so schwer fiel, würde Entlastung bringen. Er tastete mit den Füßen nach seinen Schlappen, fand den linken. Der rechte blieb verschwunden. Er machte barfuß einen ersten kleinen Schritt, dann noch einen. Es tat elendiglich weh, aber er gab nicht auf. Vom Fenster zum Schrank und zurück. Wie gut, dass seine Frau im Zimmer neben seinem schlief. So wurde sie nicht Nacht für Nacht von seinen Wanderungen geweckt.

Ihm wurde warm. Schweiß lief unter der Schlafanzugjacke zwischen seinen Schulterblättern herunter. Er öffnete das Fenster und ließ den frischen Westwind herein. Sein Atem beruhigte sich und er hatte er das Gefühl, dass auch der Schmerz in seinem Bein nachließ. Doch ein paar Runden mehr mussten sein, sonst hätte er wenig später dasselbe Problem. Noch einmal steckte er den Kopf nach draußen und sog die Luft in tiefen Zügen ein.

Vom Nachbargrundstück hörte er ein Klirren, dann war wieder nichts als Stille. Da hat wohl der Wind einen Blumentopf umgeweht, dachte er, und wollte gerade das Fenster schließen, als ihm ein Flackern auffiel. Brannte es? Oder war es nur ein einsamer Griller, der sich ein Schnitzel zur Nacht bereiten wollte? Oskar, sein alter Freund aus Jugendzeiten, hatte genau das nämlich mal gemacht und ihm kleinlaut gebeichtet, dass es in seinem Wohnblock tagelang nach verbrannter Grillkohle gestunken hatte.

Noch einmal schaute er angespannt hinaus. Er konnte es zunächst nicht genau erkennen, doch als die Flammen größer wurden, schien es, als ob sie nicht draußen, sondern hinter der großen Scheibe des Nachbarhauses loderten. Er griff zu seinem Telefon und wählte die 112.

»Rettungsleitstelle Wittmund. Was kann ich für Sie tun?«

Wittmund? Wieso Wittmund? Egal. »Hier Siebeking.« Er merkte, wie seine Stimme zitterte und atmete tief durch. »Ich rufe von Baltrum aus an. Im Nachbarhaus sehe ich Feuerschein.«

»Können Sie mir sagen, wo Sie sich genau auf Baltrum befinden? Ostdorf oder Westdorf?«, hakte die Stimme auf der anderen Seite nach.

»Im Westdorf. Ziemlich weit im Westen. Eines der letzten Häuser. Ich glaube, da ist die Firma, die sich um anderer Leute Ferienwohnungen kümmert. *Saubär* heißt die. Bitte kommen Sie schnell. Das Feuer wird heller.«

»Wissen Sie, ob Menschen in Gefahr sind? Hören Sie Hilferufe?«, fragte der Mann von der Leitstelle.

»Moment.« Siebeking horchte einen Moment nach

draußen. »Nein, ich höre nichts. Aber Bärmanns wohnen über der Waschküche. Glaube ich zumindest. Bitte beeilen Sie sich!« Er beendete das Gespräch, ohne abzuwarten, ob sein Gegenüber weitere Fragen hatte. Ihm blieb einfach die Luft weg und sein Hals war völlig ausgetrocknet. Er hätte kein weiteres Wort mehr herausgebracht.

Er zog sich einen Stuhl ans Fenster und wartete. Seinen Schmerzen schenkte er kaum noch Beachtung.

*

Immer wieder wälzte sich der Inselpolizist von einer auf die andere Seite. Dann schreckte er hoch, so intensiv war der Traum, in dem er die Glocke hörte. Er setzte sich auf, rieb sich die Augen und strich die Haare aus dem Gesicht. Er horchte. Alles war still. Sein Herz raste. Musste ihn dieser verflixte Fall bis unter die Bettdecke verfolgen? Es war ungewöhnlich. Normalerweise legte er seinen Beruf vor Tür ab.

Er kuschelte sich wieder in sein Kopfkissen, machte das Licht aus und schloss die Lider. Doch nach einer halben Stunde musste er feststellen, dass sich trotz seiner großen Müdigkeit noch immer keine Nachtruhe eingestellt hatte.

Michael Röder streckte seinen Arm aus, hinüber in das andere Bett, spürte jedoch nur Leere. Das würde sich erst am Freitag ändern. Vielleicht lag es an Sandras Abwesenheit, dass er nicht wieder einschlafen konnte? Er war es einfach nicht gewohnt, die Nacht allein zu verbringen. Auch wenn er zugeben musste, dass ihn das in den letzten zwei Wochen nicht am Schlafen gehindert hatte.

Je länger er lag und die drei hellen Streifen an der Decke des Schlafzimmers verfolgte, desto unruhiger wurde er. Was war es, verdammt? Hatte er bei seinen Ermittlungen etwas übersehen? Falsche Schlüsse gezogen?

Er wunderte sich nicht, als das Telefon auf seinem Nachttisch klingelte.

Röder weckte seinen Kollegen, dann zog er sich an und ging nach draußen.

»Wir müssen zu Bärmanns.« Er horchte in die Nacht, als Wille und er ihre Räder aus dem Gartenhäuschen schoben. »Die Feuerwehr ist bereits unterwegs.«

Auf dem Weg dorthin wurden sie vom Landrover überholt. Gleich darauf folgte das Löschfahrzeug.

»Ich habe Brandgeruch in der Nase. Merkst du auch schon was?«, schnaufte Wille.

Röder schnupperte. »Bis jetzt nicht. Lässt hoffen, dass sich das Feuer noch nicht sehr ausgebreitet hat. Sehe auch keinen Feuerschein am Himmel.«

Sie umfuhren die alte Inselkirche, bogen links ab und fuhren zu einem der letzten Häuser im Westdorf. Jetzt bemerkte auch Röder den Geruch. Er hörte Türenschlagen und kurze, knappe Befehle. Die Feuerwehrleute taten ihren Job.

Die beiden Polizisten stellten die Räder ab und gingen zu Axel Meinders, dem Gemeindebrandmeister.

»Was liegt an?«, fragte Röder.

»Brand im Wäscheraum. Kriegen wir in den Griff. Aber entschuldigt mich. Muss mich um meine Leute kümmern.« Damit verschwand er, um die Besatzung des zweiten Löschfahrzeuges einzuweisen.

War von Bärmanns und ihren Leuten irgendjemand zu sehen? Als Ersten entdeckte Röder Kenny Jannssen, der ein wenig abseits auf dem Zaun saß, flankiert von den beiden polnischen Mitarbeiterinnen, dann Ingrid Bärmann, die reglos auf die Flammen hinter den Fenstern des Anbaus starrte.

Ein paar Meter weiter rannte Werner Bärmann wild fuchtelnd hin und her. »Nun macht doch was«, schrie er. »Wo bleibt das Wasser! Wozu seid ihr denn verdammt noch mal hier!« Er rannte auf Axel Meinders zu. »Sieh zu, dass deine Leute in die Puschen kommen, sonst fackelt mir die ganze Bude ab.«

Axel Meinders versuchte, Bärmanns Hand abzuschütteln, die sich in seine Einsatzklamotten versenkt hatte. Gleichzeitig schaute er zu Röder rüber. Der reagierte sofort. Auch Wille hatte den Hilfe suchenden Blick gesehen und es dauerte nur einen kurzen Moment, bis sie den Chef der Reinigungsfirma in ihre Mitte genommen und zur Seite gedrängt hatten.

»Wenn du die Jungs nicht in Ruhe ihre Arbeit machen lässt, wird das erst recht nichts. Glaube mir, die wissen, was sie tun«, versuchte Röder Bärmann zu beruhigen. Der aber ließ nicht locker, versuchte sich mit aller Macht loszureißen, sich aus dem Griff der beiden Polizisten zu befreien, doch vergeblich.

»Herr Bärmann!« Willes Stimme klang erheblich entschiedener. »Jetzt ist mal Ruhe. Sonst lege ich Ihnen Handschellen an und nehme Sie mit zur Wache, verstanden?«

»Aber … aber. Da …«

»Ich weiß, das ist Scheiße, aber Sie reißen sich zusammen. Wenn Sie mir versprechen, sich zu benehmen, dann können Sie sich auf den Gartenstuhl setzen und tief durchatmen.« Wille zeigte auf einen Stuhl auf dem Nachbargrundstück. »Ich hole Ihnen das Ding sogar.«

Werner Bärmann nickte verkniffen und Wille wagte den Versuch, ihn loszulassen. Röder war sich in diesem Moment nicht sicher, ob er allein in der Lage war, den Mann aufzuhalten, wenn der einen neuen Angriff versuchte. Doch Bärmann blieb tatsächlich stehen, bis Wille mit dem Stuhl wieder auftauchte.

Mit einem Stöhnen ließ sich der kräftige Mann hineinsinken. »Das war bestimmt Kenny. Der kann was erleben«, brummte er.

»Was sagst du da?« Röder beugte sich zu ihm hinunter.

»Kenny. Der war das. Ich habe ihn heute entlassen. Das war die Rache. Bestimmt!«

Röder richtete sich auf und schaute dorthin, wo er den Hausmeister der Bärmanns noch eben hatte sitzen sehen. Doch der Platz war leer. Nur die beiden Mitarbeiterinnen saßen auf dem Zaun.

»Warum hast du ihn entlassen?«

»Das ist eben manchmal so«, sagte Bärmann. »Ich muss mich um meine Firma sorgen und deswegen hin und wieder Entscheidungen treffen.«

»Den genauen Grund hätte ich gerne«, hakte Röder nach.

»Erstens geht es dich nichts an. Das ist interne Firmenpolitik. Zweitens ist mir jetzt wichtiger, dass die Anfänger da Wasser auf die Schläuche kriegen!«

Es kam selten vor, dass Röder das Gefühl hatte, einem Menschen so richtig einen in die Fresse hauen zu wollen. Er würde es auch jetzt nicht tun.

Allerdings konnte er nicht verhindern, dass sein Ellenbogen ganz aus Versehen mit Bärmanns Hinterkopf kollidierte, als er sich auf die Suche nach Kenny Jannssen machte. Es störte ihn überhaupt nicht, dass Bärmann: »Pass doch auf, du Idiot« hinter ihm herrief.

Die Feuerwehrleute hatten ihren Löschangriff aufgebaut, Männer waren unter Atemschutz im Gebäude und nach einem durchdringenden »Wasser marsch« des Mannes am Verteiler dauerte es nicht lange, bis die Flammen immer kleiner wurden. Bald erstickten sie ganz und nur der Rauch blieb hinter den Fenstern stehen.

Jetzt tauchte auch Kenny wieder auf. Röder ging sofort auf ihn zu. »Kenny, warte eben. Ich habe ein paar Fragen.«

Der junge Mann blieb stehen.

»Wo hast du gesteckt?«, fragte der Inselpolizist.

»Ich habe dem Angriffstrupp erklärt, wo der Sicherungskasten sitzt. Die mussten natürlich erst einmal den Strom abschalten. Wäre sonst ziemlich gefährlich geworden.«

»Das stimmt. Nächste Frage: Ist es richtig, dass dein Chef dich heute entlassen hat?«, fragte Röder.

Trotz der Dunkelheit konnte er sehen, wie sich Kennys Gesicht zu einer Grimasse verzog. »Hat er. Einfach so. Morgen, nein übermorgen kann ich gehen. Morgen muss ich Restarbeiten erledigen.«

»Was war der Grund?«

Kenny zuckte mit den Schultern. »Ich habe keine Ahnung. Es kam völlig überraschend. Schließlich bin ich schon zwei Jahre bei ihm und ich denke, ich habe immer ordentlich gearbeitet.«

»Hast du das Feuer im Waschraum gelegt?« Röder sah blankes Entsetzen in Kennys Augen aufflackern.

»Ich?«, keuchte er. »Warum sollte ich …?«

»Die Entlassung! Das ist doch ein Grund, oder?«

»Aber damit hätte ich Frau Bärmann genauso getroffen und die hat mir nichts getan. Im Gegenteil – die fand die Entlassung schrecklich. Das hat sie mir zumindest gesagt! Sie will nicht, dass ich gehe. ›Wir brauchen dich‹ und ›Der kann was erleben‹ hat sie gerufen, als sie davon erfahren hat. Dann ist sie raus aus dem Zimmer.« Kenny stockte plötzlich, dann fügte er leise hinzu: »Nicht dass ich denke, dass sie …«

»Wo warst du, bevor das Feuer ausbrach?«

»In meinem Zimmer. Habe geschlafen. Also, soweit mich meine Gedanken schlafen ließen. Schließlich muss ich, um zu leben, möglichst schnell wieder eine Arbeit finden«, sagte Kenny.

Röder nickte. Dass Gedanken einen vom Schlaf

abhielten, kannte er. »Was ist eigentlich mit Kündigungsschutz? Hast du keinen Vertrag?«

Kenny lachte kurz auf. »Bei Bärmann? Ich habe nichts erhalten, nichts unterschrieben. Bin nie auf die Idee gekommen. Habe einfach angefangen und jeden Monat mein Geld gekriegt.«

Dann bin ich mal gespannt, ob Bärmann den jungen Mann überhaupt ordentlich angemeldet hat, dachte Röder. Da werde ich mal den Zoll drauf ansetzen.

Als die Feuerwehrleute die Fenster öffneten, stieg Röder noch intensiverer Brandgeruch in die Nase. Auch Bärmanns Nachbarn und ein paar Gäste, die sich inzwischen eingefunden hatten, um dem Spektakel zuzuschauen, hielten sich die Nasen zu, machten jedoch keine Anstalten, den Schauplatz zu verlassen. Wo war Wille eigentlich? Er schaute sich um und sah ihn zusammen mit Ellen Neubert am Krankenwagen stehen.

»Ich bin sicher, dass du ganz schnell neue Arbeit findest«, versuchte Röder Kenny aufzumuntern.

Gleichzeitig ging ihm durch den Kopf, dass es gute Gründe gegeben haben könnte, warum Bärmann einen so kompetenten und beliebten Mitarbeiter auf die Straße setzte. Gründe, die bisher nicht nach außen gedrungen waren. Ein wenig mehr Zurückhaltung, was die Parteinahme anbelangte, war also nötig. »Ich möchte dich morgen gerne auf der Wache sehen. Ich brauche deine Aussage für das Protokoll. Danke erst einmal.«

Kenny schaute ihn etwas verwundert an, sagte aber nichts. Röder ließ ihn stehen, ging erst hinüber zu Wille und bat ihn, mit Ingrid Bärmann zu sprechen, dann zu den beiden Polinnen. Wie hießen sie noch? Der Nachname fiel ihm nicht ein. Aber er erinnerte sich daran, dass sie sich mit Ewelina und Paulina vorgestellt hatten. »Darf ich mich zu Ihnen setzen?«

Ewelina nickte.

»Sie schliefen, als das Feuer ausbrach, richtig?«

»Richtig. Wir haben ein Zimmer mit kleiner Küche im Haus. Im Keller«, fügte Paulina hinzu.

»Sie haben sicher mitbekommen, dass Ihr Chef Kenny Jannssen entlassen hat, oder?«

Die beiden jungen Frauen schauten sich an, dann sagte Paulina: »Ja. Natürlich haben wir. Wissen aber nicht genau warum. Also eigentlich wissen wir gar nicht, warum. Kenny ist eine gute Mann. Kann alles. Hilft immer. Gäste auch ganz zufrieden mit ihm.«

»Ist Bärmann ein guter Chef?«

Wieder schauten sich die beiden Frauen an und diesmal antworteten sie nur zögerlich auf seine Frage. Paulina mit einem knappen, leisen »Ja« und Ewelina: »Wir nicht dürfen klagen.«

»Gibt es sonst etwas, was Sie mir sagen sollten? Wo ist Frau Goedeke eigentlich?« Er hatte die Frau tatsächlich noch nicht gesehen.

»Sie wohnt im Haus nebenan. Vielleicht sie hat gar nicht mitbekommen, was passiert hier«, überlegte Ewelina. »Sollen wir schauen gehen?«

»Nein, nicht nötig. Ich werde mich morgen gegebenenfalls melden. Ich finde Sie hier?«

»Chefin weiß immer, wo wir sind. Aber mir fällt ein … Weiß nicht ob wichtig.« Paulina wandte sich an ihre Schwester. »Hast du nicht auch Glocken gehört? War, als ich …«

»Ich nichts gehört«, erwiderte Ewelina. »Habe geschlafen wie Murmeltier.«

Kurz huschte Röder die Frage durch den Kopf, ob es in Polen tatsächlich Murmeltiere gab, oder ob Ewelina den Spruch in Deutschland gelernt hatte. Schließlich sprachen die beiden ein sehr gutes Deutsch. Er würde im Polnischen nie so perfekt werden, selbst wenn er es mit Nachdruck versuchen würde. Die nächste Frage, die ihn beschäftigte, war, ob Murmeltiere wirklich so tief schliefen, wie von ihnen behauptet wurde. Doch dann rief er sich zur Ordnung. Es gab Wichtigeres herauszufinden in dieser lauen Sommernacht.

Röder besann sich wieder auf das, was Paulina gesagt hatte. »Sie haben Glocken gehört? Wirklich?«

Ewelina lachte. »Meine Schwester hat geträumt. Bestimmt. War nur ein Traum.«

Paulina sprang auf. »Das war nicht ein Traum. War ich zur Toilette. Gerade wollte ich ins Bett, da ich habe gehört Glocke. Bin ich nach draußen und habe gerochen Rauch. Dann ich geweckt Ewelina und Kenny.«

»Danke erst einmal.« Auch Röder stand auf und sah Axel Meinders auf sich zukommen.

»So, die Sache ist erledigt. Keine Glutnester mehr. Ein Haufen Wäsche hat gebrannt und es riecht nach Brandbeschleuniger. Du solltest das näher untersuchen lassen.«

»Also gehst du von Brandstiftung aus?« Röder wunderte sich nicht im Geringsten. Paulina hatte ja die Glocke gehört.

»Eindeutig«, antwortete Axel Meinders. »In einem der Fenster ist ein Loch. Sieht aus wie eingeschlagen. Ich weiß natürlich nicht, ob das vorher schon defekt war, glaube es allerdings nicht. Das Feuer war jedenfalls nicht stark genug, die restlichen Fenster platzen zu lassen, also wohl auch nicht dieses. – Du kannst jetzt übrigens relativ gefahrlos einen Blick reinwerfen. Dann solltest du den Raum versiegeln, bis deine Kollegen kommen.«

»Danke für den Hinweis, wie ich vorgehen soll.« Röder grinste den Gemeindebrandmeister schief an.

»'tschuldigung. Wollte deine Kompetenz nicht anzweifeln. Es war nur so, dass Ingrid Bärmann mich eben gefragt hat, ob sie morgen früh saubermachen können.«

»So weit kommt es gerade noch«, prustete Röder. Er winkte Wille heran und zu dritt betraten sie das Haus.

»Gut, dass wir rechtzeitig da waren«, sagte Axel. »Durch das zerbrochene Fenster ist das Feuer schon ordentlich mit Sauerstoff versorgt worden. Nicht mehr lange, dann hätte das ganze Haus gebrannt.«

»Wer hat eigentlich die Feuerwehr informiert? Weißt du das?«, fragte Röder.

»Siebeking.« Der Gemeindebrandmeister wies auf ein Haus, das eine Straße weiter in den Dünen lag. Im Obergeschoss war eine Gardine zurückgeschoben und da stand tatsächlich der Besitzer des Hauses und winkte ihnen aus dem offenen Fenster zu.

»Gut. Mit dem werde ich sprechen. Hoffe mal, dass dem etwas aufgefallen ist.«

Die Feuerwehrleute hatten einen Lüfter aufgestellt und auch die Fenster geöffnet. So war der Waschraum rauchfrei, roch jedoch noch intensiv nach Ruß. Die ehemals weißen Wände waren überzogen von dunkelgrauen Schlieren. Unter und auf dem Tisch lag verbrannter Stoff. Es sah wie die Reste von Handtüchern aus.

»Ich denke, die Waschmaschinen und Trockner haben den Brand einigermaßen gut überstanden. Da sind wahrscheinlich nur die Kabel angesengt«, sagte Axel.

»Trotzdem – bis Elektriker auf der Insel sind und alles überprüft haben, kann es ein paar Tage dauern«, warf Wille ein. »Das ist echt eine Katastrophe für Bärmanns.«

»Ich fürchte, die haben jetzt zudem andere Sorgen«, meinte Röder. »Der Abschied von Kenny scheint die Stimmung bei denen nicht gerade verbessert zu haben, wenn ich den Mann richtig verstanden habe.«

»Das stimmt«, bestätigte Wille. »Ich habe mit Frau Bärmann geredet. Sie ist extrem aufgebracht. Aber das erzähle ich dir später. Kümmern wir uns jetzt wachen Auges um den Brandort. Axel und seine Männer wollen Feierabend haben.«

Der Gemeindebrandmeister nickte. »Wohl wahr. Die meisten müssen morgen wieder arbeiten.«

Die drei schauten sich aufmerksam um. Scherben auf der Fensterbank und darunter bezeugten, dass der Angriff auf die Scheibe tatsächlich von außen erfolgt und damit eine Brandstiftung wahrscheinlich war. Der Haufen Wäsche auf dem Boden war mit Sicherheit nicht mehr zu gebrauchen und auch die bereits gelegten Handtücher im Regal gleich daneben waren verkohlt.

»Gut, dann lasst uns gehen.« Röder verspürte den dringenden Wunsch nach Frischluft. »Wille, klebst du unser Siegel an die Tür? Und redest du Bärmann noch einmal ins Gewissen, dass er sich an unsere Auflagen und zu unserer Verfügung halten soll?«

»Mache ich. Dann telefoniere ich mit Müller und frage, ob die Jungs bereits unterwegs sind.«

*

Es kam Wille wie ein Déjà-vu vor, als er den Clubraum im Hotel *Sonnenstrand* betrat. Bereits in den letzten zwei Jahren war er auf der Insel gewesen, als seine Kollegen hier ihr Lager aufgeschlagen hatten. Nur Arndt Kleemann fehlte jetzt. Der pflegte offensichtlich immer noch mit Hingabe seinen Kartoffelacker und den Gemüsegarten.

Dafür war Gero Schonebeck angereist und auch sein Kollege Marvin Lingenberg, der Mann, der sogar im Sommer seine Borussenpudelmütze dabei hatte. Zumindest nahm Wille das an. Gesehen hatte er sie diesmal nicht. Dafür stand jedoch Marvins Lieblingsbecher mit den Dortmunder Initialen auf dem Tisch und wartete auf Befüllung. Wille hatte das Gefühl, als sei Marvin noch ein wenig massiger geworden. Es mochte aber daran liegen, dass dessen Oberhemd seinen Bauch nur knapp umspannte.

Gut, dass ihrer aller Chef Müller Michaels Bitte gefolgt war und Kollegen geschickt hatte, die sich bereits auf der Insel auskannten. Eigentlich waren Marvin und Gero für Ermittlungen bei Todesfällen zuständig, aber Müller hatte gemeint: »Zur Zeit ist es ruhig in Aurich. Ich kann sie entbehren. Sollte hier jedoch etwas passieren, werde ich die beiden unverzüglich wieder abziehen.«

Birgit und Henning Ahlers, die Chefs des Hotels, hatten zunächst gezögert, als Michael sie, wie schon in den letzten Jahren, um den Raum gebeten hatte. Nicht dass sie nicht hätten wollen, es hatte sich aber eine Gruppe Dartspieler angemeldet, die dort ihrem Hobby nachgehen wollten. Doch Henning hatte sie überreden können, in der *Alten Liebe* ihre Pfeile zu werfen und so hatte es geklappt.

Die Baltrumer Wache war zwar modernisiert worden, aber immer noch am gleichen Platz und auch immer noch bereits voll, wenn zwei Mann dort saßen.

»Draußen ist der Herr Siebeking. Darf er hereinkommen?« Birgit Ahlers stellte zwei Thermoskannen Kaffee auf den Tisch.

»Wir bitten darum.«

Siebeking stützte sich auf einer Krücke ab, als er den Raum betrat. Michael begrüßte ihn und stellte ihn den anderen vor. Dann bat er ihn, sich doch hinzusetzen.

»Was möchten Sie von mir wissen?« Der alte Mann schaute neugierig in die Runde.

»Zunächst mal«, sagte Röder, »ich hätte Sie auch zu Hause aufgesucht. Sie hätten nicht extra kommen müssen. Aber wo Sie schon einmal hier sind – wie hat sich das Geschehen gestern Nacht abgespielt?«

Siebeking lächelte. »Kein Problem. Schließlich bin ich nicht ganz laufunfähig.« Er berichtete, was er in der Nacht zuvor erlebt hatte. »Erstaunlich, was man so mitbekommt, wenn einen die Schmerzen wach halten«, sagte er zum Abschluss.

Wille wunderte sich, wie viele Leute hier nachts nicht schliefen. Siebeking wegen seines Beines, Paulina, weil sie einen Druck verspürt hatte und Michael, weil er von üblen Gedanken verfolgt worden war. Er dagegen war vom Anruf seines Kollegen aus tiefstem Schlaf geholt worden. »Ist Ihnen außer den Flammen etwas aufgefallen? Haben Sie Menschen gesehen? Noch etwas gehört?«, fragte er den Mann.

»Nein. Ich habe niemanden gesehen. Und bis Sie alle kamen, nichts außer dem Klirren gehört«, sagte Siebeking nach kurzem Überlegen.

»Vor dem Klirren, war da irgendwas? Ein Glockengeläut etwa? Oder hinterher?«, fragte Röder.

Wieder überlegte er. »Doch. Vielleicht. Es klirrte

und dann war da, glaube ich, ein helles, metallenes Geräusch, wenn ich mich recht erinnere. Ich habe es nicht mit dem irren Glöckner in Verbindung gebracht. Aber möglich ist es.«

»Mit wem?!« Röder schaute den Mann ungläubig an.

»Mit dem irren Glöckner! So heißt der hier auf der Insel, wussten Sie das nicht? Die ersten Leute schließen sich schon nachts doppelt und dreifach ein. Wird Zeit, dass Sie den Typen erwischen, bevor hier bei Einwohnern und Gästen richtig Panik ausbricht. Dabei haben es die Gäste gut, die können einfach abfahren. Wir Zweitwohnungsbesitzer können natürlich auch die Fliege machen, aber alle, die hier leben …«

»Vielen Dank, dass Sie gekommen sind, Herr Siebeking.« Röder stand auf. »Falls wir weitere Fragen haben, melden wir uns.«

»In Ordnung.« Auch Siebeking erhob sich. »Ich hätte tatsächlich eine Frage. Was ist, wenn es der irre Glöckner jetzt auf mich abgesehen hat? Jetzt, wo ich mit der Polizei kooperiere. Brauchen meine Frau und ich Personenschutz?«

Wille wartete gespannt auf Michaels Antwort, doch es war Gero, der sagte: »Wir tun unser Möglichstes, die Person schnell festzusetzen. Ich weiß nicht, ob Sie sich Sorgen machen müssen. ehrlich nicht. Wir werden über Ihren Antrag beraten und uns melden.«

Das schien den Mann zu beruhigen. Er nickte kurz und verließ schlurfend den Clubraum.

»Du warst sehr offen. Finde ich gut!« Wille goss Kaffee in seinen Becher und gab einen guten Löffel Zucker dazu. Wenn es schon keinen Tee gab, sollte wenigstens der Kaffee süß sein.

»Was soll ich anderes sagen?«, antwortete Gero. »Den Mann in Sicherheit wiegen und dann wird er angegriffen? Wir wissen doch gar nicht, was in so einem Typen vorgeht. Irrer Glöckner …! Passende Bezeichnung.«

»Mein Gespräch mit Frau Bärmann war übrigens ganz interessant«, sagte Wille. »Ob auch aufschlussreich, wird sich zeigen müssen. Sie war stinksauer darüber, dass ihr Mann den Herrn Jannssen entlassen hat. Er will stattdessen diese zwei rumänischen Handwerker einstellen. Den dritten, den Deutschen, angeblich nicht. ›Da kriege ich für das gleiche Geld gleich zwei Leute‹, hat er gesagt. Und die haben sich wohl auch gestern Morgen schon miteinander geeinigt.«

»Das ist ein Ding! Immer wieder stoßen wir auf diese Handwerker. Das kann kein Zufall sein!«, rief Röder und schlug mit der Faust auf den Tisch. »Die knöpfe ich mir noch einmal vor!«

»Gemach. Lass uns alles zusammenfassen«, schaltete sich jetzt Marvin ein. »Die Handwerker sind sicher nicht die einzigen, mit denen wir zu reden haben, sonst wären wir nicht hier.«

Michael und Wille brachten ihre Kollegen auf den neuesten Stand, zeigten auf, mit wem sie gesprochen hatten und was ihrer Meinung nach abzuklären wäre.

»Gut. Dann lasst uns aufbrechen«, sagte Marvin nach einer kurzen Pause.

Doch Wille winkte ab. »Da gibt es noch etwas. Auf dem Weg zu Frau Bärmann traf ich auf die beiden Polinnen. Die erzählten mir, dass der Bärmann seine Finger nicht vom weiblichen Personal lassen kann. Auf meine Frage, warum sie dann weiterhin da arbeiten, lächelten sie sich ziemlich verschwörerisch an und sagten: ›Wir haben dem Chef klargemacht, dass wir haben gute Freunde hier auf Insel, gute und kräftige junge Freunde. Das gereicht. Seitdem ist Ruhe.‹«

»Dass der Bärmann ein Grabscher ist, hat sich echt bisher nicht zu mir herumgesprochen«, staunte Röder. »Aber sollte da der Grund für den Brandanschlag liegen?

Ich rede mit ihm und mit Hanna Goedeke. Vielleicht hat er es auch bei ihr versucht.«

»Ich komme mit dir. Dann können wir gleich mit dem Brandermittler sprechen. Der wird sicher fertig sein.« Gero Schonebeck nahm einen letzten Schluck aus seiner Tasse. »Wille und Marvin nehmen sich die Handwerker und das Umfeld drum herum vor und danach treffen wir uns wieder hier.«

»Fahrräder wie üblich?«, fragte Marvin.

»Natürlich. Stehen im Gartenhäuschen bei der Wache. Geschmiert und aufgepumpt.« Wille schielte zu Michael, aber der schien den Hinweis nicht zu registrieren. Wille hatte mangels anderer Arbeit erst einmal ein paar Tage damit verbracht, die polizeieigenen Räder wieder auf Vordermann zu bringen. Er war zwar kein Fachmann im Reparieren, aber zumindest hatte er es versucht. Ganz im Gegensatz zu seinem Inselkollegen. Selbst heute, vor Dienstbeginn, hatte Wille sich bereits um die Räder gekümmert.

»Pedelec oder normal?«, fragte er Gero, als er die Tür zum Häuschen öffnete.

»Gib mal normal, das andere ist mir zu schnell«, antwortete Gero, von dem Wille wusste, dass der privat in Aurich gerne mit seinem Porsche unterwegs war.

Er lachte. »Bitteschön. Bedien dich. Und Marvin, du?«

»Auch normal. Muss was für die Figur tun. Außerdem bin ich sonst viel schneller als du.«

Gleich darauf waren sie unterwegs.

*

Ein roter Kombi hielt knapp an der Hafenkante und die Aufschrift *Musik Kesting* zeigte Salomon, dass es genau das Fahrzeug war, auf das Björn und er händeringend in Neßmersiel gewartet hatten. Ihnen lief das Wasser weg. Sie mussten so schnell wie möglich ablegen. Aber natürlich nicht ohne das Akkordeon, das Salomon für den Inselabend brauchte. Netterweise hatte sich der Chef des Musikhauses bereit erklärt, das Instrument zunächst einmal als Leihgabe zur Verfügung zu stellen.

»Sind Sie die Herren vom Shantychor?«, fragte der Mann und zog einen großen Karton aus dem Kofferraum.

Salomon nickte. »Das sind wir. Ich freue mich sehr, dass Sie das möglich gemacht haben.«

»Kein Problem. Ich helfe, wo ich kann. Bin selber im Shantychor *Freesenkraft* aus Berumbur.«

Salomon nahm dem Mann den Karton ab und ging die Schräge hinunter zur *Bessy*, Björn Buses kleinem Motorboot. Er reichte den Karton über die Reling und Björn stellte ihn in der Kajüte ab.

»Herr Kesting, leider müssen wir los«, sagte Salomon. »Die Ebbe hat bereits eingesetzt. Ich melde mich bei Ihnen.« Er merkte Björn an, dass ihm die Zeit unter den Nägeln brannte.

»Alles klar. Guten Erfolg heute Abend. Wir hören voneinander. Ich hoffe, Sie – ach was, du kommst mit dem Instrument klar. Ich heiße übrigens Keno.«

»Ich bin Salomon. Und der Mann, der dort auf dem Boot so drängelt, ist Björn. Führendes Mitglied bei den Sängern.« Salomon stieg über die Reling. Im gleichen Moment hatte Björn die Leinen gelöst und das Schiff nahm Fahrt auf. Die Schraube wühlte bereits schmutzig grauen Schlamm auf. Es war wirklich Zeit, aus dem Neßmersieler Hafen rauszukommen. Die *Baltrum I* war schon anderthalb Stunden zuvor abgefahren. Zur Ebbe kam auch noch Ostwind, der das Wasser aus dem Hafenbecken trieb.

Langsam aber zügig ließen sie sich durch die Hafeneinfahrt gleiten, bogen am Hafenfeuer nach Backbord ab, folgten der Fahrrinne am Ostende der Insel Norderney und querten das Seegatt zwischen den beiden Inseln, die Wichter Ee. Dann hatten sie den Baltrumer Hafen erreicht.

»Hat prima geklappt«, atmete Salomon auf. »Danke noch mal.«

»Da nich für. Hauptsache, du kannst heute Abend auftreten. Bin mal gespannt, ob Kenny nach dem Stress heute Nacht kommt«, sagte Björn.

Salomon schaute den Skipper erstaunt an. »Was war?«

Björn Buse schaltete den Motor aus und machte das Boot am Steg fest. »Hast du es nicht mitbekommen? Hat doch gebrannt heute Nacht. Bei Bärmanns.«

Salomon erschrak. »Und? Jemand verletzt?«

»Soweit ich weiß, nicht. Kenne nur die Geschichte, die ich heute bei *Stadtlander* mitbekommen habe. Die Feuerwehr hat da wohl gute Arbeit geleistet. So konnte sich das Feuer nicht allzu weit ausbreiten. Muss gleich mal meinen Nachbarn fragen. Der ist in der Feuerwehr.«

»Meine Güte, kommt die Insel denn nicht zur Ruhe?« Er dachte an Michael. Der und seine Kollegen hatten wieder mal genug zu tun.

»Ich weiß es nicht«, sagte Björn und half Salomon mit seinem Paket vom Boot. »Und die Glocke hat auch wieder geläutet, erzählen die Insulaner. Hast du Fahrrad und Wippe da?«

»Ja. Auf dem großen Steg. Ich hole die Wippe hierher. Ist am einfachsten.«

Auf dem Weg dorthin bemerkte er zu seinem Erstaunen, dass seine Gedanken um die Frau kreisten, die er beim Inselglockenfest kennengelernt hatte. Hoffentlich ging es ihr gut. Soviel er wusste, wohnte sie mit ihrem Sohn bei Bärmanns im Nebenhaus.

Er schob die Wippe zum Boot und lud mit Björns Hilfe den Karton auf. Dann verabschiedete er sich und fuhr nach Hause. Noch immer spürte er die Schmerzen, die der Schlag hinterlassen hatte, war sich aber ziemlich sicher, dass er den Abend durchstehen würde. Es musste einfach klappen. Er konnte die Jungs nicht im Stich lassen.

Im Wohnzimmer legte er den Karton aufs Sofa. Das Akkordeon lag darin gut verpackt in einem braunen Schutzkoffer. Er öffnete ihn und staunte. Wenn sich das Instrument so genial spielen ließ, wie es aussah, konnte nichts mehr schiefgehen. Am liebsten hätte er es sofort ausprobiert. Aber er musste erst einmal einkaufen. In seinem Kühlschrank war nichts als Leere.

Wieder schwang er sich aufs Rad. Er fuhr am Spielteich vorbei und bog rechts ab durch das Deichschart. Vor dem *Inselmarkt* standen jede Menge Fahrräder. Er wunderte sich. Als Gast würde er das schöne Strandwetter genießen und seine Zeit nicht mit einkaufen verbringen. Das konnte man später, wenn die Sonne an Kraft nachgelassen hatte. Natürlich gehörte es nach Einkauf und dem Abendessen zu einem gepflegten Abschluss des Tages, zur Strandmauer zu gehen und die Sonne zu verabschieden, die bestenfalls als gewaltiger roter Ball im Meer versank.

Doch die Gäste schienen sich zumindest im Moment nicht an die Regeln zu halten, denn der Laden war gut gefüllt. Salomon drängelte sich durch die Reihen und ließ Milch, Eier und Aufschnitt in seinem Korb verschwinden. Auch eine Flasche Cola und zwei Packungen seines Lieblingskäses, Edamer, und ein Toastbrot nahm er mit. Das musste erst einmal reichen.

Zum Glück waren beide Kassen geöffnet. So dauerte es nicht allzu lange, bis er die Waren bezahlt hatte. Er verließ den Laden, ging hinüber in die *Backstube* und kaufte Brötchen. Käsebrötchen. Seine Lieblingsbrötchen. Und ein Stück Mandarinenkuchen. Für nachher. Wenn er das Akkordeon ausprobiert hatte.

Zurück beim Fahrrad sah er Hartmut Hielscher hinter dem Rathaus auftauchen. Der Mann kam näher und schob sein Rad in den Ständer, ohne Salomon zu beachten. Erst als der ihn grüßte, schaute Hielscher auf und sagte: »Hallo«, bevor er seine Tasche über die Schulter nahm und sich abwandte.

Salomon wunderte sich. Was mit dem denn los? Der war doch sonst nicht so kurz angebunden. »Hartmut, warte eben. Hast du heute Zeit für eine Übungsstunde?«

»Hast du denn ein Akkordeon?«, fragte Hielscher knapp.

Woher wusste der ...? Natürlich – der Angriff auf Salomon hatte sich auf der Insel blitzschnell herumgesprochen. »Ja, ich habe heute ein neues vom Festland bekommen.«

»Wie schön für dich und den Shantychor. Heute kann ich nicht. Musst du wohl erst mal allein klarkommen. Ich muss mich um meine kranke Frau kümmern. Bis später mal.« Schon war er im Laden verschwunden.

Na, der hat aber einen rabenschwarzen Tag, dachte Salomon. Er beschloss, Hartmut Hielscher lieber nicht mehr zu bitten, sondern abzuwarten, ob der Mann sich von selbst bei ihm meldete. Mit einer kranken Frau zu Hause hatte der andere Sorgen, als sich um sein Akkordeonspiel zu kümmern. Jetzt aber nichts wie los.

Er atmete tief durch. An den Inselfunk musste er sich erst gewöhnen. Aber es war klar, dass die Leute sich über die Geschehnisse der letzten Tage unterhielten. Randale, Raub, ein Überfall und gestern Nacht der Brand, das war alles ein wenig viel. Zumal die Taten offensichtlich zusammenhingen. Jedes Mal hatte irgendjemand eine Glocke läuten hören. Natürlich konnte es kollektive Einbildung sein, aber er glaubte nicht daran. Schließlich hatte er sie höchstpersönlich gehört. Und das war garantiert keine Einbildung gewesen.

Zu Hause räumte er seinen Einkauf weg und nahm sich das Musikinstrument. Es fühlte sich gut an. Nicht einmal die Riemen musste er nachstellen. Es war, als wäre es schon immer seins gewesen. Er öffnete die Mappe mit den Notenblättern, die auf dem Ständer lag, schlug die ersten Töne an und war begeistert. Warum hörte sich das Akkordeon so viel besser an als sein eigenes? Er würde dieses niemals wieder abgeben! Auch wenn sein Instrument wieder auftauchte. Er hatte nicht nach dem Preis gefragt, aber sein Konto war gefüllt. Das sollte also kein Problem sein.

Ansonsten musste er sich wieder hinters Schreiben klemmen. Das hatte er in den letzten Tagen vernachlässigt. Ohne neues Buch kein neues Geld.

In der nächsten Woche würde er allerdings nicht dazu kommen. Das Festland und einige Lesungen warteten. Er hatte zwar kein Problem damit, im Zug oder im Hotelzimmer zu arbeiten, benötigte nicht, wie mancher seiner Kollegen, den immer gleichen Ort mit dem immer gleichen Umfeld, um die Fantasie anzuregen. Aber um richtig konzentriert arbeiten zu können, brauchte er Ruhe. Und dafür war Baltrum eigentlich wie geschaffen. Wenn nicht gerade ein – was hatte gestern jemand gesagt? – irrer Glöckner auf der Insel unterwegs war. *Der irre Glöckner von Baltrum* … Wäre das nicht ein herrlich skurriler Titel für sein neuestes Buch? Er lächelte. Vielleicht konnte er ja seinen Verlag dafür begeistern.

Er legte das Akkordeon vorsichtig zurück in den Koffer und setzte sich an den Schreibtisch. Aber nur kurz, dann stand er wieder auf, ging in die Küche, schnitt das Käsebrötchen in zwei Hälften und belegte beide mit einer dicken Scheibe Edamer. Dazu ein Ingwertee – eine bessere Grundlage für erfolgreiches Schreiben gab es für ihn nicht. Selbst die Schmerzen in seinem Rücken schienen nicht mehr so heftig.

Nur der Gedanke daran, wer ihn angegriffen und sein Instrument gestohlen haben könnte, ließ sich nicht ausblenden.

*

Als Hanna ins Büro kam, musste sie feststellen, dass ihr Chef auf einem der Sessel saß, diesmal mit der *Frau im Spiegel* vor der Nase. Gäste hatten die Zeitschrift bei der Abreise in der Wohnung gelassen und Ewelina hatte sie mitgebracht.

Hanna hoffte, dass er dort einfach nur sitzen blieb und sie in Ruhe ließ. Doch kaum hatte sie ihre Jacke an den Garderobenhaken gehängt, hörte sie ein »Weiter, weiter, ausziehen, weiter …«

Sie reagierte nicht, setzte sich an den Schreibtisch und schaute auf die Seite mit den Mails. Ihre Gedanken gingen zurück zum gestrigen Abend. Florian war aufgewacht und hatte an ihrem Arm gerüttelt. Aus dem Fenster heraus hatten sie die anrückenden Feuerwehrfahrzeuge gesehen und dann beobachtet, wie die Männer unter Atemschutz in die Waschküche vorgedrungen waren. Florian hatte unbedingt rauswollen, aber sie hatte es ihm verboten.

»Frau Goedeke, hallo!« Ingrid Bärmann stand plötzlich neben ihr. »Gibt es was Neues?«

»Einige Anfragen.« Sie zeigte auf die Mails.

»Wunderbar. Bitte gleich beantworten«, forderte die Chefin Hanna auf. »Ich mache mal den Wäschebestand. Mal sehen, was übriggeblieben ist.« Sie verschwand in der Waschküche und hörte nicht mehr, wie ihr Mann, die Zeitung vor dem Gesicht, murmelte: »Bestell nicht so viel. Kostet nur alles.«

Was für ein Blödmann, dachte Hanna. Ohne Wäsche keine Gäste. Das sollte selbst ihm klar sein.

Als es klopfte, dachte sie: Bitte nicht noch mehr

Männer! Doch ihre Bitte wurde nicht erhört. Michael Röder und ein Mann, den sie nicht kannte, standen in der Tür. »Guten Morgen, Frau Goedeke, dürfen wir reinkommen? Wir haben ein paar Fragen.« Erst jetzt bemerkten die beiden Werner Bärmann und begrüßten auch ihn.

»Bitte, bitte, tretet näher«, winkte er die beiden herein. »Fragt alles, was ihr möchtet. Meine Mitarbeiterin steht euch jederzeit zur Verfügung!«

Hanna war kurz davor, sich zu übergeben.

»Werner, würdest du uns bitte mit Frau Goedeke allein sprechen lassen?«

Hanna hatte bei der Bitte des Inselpolizisten das Gefühl, dass es sich eher um eine Anweisung handelte.

Ihr Chef jedoch ignorierte das. »Ach was, die Mädels haben keine Geheimnisse vor mir, nicht wahr?« Diese Frage klang eindeutig nach einer Drohung und sie war sich sicher, dass seitens der Polizisten die Zeit der Bitten ab sofort vorbei war.

Sie behielt recht.

Michael Röder baute sich vor dem grinsenden Bärmann auf, der sich keinen Millimeter aus dem Sessel gerührt hatte. »Du bist heute Nacht ganz knapp an einer Verhaftung vorbeigerutscht. Ganz knapp. Ich rate dir: Versuch es nicht wieder. Die Zelle ist lange nicht so gemütlich wie dein Cocktailsessel.«

»Okay. Ich gehe.« Bärmann stand auf und schlurfte zur Tür.

»Aber nicht so weit. Wir brauchen gleich vermutlich noch eine Aussage«, rief Röder hinter ihm her. Er bekam keine Antwort, und wandte sich ihr zu. »Frau Goedeke, das ist mein Kollege Gero Schonebeck. Wir möchten gerne wissen, was Sie gestern Nacht mitbekommen haben.«

Hanna erzählte, dass ihr Sohn sie geweckt habe und

dass nach dem Einsatz der Feuerwehr an Schlaf für sie nicht mehr zu denken gewesen war.

»Haben Sie eine Idee, wer dahinterstecken könnte?«, fragte Schonebeck.

Sie schüttelte den Kopf. »Nein. Dummejungenstreich?«, schlug sie vor.

»Das denken wir nicht. Wenn das Feuer nicht so rechtzeitig und aus purem Zufall entdeckt worden wäre, hätte das ganze Haus abbrennen können, und das würde ich ganz bestimmt keinen Dumme…«

»Ich meine doch nur: Vielleicht war es ja jemand, der sich darüber keine Gedanken gemacht hat«, versuchte sie ihren blöden Einwurf zu rechtfertigen. »Jemand, der seine Sinne weggesoffen hatte, oder so.«

»Und selbst wenn es so war – auch Menschenleben waren gefährdet. Schließlich wohnen die Bärmanns über der Waschküche. Und nicht zu vergessen die beiden polnischen Schwestern in der Kellerwohnung.«

»Das ist richtig«, antwortete sie zerknirscht. »War dumm von mir.« Sie schaute auf die Uhr. Ob Florian schon aus der Schule war? Er musste etwas essen, bevor er sich mit seinen Freunden wieder am Nationalparkhaus zum Müllsammeln traf.

»Eins noch: Wir haben gehört, dass Ihr Chef seinen Mitarbeiterinnen gerne mal etwas näherkommt, um es vorsichtig auszudrücken«, sagte Schonebeck. »Ist da was dran?«

Ihr Magen machte sich schon wieder bemerkbar. Aber es war nicht der Hunger, sondern die Frage dieses Kommissars, die ihr Unbehagen bereitete. Die sollten sie doch alle in Ruhe lassen, verdammt. Sie wollte ihre Arbeit tun, nichts weiter.

Zögernd schüttelte sie den Kopf. Ihr »Nein« klang nicht so selbstbewusst, wie sie es sich gewünscht hätte. »Nein!«, wiederholte sie, diesmal mit mehr Nachdruck.

»Sind Sie sicher?«, fragte Röder und sie sah die Zweifel in seinen Augen.

»Er hat mir nichts getan. Was mit den anderen ist, weiß ich nicht!« Diesmal klang ihre Stimme fest.

»Dann werden wir die anderen ein weiteres Mal genau befragen«, sagte Röder. »Ganz genau!«

Was sollte das? Wollte er sie damit verunsichern? Ihr Angst einjagen? Wenn es das gewesen war, was er bezwecken wollte: Das hatte er geschafft. Allein der Gedanke daran, dass Bärmann glauben könnte, sie hätte etwas über ihn verlauten lassen, ließ sie schaudern. Dann gab es nur zwei Möglichkeiten. Entweder tat er das, was die Polizei sowieso von ihm annahm, oder er warf sie raus.

Aber sie würde trotzdem die Klappe halten. Zumindest so lange, bis sie einen anderen Job auf der Insel gefunden hatte. Nichts sehen, nichts hören, nichts sagen, Florian und sich selbst schützen – das war zu ihrer zweiten Natur geworden, seit … Nein. Nicht daran denken. Vorbei.

»Bitteschön. Wenn es hilft. Ich muss los. Mein Sohn wartet.« Sie zwängte sich an den Männern vorbei, nahm ihre Jacke vom Haken und verließ das Büro. Sollten die denken, was sie wollten.

Florian wartete bereits auf sie, als sie nach Hause kam. Das hieß, ob er auf sie wartete, ließ sich nicht genau beurteilen. Zumindest wartete er auf sein Mittagessen. Er saß im Wohnzimmer vor seinem Laptop.

»Na, am Daddeln?«, fragte sie ohne große Hoffnung auf eine Antwort. Doch zu ihrer Überraschung drehte er den Laptop zu ihr um und sagte: »Sieh mal. Mit denen sind wir auf Tour.«

Greenpeace. Aha. Die gab es hier also auch?

»Die sind vorgestern gekommen. Sechs Leute. Und bald fahren die wieder. Darum müssen wir gleich an den Strand.«

»Verstehe. Ich mache schnell etwas zu essen, okay?«, schlug Hanna vor. »Derweil kannst du dich über die Hausaufgaben hermachen, dann brauchst du das später nicht mehr.«

»Wir haben keine auf. Die Lehrer gehen auch mit und haben beschlossen, dass wir Mathe, Deutsch und Biologie direkt am Strand erledigen können. Am praktischen Beispiel.«

Gute Idee. Hörte sich ein wenig nach Waldorfschule an. »Können die dabei auch Eltern gebrauchen, die mitsammeln?«

Florian schaute sie ungläubig an. »Du willst nicht wirklich mit, oder?«

»Warum nicht?«

»Musst du nicht arbeiten? Andere Eltern waren gestern auch dabei, aber ich habe nichts gesagt, weil – geht das denn? Musst du nicht arbeiten?«, fragte er, noch immer verwundert.

»Es geht!«, sagte sie fest, obwohl sie wusste, dass ihre Anwesenheit dringend gebraucht wurde nach der letzten Nacht. Es gab so viel zu organisieren. Aber sie verspürte in diesem Moment nicht die geringste Lust auf ihr Büro und sie hatte seit ihrer Ankunft nicht einen Tag freigenommen, da kam es auf diesen Nachmittag nicht an. Und wenn – sie würde trotzdem mit an den Strand gehen.

Außerdem war es sicher nicht verkehrt, einen Blick auf die Leute zu werfen, mit denen Florian unterwegs war.

Entschlossen nahm sie eine Dose Linsensuppe aus dem Schrank. Für ein aufwändigeres Menü war keine Zeit. Für einen kleinen Moment überlegte sie, ob es wirklich die richtige Entscheidung war, mitzugehen. »Florian«, rief sie aus der Küche. »Woher kommen die Leute?«

»Wieso?«, fragte er zurück.

»Nur so.«

»Keine Ahnung. Weshalb fragst du denn?«

»Hat sich schon erledigt.« Mehr fiel ihr im Moment nicht ein. Wäre auch ein seltsamer Zufall, wenn die ausgerechnet aus ihrem früheren Lebensumfeld kämen. Außerdem hatte sie nie davon gehört, dass es dort, wo sie herkam, eine Greenpeace-Gruppe gab.

Sie stellte Teller, Besteck und zwei Gläser voll mit Mineralwasser auf ein Tablett und trug es ins Wohnzimmer. »Heute Abend haben wir auch etwas vor, nicht wahr?«

»Muss ich wirklich mit?« Florian zog die Nase kraus.

»Ewelina hat Karten besorgt. Aber wenn du echt nicht magst, gehe ich allein«, antwortete sie und kam sich sehr großzügig vor. »Ich versuche dann, die Karte zurückzubringen. Aber trotzdem würde ich mich freuen, wenn du mitkämst.«

»Mama, ich muss morgen wieder in die Schule. Vergiss das nicht. Es wird doch viel zu spät.«

Hanna versuchte zumindest, sich ihre Verblüffung nicht anmerken zu lassen. Also nickte sie nur. »Ich schaue, was ich machen kann. Aber jetzt gibt es erst einmal Suppe und dann geht's los.«

»Schade, dass Papa nicht hier ist.«

*

Der Inselpolizist und seine Kollegen hatten sich mal wieder im Clubraum des Hotels versammelt.

»Los, ihr zuerst.« Michael Röder lehnte sich zurück und verschränkte die Hände hinter dem Kopf. »Was habt ihr in Sachen ›Kreuz im Bauwagen‹ herausgefunden?«

Marvin Lingenberg nahm die Thermoskanne, füllte seinen Lieblingsbecher, gab einen Schuss Milch dazu und nahm einen kräftigen Schluck. »Also, eigentlich nicht viel. Wir haben die Nachbarn von Schladerer befragt, ob ihnen um das Grundstück herum etwas aufgefallen ist. Aber Fehlanzeige. Es waren natürlich jede Menge Gäste unterwegs. Das gibt für jemanden, der Übles vorhat, reichlich Deckung. Schladerer selbst hat ja nicht bemerkt, dass ein Unbefugter in den Bauwagen geklettert ist. So zumindest lautete seine Aussage, als wir seine Fingerabdrücke genommen haben. Die drei Handwerker haben wir befragt und wir hatten das Gefühl, dass die beiden Rumänen erheblich besser Deutsch sprechen, als ihr Kollege vorgibt. Zumindest verstehen sie alles. Das war an ihren Gesichtern sehr genau abzulesen. Außerdem haben wir sie dringend noch einmal auf die Wache gebeten und wieder war die Begeisterung nicht sehr groß.«

»Und glaubt es mir oder nicht«, warf Wille ein, »mit denen stimmt was nicht. Das zumindest war ebenfalls eindeutig. Ich schätze, es hat etwas mit Schwarzarbeit zu tun. Mag aber auch auf einer ganz anderen Schiene liegen.«

»Du denkst, die sind in die Ereignisse der letzten Tage verwickelt?«, fragte Röder.

»Wir werden sehen, was die Untersuchung des Kreuzes durch unsere Freunde in Oldenburg ergibt«, erwiderte Marvin. »Schau'n wir mal, ob Fingerabdrücke festzustellen sind. Eine Sache ist da übrigens noch: Am Tag zuvor hat Kenny Jannssen den Rasen auf Schladerers Grundstück gemäht. Das macht er regelmäßig. Keine Ahnung also, ob das von Relevanz ist.«

»Fragen wir ihn«, entschied Gero Schonebeck.

»Außerdem sollten wir mit unserer Pastorin reden«, schlug Röder vor. »Mir gehen die Zusammenhänge nicht aus dem Kopf. Erst wird die Kirche Ziel eines Angriffs, dann die Inselglocke. Bei dem Angriff auf Bartels und dem Brand wird Glockenläuten wahrgenommen. Wenn wir mal von Kenny ausgehen – hegt er einen Groll gegen die Kirche? Ich schlage vor, wir sprechen zunächst mit Nadja Recknagel, um zu hören, ob dem

Jannssen mal das Weihwasser nicht geschmeckt hat. Dann die Sache mit Bartels – waren Frauengeschichten im Spiel? Als Nächstes Bärmann – auf den hat Kenny richtig Wut. Was er auch zugibt.«

»Aber warum um alles in der Welt sollte Kenny immer die Glocke läuten? Frei nach dem Motto: Schaut her, ich bin's«, entgegnete Marvin zweifelnd.

»Das werden wir mit ihm besprechen«, erklärte Gero. »Michael, ich komme mit dir. Und nur zur Richtigstellung – Weihwasser nutzt man bei den Evangelen nicht. Nur in der katholischen und in einigen anderen Kirchen.«

»Oberschlauberger! Wenn wir dich nicht hätten«, grinste Röder. »Aber nun los. Es ist schließlich immer noch zu überlegen, dass jemand, den wir überhaupt nicht auf dem Schirm haben, die Kirche verunglimpfen will. Gibt es jemanden, der einen Hass auf die Institution oder auf die Menschen oder sogar auf Nadja Recknagel hat? Den Gedanken dürfen wir nicht außer Acht lassen.«

»Meinst du nicht, dass du mit deinen Verschwörungstheorien etwas zu weit gehst?«, fragte Marvin. »Sollten wir uns nicht lieber auf die wahrscheinlichen Gründe wie Suff, oder sagen wir es freundlich: alkoholbedingte Ausfälle konzentrieren?«

»Jungs, wir konzentrieren uns auf alles.« Gero stand auf. »Michael, auf geht's.«

»Moment.« Wille winkte Gero zurück. »Was hat sich bei euren Gesprächen ergeben?«

»Auch wir haben natürlich die Fragerunde bezüglich des Brandes gedreht«, erzählte Röder. »Die Nachbarn um Bärmanns Haus, Herrn und Frau Bärmann, die polnischen Mitarbeiterinnen, die flüsternd, aber bestimmt die Version von Bärmann als Antatscher wiederholten und Hanna Goedeke – mit allen haben wir uns unterhalten. Die Goedeke schien mir ziemlich nervös, habe aber bis jetzt keine Ahnung, warum.«

»Ich bin mir ganz sicher, dass Bärmann auch von ihr die Pfoten nicht hat lassen können«, sagte Gero. »Verstehe nicht, warum sie das nicht öffentlich macht.«

»Wer weiß, was sie davon abhält«, gab Wille zu bedenken.

»Und Jannssen?«, fragte Marvin.

»Den haben wir nicht angetroffen, wir werden uns den Mann nach dem Gespräch mit der Pastorin vornehmen.«

»Brandursache?«, fragte Wille knapp.

»Tatsächlich war der Wäschehaufen mit einer Art Öl getränkt«, sagte Gero. »Das Fenster wurde von außen eingeschlagen. Also Brandstiftung.«

»Dann können wir den Jannssen ausschließen. Der hat als Hausmeister sicher einen Schlüssel.«

Michael Röder lachte auf. »Wovon träumst du nachts? Den hat Bärmann Kenny sofort nach der Kündigung abgenommen. Was Bärmann mir als Erstes unter die Nase gehalten hat. Natürlich nicht, ohne die Aufforderung zu wiederholen, den Mann sofort festzunehmen. ›So ein Pack gehört hinter Schloss und Riegel. Gefahr für die Gesellschaft‹, hat er gemeint. Er konnte sich gar nicht wieder einkriegen.«

»Ich habe ihm dann beim Beruhigen geholfen«, erklärte Gero grinsend. »Also was ist, können wir los?«

Auch Röder stand auf. »Gerne.«

Sie verließen den Clubraum und fuhren zur Kirche. Durch das Fenster des Gemeindehauses sahen sie Nadja Recknagel und Maria Bakker. Sie stellten die Räder ab und gingen hinein. Die beiden Frauen waren damit beschäftigt, die Tische und Stühle neu zu arrangieren. »Wunderbar. Wir bekommen Hilfe«, rief Maria Bakker. »Das Fest ist aber erst morgen.«

»Den Stand wird meine Frau verwalten«, sagte Röder. »Außerdem kommt ein Bauchredner, der einem Hund namens Poldus eine Stimme gibt. Das wird bestimmt sehr unterhaltsam. Wir haben jetzt aber ein paar Fragen zu den Ereignissen der letzten Tage und wir hoffen, Sie können uns weiterhelfen.«

»Setzen Sie sich.« Nadja Recknagel zeigte auf zwei Stühle. »Was gibt es also?«

Gero Schonebeck stellte sich vor, dann fragte er: »Gibt es hier jemanden, mit dem Sie in Streit leben? Oder wissen Sie einen Menschen, der mit Kirche und Glauben an sich nicht klarkommt? Die Welt auf anderem Wege verbessern möchte?«

Die beiden Frauen überlegten, dann schüttelte Nadja Recknagel den Kopf. »Nein. Mir fällt nichts ein. Es ist doch so: Die einen glauben, die anderen nicht. Und die, die nicht glauben, bleiben der Kirche einfach fern. Es gibt hier keine militanten Ungläubigen oder Weltveränderer!«

»Was ist mit Kenny Jannssen? Glauben Sie nicht, dass wir ihn in Verdacht haben, wir müssen es nur ausschließen können …«

»Glauben tun wir nur an Gott«, unterbrach Maria Bakker den Inselpolizisten und Nadja Recknagel fuhr fort: »Ich habe von dem Brand gehört. Und auch, dass Kenny entlassen worden ist. Aber ich bin ganz sicher, dass er nichts damit zu tun hat.«

»Warum?«

»Keine Ahnung. Es gibt keinen beweisbaren Grund. Er ist einfach nur – gut«, erklärte die Pastorin.

»Nur, dass uns das jetzt nicht direkt weiterhilft«, bedauerte Gero Schonebeck.

»Ich würde Ihnen ja gerne stichhaltige Beweise für seine Unschuld liefern«, sagte die Pastorin, »aber das könnte ich nur, wenn Kenny und ich den Abend gemeinsam verbracht hätten. Was meinem Mann aber sicher gar nicht gepasst hätte.«

»Was passt mir nicht?« Holger Recknagel stand im Gemeindesaal, ein paar bunte Decken in den Händen. »Ich denke, meine beiden Frauen sind mit Schmücken beschäftigt, stattdessen verbringen sie die Zeit in trautem Gespräch.«

»Herr Recknagel. Schön, dass Sie da sind.« Röder stellte ihm die gleichen Fragen, doch auch der hatte keine Antworten. Die beiden Kommissare standen auf und verabschiedeten sich. »Wenn Ihnen etwas einfällt – Sie wissen, wo Sie uns finden.«

»Da wäre etwas: Das Kreuz – wann bekommen wir das Kreuz endlich zurück?«, fragte die Kurpastorin.

»Wenn alle Untersuchungen abgeschlossen sind. Zurzeit dient es als Beweisstück«, erklärte Gero.

»Verstehe«, sagte Nadja Recknagel. »Wir haben übrigens ›Die Schauende‹ aus der Kirche genommen. Wir hatten doch ein wenig Angst, dass der Randalierer wieder zuschlägt. Dafür mussten wir leider das Polizeisiegel beschädigen.«

»Wäre gut, wenn Sie uns das nächste Mal von Ihren Aktionen unterrichten«, sagte Röder, »sonst ermitteln wir, wo es gar nicht nötig ist.«

»Entschuldigung«, erwiderte die Pastorin zerknirscht. »Soll nicht wieder vorkommen.«

»Gibt es denn schon etwas Neues?«, fragte Holger Recknagel und legte die Decken ab. »Es ist doch so: Wir haben jede Menge Nachfragen nach Trauungen und Taufen in der kleinen Kirche. Dann muss die Tür repariert werden und wir haben keine Ahnung, wie wir damit umgehen sollen. Wann können wir die Kirche wieder nutzen? Können wir sie überhaupt wieder nutzen und sicher sein, dass nichts mehr passiert?«

»Die Sicherheit gibt es im Moment nicht«, erwiderte

Gero. »Wir fragen und fragen. Dann tragen wir die Ergebnisse zusammen und suchen einen Weg. Wenn dann Hinweise zusammenpassen, können wir froh sein. Immerhin gibt es nirgendwo einen Augenzeugen.«

»Verrat nicht zu viel«, grinste Röder ihn an. »Verdächtige sind überall.«

Maria Bakker lachte. »Dann beten wir mal, dass der Herr die Hand über uns hält, sollten wir in Ihr Visier geraten. Aber jetzt geht es weiter. Morgen startet das große Fest.« Dann wurde sie wieder ernst. »Hoffen wir nur, dass bis dahin nicht Schlimmeres passiert.«

»Daran arbeiten wir«, erwiderte Röder zum Abschied.

Die beiden fuhren an der alten Inselkirche vorbei. Der Blick des Inselpolizisten glitt nach oben. Ohne die Glocke sah das Gerüst seltsam fremd aus.

Als sie zum zweiten Mal an diesem Tag bei Bärmanns ankamen, lag immer noch leichter Brandgeruch in der Luft. Jetzt allerdings vermischt mit dem Duft von Kiefern und Wacholder. Die beiden Schwestern putzten mit Hingabe die Waschküche.

»Ist Kenny nun da?«, rief Michael durch das zerbrochene Fenster.

»Er räumt gerade sein Zimmer leer«, antwortete Ewelina.

»Danke!«

Sie gingen um das Haus herum zum unteren Eingang. Als sie die Kellertür öffneten, hörten sie etwas, das wie empörtes Murmeln klang, dann einen Ton, der sich anhörte, als hätte jemand eine Vase an die Wand geworfen.

»Kenny?«

»Hier bin ich. Wer möchte was von mir? Hab keine Zeit. Bin am Packen. Mein Chef hat mich rausgeschmissen«, hörten sie den ehemaligen Mitarbeiter der Firma *Saubär* schnaufen.

»Wir sind es nur. Bitte nichts nach uns werfen«, rief Röder zurück.

»Kommt rein.« Kenny riss die Zimmertür auf. »Nur zu. In meine Luxuswohnung.«

Röder erschrak. Wie hatte es der junge Mann so lange hier aushalten können?

Nur spärliches Licht drang durch ein vergittertes Kellerfenster und die Abdrücke an der Wand hinter der Tür deuteten darauf hin, dass dort einmal Fahrradständer angebracht gewesen sein mussten. Ein schmales Bett drängte sich an die andere Wand, dahinter ein Schrank, dem Bärmann als letzter von vielen Besitzern auf der Müllstation begegnet sein musste.

Hier wird man doch bekloppt, dachte Röder. Ich würde es hier keine drei Tage oder Nächte aushalten.

»Tagsüber bin ich draußen und nachts schlafe ich«, sagte Kenny, so als hätte er Michaels Gedanken erraten.

»Ich sehe auch keine Küche. Wurdest du von Bärmanns versorgt?«

Kenny lachte. »Nein, sicher nicht. Meistens haben mir die Mädels einen Teller voll hingestellt.« Er deutete auf eine Heizplatte, die auf dem schmalen Tisch stand.

»Warum hast du das so lange mitgemacht?« Röder konnte es noch immer nicht begreifen.

»Ganz einfach. Ich habe von Haus aus nicht viel Geld zu erwarten. So habe ich jeden Cent gespart in den zwei Jahren. Das Zimmer kostete fast nichts und so mancher Gast hat mir ein nettes Trinkgeld gegeben, wenn ich mal wieder ein Leuchtmittel ausgewechselt habe. Ich werde in drei Monaten ans Festland gehen und studieren. Kapitän auf großer Fahrt. Aber bis ich da so weit bin, dauert es noch Jahre. Da kann ich das Geld gut gebrauchen.«

»Nach der Ausbildung vermutlich auch«, sagte Gero. »Früher waren junge Leute in der Seefahrt gesucht.

Heutzutage sieht das man eher schlecht aus mit einem Arbeitsplatz. Und jetzt fehlt auch das Geld für den Rest der Saison. Ganz schön ärgerlich, oder?«

»Nein, das ist kein Problem«, winkte Kenny ab. »Henning Ahlers hat mich gefragt, ob ich bei ihm arbeiten möchte. Ich habe sofort zugesagt und fange heute schon an. Was mich so tierisch ärgert, ist die Tatsache, dass Bärmann mich wegschickt, nur weil er meint, ein paar Euros damit zu sparen. Meine Arbeit habe ich nämlich immer gut erledigt. Da gibt es nichts, aber auch gar nichts dran zu meckern.«

»Henning Ahlers hat mir gar nicht erzählt, dass er dich übernimmt«, sagte Röder überrascht und wandte sich an seinen Kollegen, »dabei habe ich heute, bevor wir uns im Clubraum zusammengesetzt haben, bereits mit ihm gesprochen.«

»Wer weiß – er hat bestimmt nicht dran gedacht«, sagte Gero.

»So, worum geht es denn eigentlich?«, unterbrach Kenny. »Ich will sehen, dass ich fertig werde.«

»Du hast bei Schladerer gemäht«, begann Röder.

Kenny schaute ihn überrascht an. »Ja – und?«

»Ist dir aufgefallen, dass jemand, der auf dem Grundstück nichts zu suchen hatte, dort rumgegeistert ist?«

»Nein. Allerdings kenne ich Schladerers Gäste nicht und weiß also nicht, wer darf und wer nicht.«

Röder merkte, dass er so nicht weiterkam, doch bevor er erneut eine Frage loswerden konnte, sagte sein Kollege: »Wir haben ein Problem. Sie waren auf dem Inselglockenfest. Ergebnis: ein Einbruch in die Kirche. Sie haben bei Schladerer gemäht. Ergebnis: Das geklaute Kreuz taucht in Schladerers Bauwagen auf. Sie werden entlassen. Ergebnis: Bei Ihrem Chef brennt es.«

»Ach ja!« In Kennys Gesicht zeigten sich nadelstichgroße rote Flecken. »Und was habe ich gegen Bartels?«

»Das wissen wir nicht«, gab Gero zu. »Aber wir werden es herausfinden.«

»Dann sollten Sie sich lieber mal um Frau Goedeke kümmern. Die hat nämlich Stress mit dem. Immerhin war sie an dem Tag ja in seiner Bude, als er überfallen wurde. Weil sie angeblich ein Armband geholt hat. Das hab ich mitbekommen, weil die beiden in Bärmanns Büro etwas lauter geworden sind. Und beim Inselglockenfest war die auch. So, da haben Sie was zum Ermitteln. Ich habe mit der ganzen Sache nichts zu tun.«

»Okay«, versuchte der Inselpolizist den jungen Mann zu beruhigen. »Nehmen wir das mal hin. Hast du sonst eine Idee, wer dahinterstecken könnte?«

»Nee, wie sollte ich? Beim Fest ist mir nichts aufgefallen. Da haben wir gesungen und hinterher ein paar Bierchen getrunken. Das war's.« Kenny zog den Reißverschluss seiner Reisetasche zu. »Hier war's das ebenfalls. Ich gehe jetzt. Dann können die Handwerker einziehen. Aber die bekommen sicher eine bessere Bleibe. Dafür weniger Geld. Oder doch nicht? Vielleicht waren die es ja. Damit ich schneller weg bin und sie den Job kriegen. Weiß man's so genau? Die habe ich am Sonntag ebenfalls am Bierstand gesehen.«

Die beiden Polizisten verließen zusammen mit dem ehemaligen Hausmeister der Bärmanns den Keller. Er warf seine Tasche über die Schulter und war gleich darauf verschwunden.

»Und nun?«, fragte Röder. Er hoffte, dass Gero einen neuen Ansatz vorbringen konnte, glaubte aber nicht so richtig daran.

»Nun stelle ich mir ein weiteres Mal die Frage: Warum hat er – und diesmal meine ich Herrn Bartels – nichts gesagt? Oder hast du von der Sache mit Frau Goedeke und dem Armband gewusst?«

»Nein. Komm. Fahren wir hin und fragen ihn«, forderte Röder Gero auf.

»Meinst du nicht, wir sollten ein weiteres Mal mit diesen Handwerkern reden?«, schlug Gero vor. »Die erscheinen mir immer verdächtiger.«

»Das sollten wir Marvin und Wille überlassen. Die sind da näher dran. Können wir aber alles später besprechen. Ich möchte zunächst wirklich gerne wissen, warum Salomon mir das nicht mitgeteilt hat. Der Mann ist zwar kein Polizist, aber immerhin beschäftigt er sich beruflich mit solchen Abläufen. Da müsste er eigentlich wissen, was zu tun ist«, wunderte sich Röder.

»Wie du sagst: Der Mann …«, erwiderte Gero nur und wich einem Mops aus, an dessen Leinenende ein Mann hing.

Aus Salomons Wohnzimmer hörten sie eine Akkordeonmelodie, die abrupt stoppte. Dann begann sie von neuem, dann noch einmal. In der dritten kurzen Pause klopfte Michael. Gleich darauf öffnete Salomon Bartels die Haustür, vor der Brust ein leuchtendrotes Schifferklavier.

»Salomon, wir haben eine Frage.«

»Kommt rein.«

Das Wohnzimmer zu betreten, löste in Röder immer noch ein mulmiges Gefühl aus. Der ehemalige Besitzer war genau dort ums Leben gekommen, wo Salomon sie jetzt hinführte. Ihm schien die Vorgeschichte seines Hauses allerdings nichts auszumachen, und der Raum hatte sich mit der Renovierung auch vollständig verändert. Eigentlich erinnerte gar nichts mehr an früher. Trotzdem!

Ohne große Einleitung fragte er den Thrillerautor nach dem Abend des Überfalls und Salomon bestätigte, dass Hanna Goedeke in seinem Haus gewesen war.

»Warum hast du mir das nicht mitgeteilt?«, fragte Röder ungläubig.

»Ich hab's vermasselt. Ich wollte, als ich bei dir war und hab's vergessen. Dann habe ich immer wieder überlegt, ob Hanna es gewesen sein könnte, die mich niedergeschlagen hat und habe es dann für mich ausgeschlossen«, erklärte Salomon.

»Es wäre wirklich gut gewesen, wenn Sie uns das Nachdenken darüber überlassen hätten«, warf Gero ein. »Da war mal wieder der Unterleib stärker als das Gehirn!«

Röder schaute seinen Kollegen erstaunt an. Was war denn in den gefahren? Solche Sprüche hatte er noch nie von dem Mann gehört.

Auch Salomon hatte es offensichtlich die Sprache verschlagen. Er schluckte ein, zwei Mal und zog schweigend die Riemen des Akkordeons von seinen Schultern.

»Gibt es noch mehr, das Sie, wie Sie sagen, vermasselt haben?«, hakte Gero nach.

Salomon schüttelte den Kopf.

»Na gut, Michael, dann lass uns gehen.« Gero drehte sich um und war so schnell draußen, dass Röder ihm kaum folgen konnte.

Erst bei den Rädern hatte er ihn wieder eingeholt. »Wohin jetzt?«

»Zum Hotel *Sonnenstrand*. Dienstbesprechung im Clubraum«, sagte Gero knapp.

»Sag mal, was hat dich denn gebissen?«, fragte Röder, als sein Kollege mit zugekniffenem Mund und zusammengeschobenen Schultern auf dem Fahrrad saß und verbissen in die Pedalen trat.

»Nix«, zischte Gero.

»Wenn nichts ist, dann benimm dich auch so!« Er hatte keine Lust mehr, Geros schlechter Laune auf den Grund zu gehen. Obwohl es ihn wunderte, dass der so miesepetrig war. Das kannte er wirklich nicht, er hatte ihn bisher nur als zielstrebig, aber freundlich erlebt.

»Hast ja recht.« Gero verlangsamte die Fahrt und schaute sich um. »Kann nichts dafür, dass der Typ mich nervt. Männersache eben.«

»Was soll das nun wieder heißen?«, fragte Röder.

»Meine Frau hat keine Zeit mehr für mich. Seit die die Thriller von diesem Typen entdeckt hat, liegt sie abends nur noch auf dem Sofa und liest. Dabei haben wir – beide bei der Polizei – sowieso nur so wenig Zeit für uns.«

»Ach«, er konnte sich das Lachen nicht verkneifen, »du meinst, wenn du ihm was nachweisen kannst, dann hört es auf mit der Bewunderung?«

»Das hoffe ich doch mal!« Gero nahm wieder Fahrt auf.

Ob Marlene ihm diesen Wunsch erfüllen würde, konnte Michael nicht beurteilen, obwohl er Geros Frau ziemlich gut kannte. Sehr gut sogar. Das war allerdings zu einer Zeit gewesen, als sie noch nicht mit Gero zusammen gewesen war. Er mit Sandra allerdings schon.

»Vielleicht geht der Schuss aber auch nach hinten los«, gab er zu bedenken. »Wenn man einer Frau ihr Spielzeug wegnimmt, kann sie sehr böse werden.«

»Na gut, dann ist er eben unschuldig. Aber nur, bis wir das Gegenteil bewiesen haben!« Jetzt lachte auch Gero.

»Na komm, wenden wir uns wieder dem Ernst des Lebens zu.«

Sie stellten ihre Räder auf der Terrasse des Hotels ab und fanden Marvin und Wille in eine Computernachricht vertieft vor.

»Es gab Fingerabdrücke auf dem Kreuz«, sagte Wille. »Drei unterschiedliche. Bis jetzt haben die Kollegen in der Kartei keine gleichen finden können, aber es hilft uns unter Umständen doch weiter.«

Die vier setzten sich zusammen und Michael und Gero berichteten, was sie in Erfahrung gebracht hatten.

»Im Gegensatz zu früheren Jahren haben wir ja genügend Verdächtige, um die wir uns kümmern müssen. Wäre nur nett, wenn wir schon wüssten, wer von denen das Glückslos gezogen hat, unsere Zelle kennenzulernen«, feixte Marvin, dann wurde er wieder ernst. »Hoffen wir mal, dass wir weitere Erkenntnisse haben, bevor wieder etwas passiert. Wie gehen wir vor?«

»Es bleibt nachzuhaken, was die Goedeke zu ihrem Eindringen bei Salomon Bartels sagt«, erwiderte Gero.

»Ich ziehe mich mal zurück, wenn es passt«, sagte Wille. »Dann kann ich die Sachen für die Feier morgen zusammenstellen. Tisch, Klappstühle und so weiter.«

»Du hast Sorgen …«, sagte Gero.

»Wieso? Wir brauchen nicht mit vier Mann bei der Frau aufzulaufen.«

»Stimmt. Dann geh du Sachen packen und wir ermitteln.«

Michael Röder winkte ab. »Bleibt sitzen und bestellt euch einen Kaffee. Ich fahre zu ihr.«

Doch im Büro der Firma *Saubär* fand er nur Ingrid Bärmann, die ihm mitteilte, dass ihre Bürokraft an diesem Nachmittag nicht erschienen sei.

*

Der Abend hatte ziemlich mies angefangen. Von der Müllsammelaktion todmüde, hatte sie kaum noch Lust gehabt, etwas zu kochen, hatte sich dann aber doch aufgerafft. Mit dem Ergebnis, dass Florian maulend am Tisch saß und einfach nichts essen wollte.

Genervt räumte sie ab und wartete nur noch darauf, dass ihr Sohn ihr mitteilte, er würde nicht mit zum Inselabend kommen. Dann hätte sie die Karte umsonst gekauft.

Aber es kam anders. Wortlos sprang er unter die Dusche und setzte sich wenig später mit frischem T-Shirt und langer Hose abwartend auf das Sofa. »Bist du so weit?«, rief er ungeduldig.

Ja, sie war so weit. Wenn auch nur äußerlich. Innerlich tobte wieder einmal der Kampf um die Einschätzung, ob es richtig war, sich in die Öffentlichkeit zu wagen. Klar, die vielen Leute würden einen gewissen Schutz bieten. Es stellte sich nur die Frage, wem. Auf dem Weg hin und zurück waren Paulina und Ewelina bei ihnen, aber dennoch – ein Rest-Risiko blieb. Die Sache war nur … wie sollte sie mit diesem Risiko umgehen? Jetzt und für den Rest ihres Lebens?

Das *Haus des Gastes* war bereits gut gefüllt, doch sie bekamen noch Plätze nebeneinander. Der Leiter des Shantychores, der sich als Björn Buse vorstellte, begrüßte die Gäste, dann eröffnete der Chor den Abend. Eindrucksvoll tönte der Gesang durch die Halle. Hanna wischte sich über die Stirn. Es war verdammt warm, obwohl bis gerade durch die weit geöffnete Eingangstür ein angenehmes Lüftchen hinein und auf der anderen Seite durch eine weitere Öffnung wieder hinausgezogen war. Doch jetzt waren die Türen dicht.

Der Shantychor sang noch ein Lied, dann wurde er mit Applaus verabschiedet. Die Theatergruppe kam mit einem Sketch auf die Bühne und Hanna trieb es vor Lachen die Tränen in die Augen. Auch Florian schien es zu gefallen. Und als der Kinder-Shantychor sang, merkte sie, wie er im Takt mit den Füßen auf den Boden klopfte. »Kann ich da auch mitmachen?«, flüsterte er seiner Mutter zu.

Sie nickte. »Wollen mal sehen.«

Selig lehnte sie sich zurück und genoss den Abend. Hanna verschwendete keinen Gedanken mehr daran, dass sie eigentlich in der Pause hatte gehen wollen. Die

Eiländer traten auf, und auch die Fleitjes mit einem Querschnitt durch ihr Programm. Es war erstaunlich, was die Einwohner hier so auf die Beine stellten und sie ertappte sich bei dem Wunsch, sich bei den Sandy Boots einzuklinken. Westernstiefel anziehen, den Daumen in die Tasche stecken und mittanzen!

Viel zu schnell verging die Zeit. Alle Teilnehmer erschienen noch einmal auf der Bühne und Björn Buse bat zu einem letzten Lied. *Die sieben zum Verlieben, drum such dir eine aus …*

Nein, sie brauchte sich keine mehr auszusuchen! Sie hatte ihre Insel gefunden.

Der Schlussapplaus erklang, die Türen wurden geöffnet. Es dauerte einen Moment, bis die Halle sich geleert hatte. Draußen atmete Hanna in der wunderbar frischen Luft tief durch.

Ewelina stupste sie an. »Noch ein Bier?«

Nein. Eigentlich nicht. Florian musste ins Bett. Auf der anderen Seite – wer erwartete sie zu Hause? Und so lange würde es nicht dauern. »Ein Bier ist okay. Holst du es? Ich bleibe mit Paulina hier auf dem Weg.«

Es dauerte eine ganze Weile, bis Ewelina mit drei Bieren wieder zurück war. Florian schob bereits ungeduldig sein Fahrrad hin und her. »Ich fahre schon mal.« Ohne eine Antwort abzuwarten, schlängelte er sich durch die Menschen, die auf dem Heimweg waren.

»Ey, Vorsicht«, hörte Hanna eine bekannte Stimme und gleich darauf stand Salomon Bartels bei ihnen und rieb sich das Knie. »Dein Sohn. Er hatte es etwas eilig. Ist aber nichts passiert.«

»Dürfen wir einladen auf ein Bier?«, fragte Paulina. »Als Wiedergutmachung?«

Nicht … bitte nicht … Sie wollte keinen Kontakt mit Salomon. Nicht hier und jetzt.

Zum Glück lehnte er ab und verabschiedete sich mit

einem Handzeichen. Hanna sah ihn kurz darauf im Gespräch mit Björn Buse. Sie konnte die Gesichter im Halbdunkel nicht genau erkennen, hatte jedoch das Gefühl, dass die beiden nicht gerade fröhlich miteinander plauderten. Die beiden Männer standen nicht weit entfernt, trotzdem konnte sie nicht hören, worum es ging. Zu viele Menschen waren um sie herum. Nur ein paar Worte von Buse wie »Akkordeon«, »schlechter Ton« und »mehr üben« hörte sie heraus und von Salomon immer wieder »nein«, »stimmt nicht«, »sehe das anders«.

Dann drehte Salomon sich abrupt um, nahm sein Rad mit einem Ruck aus dem Ständer und hätte beinahe einen der späten Gäste umgefahren, so energisch schob er es auf den Weg. Er klemmte die Wippe mit dem Akkordeon daran fest, stieg auf und verschwand in der Dunkelheit.

Nachdem sie ihr Glas geleert hatte, ging auch sie nach Hause. Paulina und Ewelina blieben da, aber es war ihr egal.

Wenigstens ein bisschen.

Alles war vorbereitet. Michael hatte am Abend zuvor die Wohnung auf Hochglanz gebracht, war an diesem Morgen einer der ersten Kunden im *Inselmarkt* gewesen und hatte mit Amir einen ausgiebigen Gang gemacht.

Er warf einen kritischen Blick auf die Tapetenbahnen, die den schmalen Flur schmückten. Ja, schmückten. Er war begeistert. Das Gefühl von Gefängnisaufenthalt, das ihn die ersten zwei Tage verfolgt hatte, war verschwunden. Besonders, seit seine Kollegen sich sehr wohlwollend gezeigt hatten, als er sie gestern Abend zu einem Bier in seine Küche eingeladen hatte.

Sandra konnte kommen.

Er schaute auf die Uhr. Es wurde Zeit. Wille war bestimmt schon unterwegs zum Anleger. Er hatte sich bereit erklärt, Albert Rating, den Bauchredner, in Empfang zu nehmen.

Michael arretierte Amirs Leine am Halsband, klemmte die Wippe hinter sein Rad und fuhr los. Als er beim Nationalparkhaus auf die Hafenstraße einbog, sah er die Aufbauten der *Baltrum I* in beinahe greifbarer Nähe. Er musste einen Zahn zulegen, wollte er es sich nicht gleich mit Sandra verscherzen.

Doch als er den Anleger erreichte, machte der Steuermann gerade erst die Leinen fest. Es war ordentlich was los. Viele Einwohner und Mitarbeiter standen an dem Gitter, das den Platz für die Wippen begrenzte, trugen Schilder mit den Hausnamen vor der Brust und warteten auf ihre Gäste. Die Bitte des Kapitäns, die Fahrkarten »einzelnd!« vorzuzeigen, schallte über den Platz. Langsam schob sich die Gangway herunter. Amir zog an der Leine, als wüsste er, wer ihn gleich begrüßen würde.

Eine Gestalt löste sich aus der Menge und kam auf ihn

zu. Aber es war nicht Sandra, sondern Arndt Kleemann, sein Freund und ehemaliger Kollege, der ihn lachend und mit ausgebreiteten Armen begrüßte.

»Was … was machst du denn hier?«, fragte Michael verdattert. Mehr fiel ihm im Moment nicht ein.

»Begrüßt man so einen Freund?«, entgegnete Arndt.

»N…nein, aber …«

»Da staunst du, was? Meine Frau hat mir freigegeben. Da habe ich Sandra nach Neßmersiel gebracht und bin gleich mit rübergekommen. Konnte nicht widerstehen«, sagte Arndt.

Wo war nun eigentlich Sandra? Da. Da tauchte sie auf und lachte ebenfalls. »Schöne Überraschung, oder?«, rief sie und ließ sich von Michael in den Arm nehmen, bevor sie ausgiebig Amir begrüßte.

»Das kann man wohl sagen!« Röder war immer noch verblüfft. Er freute sich ungemein, seinen Freund endlich mal wieder zu sehen. Gut sah der aus. Braungebrannt, die Haare länger als früher, in kurzer Hose und T-Shirt, stand er vor ihm wie ein echter Urlauber. »Was hast du …?«

»Keine Sorge, ich werde mich nicht in eure Ermittlungen einmischen. Was ich will, ist: am Strand rumlaufen, meinen Lieblingsplatz Willys Utkiek besuchen und ein wenig am Stand bei der Kirche abhängen«, sagte Arndt.

Michael schaute sich um. Ein paar Meter weiter sah er Wille, der mit einem kräftig gebauten Mann in Uniform auf ihn zukam.

»Hallo, Arndt«, begrüßte Wille seinen ehemaligen Kollegen. »Schön, dich mal wiederzusehen.« Und an Michael gewandt sagte er: »Dir möchte ich Albert Rating vorstellen. Er wird uns beim Kirchenfest mit Poldus unterstützen.«

»Ich freue mich, dass ich hier sein darf«, sagte Rating. »Ich habe Baltrum bisher noch nicht kennengelernt.«

»Wille, du begleitest Albert und wir werden erst einmal das Gepäck aus dem Container holen«, sagte Michael.

»Ist auch jede Menge Obst und Gemüse dabei. Frisch vom Acker«, sagte Arndt.

»Bin gespannt, ob ich den Unterschied schmecke«, erwiderte Michael.

Als die Container abgeladen und freigegeben waren, packten die drei die Sachen in die Wippe und reihten sich ein in den Strom der anreisenden Gäste. Michael konnte es sich nicht verkneifen, Arndt zu berichten, womit sie es in den letzten Tagen zu tun gehabt hatten. Zumal sich sein Freund auch nicht dagegen sperrte.

»Der irre Glöckner also. Wilde Geschichte«, sagte Arndt nachdenklich. »Bin gespannt, wer für den Aufstand verantwortlich ist.«

»Ich hoffe, wir werden es herausfinden. So, da wären wir.« Michael hob die Kiste aus der Wippe und sofort stieg ihm der frische Duft von Salat, Kohlrabi, Porree und Gurken in die Nase.

»Ich gehe dann mal.«

»Kommt gar nicht in Frage. Erst trinkst du einen Kaffee bei uns. Dann kannst von mir aus machen, was du willst!«, sagte Michael zu Arndt, der schon fast das *Picknick* erreicht hatte.

»Na gut. Überredet«, gab Arndt Kleemann nach.

Gespannt wartete Michael auf Sandras Reaktion, als er die Tür zur Dienstwohnung öffnete. Doch bedauernd musste er feststellen, dass sie die neue Tapete gar nicht wahrnahm und wortlos in der Küche verschwand. Er folgte ihr mit der Obstkiste, immer noch auf den Kommentar hoffend, der sicher jetzt kommen musste. Doch er täuschte sich. Sie machte sich über die Kiste her und bat ihn nur, doch schon mal den Kaffee aufzusetzen.

Als die Kiste leer und der Kaffee fertig war, setzten sie

sich mit Arndt zusammen ins Wohnzimmer und Sandra erzählte, wie schön und ruhig es trotz der vielen Arbeit bei Arndt und Wiebke auf dem Hof gewesen war. Als Michaels Telefon klingelte, schraken sie ein wenig zusammen, so als ob das Geräusch sie in die Gegenwart zurückholte.

Michael beendete das Gespräch und Arndt und Sandra war schnell klar, dass die Realität sie tatsächlich eingeholt hatte. »Björn Buse ist verschwunden. Tut mir leid. Ich muss los. Ach, Sandra – hast du heute Betty Buse auf dem Schiff gesehen?«

Sandra nickte. »Sie saß ein paar Bänke weiter und unterhielt sich mit zwei anderen Frauen. Warum?«

»Sie sagt, sie sei heute Morgen vom Festland gekommen und Björn sei nicht zu Hause gewesen. Das Bett sei unberührt.«

»Seltsam«, murmelte Sandra. »Und dass er sich woanders vergnügt, also ich meine, die Gelegenheit beim Schopfe …?«

»Weiß man nicht. Ich treffe mich mit den Kollegen im Clubraum.« Er lächelte seinen Freund gequält an. »Du kennst die Lokalität, nicht wahr?«

»Zur Genüge. Fast wäre ich geneigt zu fragen, ob ich …«

»Nein. Auf dich wartet Willys Utkiek. Wir sind zu viert und du bist raus.« Michael merkte, wie Arndt zusammenzuckte. Aber es nützte nichts. Er musste seinen Freund vor einem Rückfall bewahren. Anderes würde ihm Wiebke niemals verzeihen.

Arndt nahm den letzten Schluck aus seiner Tasse und stand auf. »Du hast recht. Ich gehe dann mal. Falls was ist, meine Telefonnummer habt ihr. Also, falls das Mittagessen wartet oder so.« Arndt lächelte, wurde aber ernst, als er: »Viel Erfolg«, hinzufügte, bevor er verschwand.

»Ich bin auch weg. Wann ich wieder da bin, kann ich nicht sagen.«

»Also das übliche Spiel«, sagte Sandra. »Ich hoffe, ihr findet Björn bald. Lebend.«

Auf dem Flur des Hotels kam Michael ein bekanntes Gesicht entgegen. »Na, Kenny. Ich sehe, du hast die neue Stelle bereits angetreten?«

»Klar, wie abgesprochen. Und ein geiles Zimmer habe ich jetzt auch. Und vernünftige Bezahlung. Sogar Freizeit. Es ist wie im Himmel«, lachte Kenny.

Die vier Kommissare besprachen sich kurz, bevor Michael und Marvin aufbrachen. Wille sollte sich, soweit es die Lage erlaubte, um den Stand beim Kirchenfest und Gero um die Untersuchungsergebnisse der Festlandskollegen kümmern.

Björn und Betty Buse wohnten nicht weit von der Wache in einem Haus gegenüber vom Flugplatz. Nachdem Betty sie ins Wohnzimmer gebeten hatte, war Michaels Blick durch die große Panoramascheibe auf mindestens zehn einmotorige Maschinen gefallen, die neben der Landebahn parkten. Eine rollte gerade aus. Die Sicherheitsleuchten zeigten an, dass niemand den Platz zu betreten hatte. Soweit er wusste, war Björn begeisterter Flugzeugfan und selbst Pilot. Er war also ganz nah dran an seinem Hobby.

»Er wollte mich heute Morgen vom Schiff abholen«, sagte Betty. »Als er nicht da war, habe ich mir keine Gedanken gemacht. Schließlich war gestern der große Inselabend im *Haus des Gastes*. Da kann es schon mal ein wenig später werden.«

Natürlich. Björn war nicht nur Pilot, sondern auch der musikalische Leiter des Shantychores und begeisterter Sänger. »Und er war dort?«, fragte Röder die Frau, die mit nervöser Hand ihre Haare aus dem Gesicht strich.

»Das nehme ich an. Natürlich. Kurz bevor er loswollte, haben wir miteinander gesprochen. Nach dem Auftritt nicht mehr. Ich war mit ein paar Freundinnen vom Festland im Kino.«

»Und dass er …«, Er zeigte nach draußen, »schon seinem zweiten Hobby nachgegangen ist, kann auch nicht sein?«

»Dann hätte er mir eine Nachricht hinterlassen. Ganz bestimmt. Er ist ein äußerst zuverlässiger Mensch. Außerdem – es ist nicht sein Hobby, sondern sein Beruf. Hier ist der Kalender. Es ist nichts eingetragen.«

»Es tut mir leid, Betty, aber ich muss es fragen. Kann eine andere Frau der Grund sein, oder gibt es eine andere Sache, die ihn daran hindert, hier zu sein?«

»Nein«, sagte Betty Buse bestimmt. »Und was ich eben sagte wegen des Auftritts – egal, wie spät es geworden wäre: Er hätte mich abgeholt. Er hat es versprochen und er hätte es getan. Da muss etwas passiert sein.«

Röder war beeindruckt. Die Frau ließ keine Zweifel gelten, was die Zuverlässigkeit ihres Mannes betraf.

»Würden Sie trotzdem bei seinem Chef anrufen, ob etwas Unvorhergesehenes eingetreten ist?«, bat Marvin.

»Gerne.« Sie griff nach dem Telefon und schüttelte nach einem kurzen Gespräch den Kopf. »Nein. Er hat heute Nachmittag einen Rundflugtermin.«

»Gut. Wir werden uns bestimmt wieder bei Ihnen melden«, sagte Marvin. »Halten Sie sich zur Verfügung. Wenn er wieder auftaucht …«

»Rufe ich sofort an«, versprach sie.

Sie fuhren zum Flugplatz, aber auch dort wusste der Mann im Tower nichts über Buse.

»Sollten wir mit Salomon Bartels sprechen? Er ist Mitglied im Shantychor und war bestimmt gestern Abend dabei«, schlug Röder vor.

»Gute Idee. Auf ins Ostdorf.« Sie bogen rechts ab, fuhren am Spielteich und am Hotel *Dünenschlösschen* vorbei.

Salomon gähnte, als er die Tür öffnete. Er bat sie herein und berichtete, wie der Abend abgelaufen war, nachdem er den Grund ihres Kommens erfahren hatte.

»Du bist ganz sicher, dass Björn bis zum Ende da war?«, fragte Röder.

»Ganz sicher. Wir haben uns mit einem gemeinsamen Lied verabschiedet. Björn hatte die Truppe musikalisch fest im Griff. Und zwar uns, die Fleitjes, die Sandy Boots, den Kinder-Shantychor und alle anderen. Natürlich war der Kinder-Shantychor nicht mehr zum Abschiedslied da. Die müssen ja am nächsten Tag zur Schule, wenn nicht gerade Ferien sind. Außerdem, Kinder so spät auf der Bühne, das geht gar nicht.«

»Und dann?«, fragte Marvin.

»Nach der Aufführung haben wir uns auf ein kurzes Bier zusammengesetzt. Wann Björn gegangen ist, kann ich aber nicht sagen«, erklärte Salomon. »Vor dem Haus des Gastes war ein Bierstand aufgebaut. Da standen jede Menge Leute rum. Ich habe einen kurzen Halt bei Hanna und ihren Kolleginnen gemacht. Aber nicht, weil ich mit denen feiern wollte, sondern weil mir der Sohn, Florian, fast ins Fahrrad gehüpft ist. Ich bin beinahe vor Schreck umgefallen. Da haben Ewelina und ihre Schwester mich auf ein Getränk eingeladen. Habe ich aber nicht angenommen.«

»Warum nicht?«, fragte Röder.

»Ach, Hanna schaute mich schon wieder so seltsam an. Fast so, als hätte ich ihren Sohn übern Haufen gefahren. Da hatte ich keinen Bock mehr.«

»Und Kenny?«

»Er hat auch mitgesungen. Wieso?«

»Nur so. Wir gehen dann mal.« Sie verabschiedeten

sich von Salomon, der schon wieder ausgiebig gähnte. »Bleib sitzen. Wir finden allein raus.«

»Was nun?«, fragte Marvin, als sie wieder auf ihren Rädern saßen.

»Nun besprechen wir, wer sich um wen kümmert. Wenn wir Glück haben, taucht Buse wieder auf. Ansonsten gibt es eine Menge Leute, die wir befragen müssen. Als erstes fällt mir Kenny ein«, sagte Röder.

»Als erstes ist 'ne Tasse Kaffee dran. Sonst läuft bei mir gar nichts«, sagte Marvin.

»Ist der gleiche Weg.«

Als sie zum zweiten Mal an diesem Tag den Spielteich passierten, fiel Röder ein, dass er genau hier vor einigen Tagen Björn Buse getroffen und der um einen Rat gebeten hatte. Er hatte ihn abgewimmelt.

Vielleicht hätte er besser zuhören sollen.

*

»Ihr könnt euren Tisch hier aufstellen.« Maria Bakker deutete auf einen freien Platz gleich neben dem Eingang zum Gemeindehaus. »Hier kommen alle vorbei.«

Tatsächlich war es ein günstiger Platz. Wille hob den Tisch aus der Wippe und Albert half ihm, die Beine auseinanderzuklappen. Es hielt. Wille stellte die Hocker auf und Sandra packte die Infozettel aus. Auch Leporellos mit verschiedenen Themen waren in dem Karton, den der große, kräftige Polizist aus Moormerland mitgebracht hatte, außerdem Zettel mit Bildern zum Ausmalen und sogar Buntstifte.

»Darf ich vorstellen? Das ist Poldus.« Vor Albert Ratings mächtigem Bauch, nein, beinahe auf seinem Bauch saß ein braungelockter Hund mit aufgerissener breiter Schnauze, großen, schwarzen Augen und einer Dienstmütze.

Sandra lachte. »Poldus kommt bei den Kindern bestimmt gut an. Welche Themen hast du drauf?«

Wille wunderte sich. Das war ja schnell gegangen mit dem Duzen. Aber dann fiel ihm ein, dass Sandra, Albert und Arndt sich ja schon auf dem Schiff getroffen hatten. Arndt hatte der Versuchung nicht widerstehen können, den Kollegen in Uniform anzusprechen.

»Das ist unterschiedlich. Einmal geht es wie bei den Puppenspielern der Polizei um die Gefahren des Straßenverkehrs, aber wir arbeiten immer mehr kriminalpräventiv. Da geht es um Erpressung auf dem Schulweg zum Beispiel«, erklärte Albert.

»Ich habe natürlich schon davon gehört, aber ich hätte nicht gedacht, dass das Thema derart präsent ist«, wunderte sich Sandra.

Auf Baltrum vielleicht nicht, dachte Wille, aber in der Stadt war das nichts Ungewöhnliches. Es war nicht etwa so, dass Kinder von Erwachsenen in die Zange genommen wurden, nein, es waren Gleichaltrige, die ihren Mitschülern die Jacken und andere Dinge klauten, damit die ihre Lieblingsstücke gegen Geld wieder auslösten.

»Das gibt es und viel mehr«, sagte Albert. »Aber wir gehen auch zu älteren Menschen und warnen sie. Da ist der berühmte Enkeltrick zum Beispiel. Oder Menschen, die sich als Polizisten ausgeben und dann das gesamte Geld, das unter der Matratze lagert, mitgehen lassen. Das Ausnutzen des Alters ist ein Betrugsfeld, das immer größer wird.« Er setzte Poldus auf den Tisch und zog seine Jacke aus. »Es wird warm heute.«

Auch Wille spürte, wie ihm der Schweiß unter dem Uniformhemd brannte. Nur Sandra schien nichts zu merken. Aber sie hatte natürlich auch den Vorteil, uniformfrei herumlaufen zu dürfen.

»Wie lange machst du das schon?«, fragte sie Albert.

»Seit vielen Jahren. Die meisten unserer Puppenspieler sind keine Bauchredner. Mich hat das aber von Anfang an interessiert. Außerdem bin ich Zauberer.«

»Dann kannst du hier ein tagfüllendes Programm anbieten.«

»Na ja. Man muss viel üben«, sagte Albert. »Und ich bin hauptberuflich Polizist. Im Moormerland ist es relativ ruhig, aber ich bin erst vor einem halben Jahr nach Ostfriesland gezogen. Vorher war ich jahrelang in Duisburg. Da geht die Post ganz anders ab.«

Allmählich füllte sich die Straße zwischen Kirche und Deich. Ein Tisch nach dem anderen wurde aufgebaut. Schon zog der Duft von Bratwurst, gemischt mit dem von frischen Waffeln, herüber. Es war eine gute Idee von Maria Bakker gewesen, das Fest schon morgens beginnen zu lassen. Nachmittags waren bei diesem wunderbaren Wetter bestimmt alle Gäste lieber am Strand. Aber ob die Menschen morgens um elf schon Lust auf Bratwurst hatten?

Sie hatten! Vor der Bude standen bereits einige Menschen. Auch bei den Getränken war schon ordentlich was los.

Wille fragte sich, wie es seinen Kollegen wohl erging. Offensichtlich waren sie weiterhin auf der Suche nach dem verschwundenen Shantychor-Leiter. Wenn sie ihn gefunden hätten, hätte Michael sich bestimmt gemeldet.

Er zuckte zusammen, als eine Glocke anschlug. War etwas passiert? Nein. Seine Armbanduhr zeigte an, dass es elf Uhr war. Es war natürlich die Glocke der neuen evangelischen Kirche. Ihr voller Ton sollte wohl den Beginn des Festes einläuten. Maria Bakker, die Kurpastorin, hatte sich ein Megaphon geschnappt und begrüßte alle Teilnehmer und Gäste.

Sie erklärte, warum dieses Fest stattfand, und wies mehrere Male auf die Spendendosen hin. »Helfen Sie uns, eine neue Glocke für unser Inselwahrzeichen zu kaufen. Sie alle können, wenn Sie im nächsten Jahr wieder hier Ihren Urlaub verbringen, stolz zu der neuen

Glocke hinaufblicken bei dem Gedanken, dass ein Teil davon auch Ihnen gehört!«

Wille hätte es sich etwas weniger dick gewünscht, aber die Menschen, die sich inzwischen um Bakker versammelt hatten, klatschten und zückten ihre Geldbörsen. Da hatte sie doch wohl den richtigen Ton getroffen.

Musik erklang. Wille war froh, dass es sich nicht um Kirchenlieder, sondern um Songs aus den Siebzigern handelte, die durch Lautsprecher verstärkt über die Straße schallten. Er war gespannt, was als Nächstes folgte. Auf Chormusik aus dem Gesangbuch hatte er keinen Bock. Kirche war ihm ziemlich fremd. Musikalisch war er bei *Meta* aufgewachsen, einer Musikkneipe in Norddeich. Der Kult schlechthin. Musikgrößen wie Howard Carpendale hatten dort ihre ersten Auftritte gehabt. Der war damals noch ein echt cooler Rock'n Roller gewesen. Nicht so ein Schlagerfuzzi wie später.

Inga Rumpf, Birthcontrol, die Equals und natürlich Otto ... Sie alle und viele andere Größen aus der internationalen Musikszene waren dort auf aufgetreten und Meta, die Chefin, war mit einem Kinderwagen durch die Kneipe gelaufen und hatte daraus Schnaps an ihre Gäste verkauft. Noch heute träumten viele ältere Ostfriesen von diesem Treffpunkt. Und nicht nur Ostfriesen – die Kneipe und Meta waren in ganz Norddeutschland berühmt. Es gab seit einigen Jahren sogar ein Musical über ihr Leben.

»Ich habe den Leuten gesagt, dass es hier gleich losgeht«, holte Maria Bakker ihn aus Metas Musikkneipe. Tatsächlich hatten sich einige Menschen bereits vor ihrem Stand eingefunden, Albert brachte Poldus in Position und legte los.

Wille hörte und sah gespannt zu, wie Albert, nein Poldus, das Publikum über die Gefahren im Straßenverkehr aufklärte. Der Hund und sein Mentor lagen dabei in stetem Streit, ob man auf dem Weg zur Schule eine Warnweste tragen sollte oder nicht.

Großer Beifall brandete auf, als Poldus sich vor dem Publikum verneigte. Ein kleiner Junge rief: »Aber hier gibt es doch gar keine Autos!« Poldus drehte sich direkt zu ihm. »Aber wenn dein Urlaub vorbei ist. Schon in Neßmersiel musst du ganz doll aufpassen!«

»Autos gibt es nicht, aber Pedelec-Fahrer, die hier wie die Bekloppten durch den Ort fahren«, sagte Sandra und verteilte mit freundlichem Lächeln Leporellos. »Vielleicht kannst du darauf bei deinem nächsten Akt hinweisen.«

»Kein Problem. Hat Poldus bereits in sein Programm aufgenommen!«, erwiderte Albert.

»Schau da! Ist zwar kein Pedelec, aber die da könnte auch mal etwas langsamer fahren. Schließlich stehen hier jede Menge Leute rum.« Sandra deutete auf eine Frau, die keinerlei Anstalten machte zu bremsen, sondern zügig weiterfuhr.

Als sie verschwunden war, sagte Albert: »Kann das sein, dass ich die kenne?«

»Möglich«, sagte Wille. »Hier sind Gäste aus der ganzen Republik.«

»Die ist hier angestellt. Das war keine Gästin«, sagte Sandra. »Ich weiß nur im Moment nicht, wo.«

»Irgendwie erinnert die mich an einen Fall in Duisburg. Werde später mal drüber nachdenken ... Wie hieß die Frau damals noch ...?«, überlegte Albert.

»Vergiss Duisburg«, winkte Wille ab. »Da kommt Arndt. Wenn er bleibt, werde ich mich zu den Kollegen begeben und schauen, ob es etwas Neues im Fall Buse gibt.«

»Mensch, Leute. Ist das schön, wieder hier zu sein.« Arndt Kleemann atmete tief durch. »Der leichte Wind über den Dünen, das Leben am Strand, die fröhlichen Gesichter – ich sehe das alles mit ganz anderen Augen.«

»Würdest du dich trotzdem für ein, zwei Stunden in den Dienst deines alten Arbeitgebers stellen, Auskunft geben und Prospekte verteilen?«, fragte Wille.

»Sehr gerne. Aber erst hole ich mal für alle einen Kaffee.« Er schaute auf Poldus. »Und – was mögen Hunde?«

Albert lachte. »Lass man. Sonst pinkelt der mir nachher auf die Uniform.«

»Jetzt weiß ich es.« Sandra schaute die Männer an. »Das war die Frau, die bei Bärmanns arbeitet. Die mit dem Kind hergekommen ist.«

»Frau Goedeke?«, sagte Wille. Er hatte die Frau bisher nicht kennengelernt. Die Befragungen waren ohne ihn verlaufen. Er war anderweitig beschäftigt gewesen.

»Genau. Goedeke. So heißt sie«, bestätigte Sandra.

»Nein, dann war sie es nicht. Ich habe einen anderen Namen im Gedächtnis. So wie Vonderbusch«, sagte Albert.

*

Sie hatten sich über die halbe Insel gefragt und überwiegend das Gleiche zu hören bekommen. »Wir haben gesungen, dann etwas getrunken und sind nach Hause. Wann Björn gegangen ist? Keine Ahnung. Es war einfach so wie immer.« Dieser letzte Satz, den die Leiterin der Sandy Boots ihnen mit auf den Weg gegeben hatte, stand in großen Lettern über ihren Ermittlungen. Auch auf die Frage, ob etwas bekannt sei über Probleme, die Buse beschäftigten, hatten alle nur den Kopf geschüttelt.

»Mensch, der muss doch auch mal Stress gehabt haben«, sagte Marvin, »das gibt's nicht, dass jemand nur friedlich durchs Leben geht.«

Die vier Ermittler saßen im Clubraum und Michael, Marvin und Gero fassten zusammen, was sie bei ihren Befragungen herausgefunden hatten. Viel war es nicht, was die drei Wille berichten konnten.

»Was ist mit Kenny?«

»Auch der hat angeblich das, was alle hier zurzeit haben: keine Ahnung!«, sagte Marvin bitter. »Ich hoffe, bei euch ist es besser gelaufen.«

»Alles klar. Sandra, Arndt, Albert und Poldus unterhalten die Gäste und alle sind zufrieden.« Wille beschrieb, wie Poldus zur Vorsicht im Straßenverkehr aufgerufen hatte.

»Wie gut, dass es hier ruhiger ist«, sagte Marvin.

»Wenn nicht gerade eilige Mitarbeiter vorbeikommen und die Massen auseinanderscheuchen«, sagte Wille. »Das war diese Goedeke, die wir auf der Liste haben. Sandra kannte sie. Und Albert auch. Aus seiner Zeit in Duisburg. Jedoch unter anderem Namen. Zumindest kam es ihm so vor. Aber ...«, er lachte, »es war wohl nur so eine seichte Idee. Man kennt das ja. Da sieht man jemanden und ist sich absolut sicher, die Person schon mal gesehen zu haben, aber die Wirklichkeit ist weit davon entfernt. Und er war sich nicht einmal sicher.«

»Hat er einen Namen genannt?«, fragte Gero.

»Er hat irgendwas vor sich hingemurmelt. Ich habe nicht darauf geachtet.«

Es klopfte und Henning Ahlers, der Hotelchef, steckte seinen Kopf zur Tür herein. »Darf ich stören? Hier ist ein junger Mann, der euch sprechen möchte.«

Die vier schauten erstaunt auf, als ein Hüne von Mann mit festen Schritten näherkam. Er trug eine schwarze Weste und eine Lederhose wie ein Motorradfahrer, was hier seltsam fremd wirkte, dazu ein breites Lederarmband und eine silberne Halskette, die allein mindestens ein Kilo wiegen musste. »Bin ich hier richtig? Polizei?«

»Was können wir für Sie tun?«, fragte der Inselpolizist.

»Ich komme wegen dem ... ach, Quatsch. Vergesst es! Ich gehe wieder.« Er drehte sich und wollte verschwinden, wurde aber von Röder zurückgerufen. Tatsächlich blieb er stehen.

»Nun sagen Sie schon, was gibt es?«

Der Mann zupfte nervös an seiner Lederweste, dann strich er sich über den glattrasierten Hinterkopf. »Mensch, Leute, das ist echt blöd. Ich wäre gar nicht gekommen, aber meine Frau hat beschlossen, ich soll, und nun mache ich mich hier zum Affen.«

»Worum geht es denn?«, fragte Gero und Röder hörte Ungeduld in dessen Stimme.

»Wegen – ich habe diese Glocke gehört. Glaube ich zumindest. Ach was, hab ich mir wahrscheinlich nur eingebildet. Echt bescheuert, dass ich das beim Frühstück erwähnt habe.«

»Es ist gut, dass Sie da sind, Herr …?«

»Glasenberg. Kay Glasenberg. Uns gehört eine Wohnung hinten in den Dünen.«

»Bitte setzen Sie sich und berichten Sie uns genau, was Sie meinen, erlebt zu haben«, bat Röder. Er betrachtete die Aufnäher auf der Weste. Kein einziges Rocker-Emblem, dafür mindestens drei, die zur Rettung der Natur aufriefen.

»Also, das war gegen Mitternacht. Meine Frau schlief schon, die Kinder natürlich auch. Ich habe am Computer gearbeitet. Der Betrieb ruht nicht, nur weil der Chef in Urlaub ist. Ich betreibe eine Spedition, da gibt es immer was zu regeln. Auch wenn ich gute Mitarbeiter habe – manchmal muss ich doch selber ran. Ich wollte mich gerade fertigmachen zum Ablegen und habe gelüftet. War ziemlich warm im Wohnzimmer. Da habe ich es gehört. Es hat geläutet. Habe mich erst nur gewundert, aber dann fiel mir ein, was ich gestern mitgekriegt hab, als ich im *Seehof* an der Theke ein Bier getrunken hab. Da sind immer Kumpels, wisst ihr. Harley-Kumpels. Der Chef vom Hotel ist auch einer. Da haste immer was zu erzählen.«

Röder wunderte sich. Man sollte sich wirklich nicht von Äußerlichkeiten leiten lassen. Außen Rocker – innen Firmenchef. Coole Mischung.

»Was haben Sie mitbekommen?«, fragte Marvin.

»Na, dass, wenn die Glocke geläutet hat, in den letzten Tagen immer was passiert ist. Und dass die Leute hier schon richtig Bammel haben.« Als Glasenberg aufstand, sah Michael Röder dicke Schweißränder auf dem T-Shirt. »Echt, wenn ich das gewusst hätte, hätte ich mir eine Bleibe auf Spiekeroog gekauft. Schließlich habe ich Kinder!«

»Herr Glasenberg, bevor Sie gehen – sagen Sie uns, wie das genau geklungen hat«, sagte Röder bestimmt.

»Es war der Klang einer einzelnen, hellen Glocke. Das ging ein paar Sekunden, dann hörte es auf und dann war Stille. Darum habe ich das auch nicht ernst genommen. Ich hätte sonst bestimmt schon nachts die Polizei alarmiert. Aber es war eben nur ganz kurz.«

»Danke. Wo finden wir Sie bei Bedarf?«

»Hinter dem *Nautilus* in dem kleinen Haus.«

»Danke, dass Sie gekommen sind.« Auch Röder war aufgestanden und begleitete den Mann hinaus. »Was für eine Maschine fahren Sie?«

»Eine 2018 Fat Bob mit Milwaukee-Eight 114 Motor. Ein geiles Teil«, schwärmte er mit glänzenden Augen.

Röder konnte das gut verstehen. Er hatte sich die Maschine im Internet mal angesehen und einen kurzen Gedanken daran verschwendet, ob er sie sich wohl zulegen könnte. Ihm war jedoch klar, dass er gar nicht genügend Zeit hatte, solch ein Gerät richtig zu nutzen. Vielleicht sollte ich mich ans Festland versetzen lassen, dachte er. Dann kann Sandra auf Kleemanns Hof helfen und ich in meiner Freizeit Motorrad fahren.

Als er wieder hereinkam, fand er seine Kollegen in intensivem Austausch.

»Wir schauen uns im Dünengelände um«, sagte Gero. »Marvin, klärst du mit dem Festland weitergehende Maßnahmen?«

Marvin nickte. »Klar. Ich spreche mit Müller. Dann komme ich nach. Was ist mit der Feuerwehr?«

»Wir schauen erst, geben dir dann Bescheid.«

Auf dem Weg zur Terrasse überlegte Michael kurz, ob er seinem Freund Arndt Bescheid sagen sollte, verwarf es jedoch sofort wieder. Es gab keinen Grund.

Röder bemerkte reges Interesse bei den Menschen, die sie zügig überholten. Sicher ging so mancher davon aus, dass wieder etwas passiert sein musste, so schnell wie sie unterwegs waren.

Glasenberg war bereits zu Hause und erwartete sie. Mit einer ausholenden Armbewegung umfasste er quasi das gesamte Dünengelände bis zum Osten der Insel. »Von dort kam das Läuten. Soll ich mit suchen?«

»Nein, danke. Wir schauen erst einmal.«

»Ganz schön große Fläche«, sagte Wille. »Vielleicht sollten wir doch die Männer von der Feuerwehr alarmieren. Sollte es sich hier wirklich um Buse handeln, ist jede Sekunde wichtig.«

»Ruf Marvin an und gib ihm die Eckdaten durch. Der soll das übernehmen«, bestätigte Gero.

Michael Röder ging den rot gepflasterten Weg hinein in die Dünen, vorbei an den letzten bebauten Grundstücken. Rechts von ihm tauchte die Rückseite des Hauses auf, in dem Salomon wohnte. Danach schloss sich das Gelände an, das von allerlei Sträuchern überwuchert und von einem Metallzaun umgeben war. Mittendrin stand ein Haus mit eingestürztem Dach, die Fensterlöcher mit Brettern vernagelt. Ein schmaler Pfad wand sich durch das Grün an einem baufälligen Stall vorbei bis zur Hauswand. Röder stieg über den Zaun und folgte dem Pfad.

Nach ein paar Metern sah er etwas im Gras liegen und hob es auf. Es war ein weißes Stückchen Papier, ein Schnipsel von einer Seite abgerissen, unbedruckt, bis auf – er schaute genauer hin – bis auf einen schmalen schwarzen Strich mit einem Fähnchen daran. Was konnte das sein? Es konnte schon tagelang, vom Wind hergetragen, dort liegen. Es hatte seit einer Woche nicht geregnet.

Er steckte es ein und bahnte sich weiter seinen Weg durch das Grün, das zum Haus hin immer dichter wurde. Neben der zerbröckelten Klinkerwand lag wieder etwas Weißes. Noch einmal bückte er sich und diesmal konnte er erkennen, woher das Papier stammte. Es war Teil eines Notenblattes.

Er nahm das Funkgerät vom Gürtel und piepste seine Kollegen an, dann ging er um das Haus herum zum Eingang. Die Tür war nur angelehnt. Er schob sie zur Seite und hörte ein Schaben oder Rauschen, dann ein dumpfes Ploppen. »Polizei Baltrum. Jemand da?«, machte er sich bemerkbar. Er erhielt keine Antwort.

Kurz darauf trafen Marvin und Gero ein. Er zeigte ihnen die Papierfetzen und berichtete von dem Geräusch. Sie zogen ihre Waffen, sicherten und betraten vorsichtig den leeren Flur. Der Boden war mit einer dicken Staubschicht bedeckt. Die Fußspuren darin wiesen in ein Zimmer am Ende des Flures. Licht fiel in Streifen durch die vernagelten Fenster und beschien Spinnennetze, die von der Decke hingen. Darunter saß jemand. Bewegungslos.

Die drei Männer schoben sich vorsichtig näher und erschraken, als ein Vogel aufflog und gegen die Decke prallte. Der also hatte die Laute verursacht.

Röder wandte sich wieder der Person zu, die sich immer noch nicht bewegte. »Hallo? Wer sind Sie?«, versuchte er Kontakt aufzunehmen.

Nach ein paar weiteren Schritten war es klar, warum die Person nicht antwortete. Das Gesicht war von Blut überströmt. In der Schädeldecke klaffte ein tiefes Loch. Es war Björn Buse, der dort lag. Seine Hände steckten in den Schlaufen eines Akkordeons.

»Ich sage Marvin Bescheid. Die Feuerwehr braucht nicht mehr in Mannschaftsstärke anzurücken«, sagte Röder tonlos und wandte sich ab. Es war stickig in dem Raum. Er hatte das Gefühl, keine Luft mehr zum Atmen zu haben. Röder rüttelte am Fensterholz und zerrte eine Latte nach der anderen heraus. Kaum hatte er die letzte Strebe gelöst, erhob sich die Taube und flog nach draußen.

Er folgte ihr mit den Augen, atmete tief durch und dachte nach. Gero konnte die Organisation hier übernehmen, er hatte Wichtigeres zu tun. »Ich muss zu Betty!«, wandte er sich an seine Kollegen. »Es wäre furchtbar, wenn sie es von anderer Seite hören würde. Ich fahre erst zu Marvin, spreche mit ihm das weitere Vorgehen ab, und dann zu Betty Buse. Haltet ihr hier bis dahin die Decke drüber? Sobald ich fertig bin, komme ich wieder.«

»Kein Problem«, sagte Gero. »Wir lassen außer der Ärztin natürlich niemanden rein, solange die Spurensicherung nicht da war. Einer von uns wird sich draußen umsehen, aber einer bleibt immer in der Nähe des Toten.«

»Bis später.« Der Inselpolizist fuhr zurück zum Hotel *Sonnenstrand.*

Marvin Lingenberg schaute ihn erwartungsvoll an, doch sein Gesicht zeigte bald die gleiche Fassungslosigkeit wie das von Röder, als der ihm erzählte, wo er den Leiter des Shantychores gefunden hatte. »Der lag da, an die Wand gelehnt und hatte das Akkordeon auf dem Bauch. So, als wollte er gleich eine Melodie anstimmen. Und ich wette, es ist das Instrument, das man Salomon gestohlen hat. Er trug sein Bühnen-Outfit, das Takelhemd. Also war er nach der Veranstaltung sicher nicht mehr zu Hause.«

»Sonst irgendwelche Auffälligkeiten?«, fragte Marvin.

»Auf den ersten Blick nicht. Kümmerst du dich darum, dass die Experten kommen? Spusi, Ärztin, Leichenwagen – du kennst das alles. Ach – wenn du alle Stellen alarmiert hast, bringst du dann bitte den Spurensicherungskoffer zur Einsatzstelle? Die Kollegen vom Festland werden ihre eigenen Sachen mitbringen, aber man weiß ja nie, ob wir auch schon etwas benötigen. Ich fahre zu Betty Buse und kann echt nicht abschätzen, wann ich da wieder wegkomme.«

»Alles klar« sagte Marvin, »wird erledigt. Brauchst du Hilfe bei Frau Buse? Soll ich jemanden schicken? Die Gemeindeschwester?«

»Wäre vielleicht nicht schlecht. Keine Ahnung, ob Betty jemanden hat, der sich um sie kümmert. Bin dann mal weg.«

»Gutes Gelingen«, rief Marvin hinter ihm her, als er nach draußen ging.

Den Wunsch konnte Röder gut gebrauchen, war es doch die schlimmste Aufgabe eines Polizisten, eine Todesnachricht zu überbringen.

Bei Buses Haus erwartete ihn bereits die Gemeindeschwester Gesa Kück vor der Tür. »Dein Kollege wollte mir nicht sagen, worum es geht. Klär du mich auf!«

Er mochte die Frau. Ihre gerade Linie half auch jetzt. »Moin, Gesa. Gut dass, du da bist. Die Sache ist: Wir haben Björn tot aufgefunden. Ich muss es Betty beibringen und freue mich, wenn du mir hilfst.«

»Mache ich gerne«, sagte Gesa. »Aber sag mir, was ist passiert? Ist er …? Ich meine nur, weil du hier …?«

Für lange Erklärungen war jetzt nicht die rechte Zeit.

»Lass uns schauen, ob sie zu Hause ist«, sagte Röder begütigend.

»Wollt ihr zu mir?« Sie hatten nicht gemerkt, dass inzwischen Betty Buse in der geöffneten Haustür stand.

»Betty, bitte, gehen wir hinein.« Er schob die Frau ins Haus, ohne eine Antwort abzuwarten. Gesa Kück folgte ihm.

»Also, was ist?«, fragte Betty ungeduldig, als sie in der Küche angekommen waren.

»Setz dich.«

»So schlimm?« Ihr Gesicht war blass geworden. Gesa schob ihr einen Stuhl zurecht und blieb dahinter stehen, als Betty sich langsam setzte. Dabei starrte sie den Polizisten unverwandt an.

»Betty, dein Mann …« Verdammt, wo waren die Worte? »Betty, ich muss dir sagen, dass Björn …«

»Nein!« Der Schrei hallte durch die Küche. Betty hatte die Hände vor das Gesicht geschlagen.

»Betty … Hallo, Betty …«, sagte die Gemeindeschwester sanft und rieb die Schultern der Frau, die begonnen hatte, unkontrolliert zu zucken. Gesa kniete sich neben den Stuhl und schaute hoch zu Röder. »Warte«, flüsterte sie.

Das tat er, und hätte dann beinahe Bettys Frage überhört, so leise klang ihr: »Wo? Was ist passiert?«

»Wir haben ihn in dem alten Haus im Ostdorf gefunden.«

»Warum dort? Da ist er nie gewesen. Was sollte er dort? Ein Unfall?«

»Wir versuchen, es herauszufinden. Genaueres weiß ich nicht«, versuchte Röder eine möglichst neutrale Aussage, doch er hatte nicht mit Bettys Reaktion gerechnet.

Sie riss sich die Hände vom Gesicht, sprang auf und kam auf ihn zu. »Erzähl keinen Scheiß. Ihr habt ihn doch gefunden! Wie sah er aus? Ist er ermordet worden? Sonst würdest du hier doch nicht so einen Affen machen und gleich mit Gesa auftauchen.« Sie rannte aus der Küche, den Flur entlang nach draußen. »Wo ist er? Ich will zu ihm!«

Gesa lief hinter ihm her, als Röder der völlig verstörten Frau folgte. »Betty, warte. Ich sage dir alles, was ich weiß, aber viel ist es nicht. Wir haben ihn gerade erst gefunden.«

»Nein! Ich will jetzt zu ihm!«, schrie sie und rannte zu ihrem Rad. Einige Passanten schauten sich erstaunt um.

»Betty, so warte!« Röder lief schneller und konnte gerade noch das Fahrrad am Gepäckträger festhalten. »Das geht jetzt nicht. Die Ärztin ist bei ihm und die Spurensicherung muss ihre Arbeit machen. Und glaube mir, du musst das nicht sehen.«

»Ich will aber. Er ist mein Mann!« Verzweifelt versuchte sie, ihr Fahrrad vorwärtszuschieben und gab erst mit einem verzweifelten Schluchzen auf, als Gesa Kück sie in den Arm nahm. Sie ließ den Lenker los und Röder schaffte es im letzten Moment, das Rad am Umfallen zu hindern. Die Szene hier war allein schon angebracht, viele neugierige Blicke auf sich zu ziehen, da brauchte er nicht auch noch das Scheppern eines umgestürzten Rades, um Gaffer anzulocken.

Als er aufschaute, sah er Laberjahn auf sie zuradeln. Bitte nicht …! Der Mann, der eigentlich Jahn hieß, war dafür bekannt, dass er ununterbrochen redete und das am liebsten über die Missgeschicke anderer Leute, wenn man ihn aus Versehen an der Theke traf. Kein Insulaner hatte etwas gegen den Austausch von Informationen, aber das, was Laberjahn so ohne Pause von sich gab, ließ so manchen Gast das Lokal verlassen.

Röder reagierte nicht, als der Mann bremste und neugierig fragte: »Was ist denn hier los? Betty, was machen die mit dir?«

Als Laberjahn auch von Betty keine Antwort erhielt, wiederholte er seine Frage und Röder langte es. »Verschwinde«, zischte er, »mach, dass du wegkommst und stör uns nicht!«

»Ist ja gut«, brummelte Laberjahn und stieg bedächtig auf sein Rad. »Ist ja gut.«

Na, wenigstens einen Menschen haben wir glücklich gemacht, dachte Röder, der hat jetzt tagelang was zu erzählen. Er stellte Bettys Rad ab und ging den beiden Frauen hinterher ins Haus. Im Flur stolperte er beinahe über einen Sisalteppich, der sich zusammengeschoben hatte.

Gesa hatte Betty in die Küche begleitet und auf einen Stuhl gedrückt, keinen Widerspruch zulassend. Röder beugte sich zu der verzweifelten Frau hinunter und nahm ihre Hände. »Betty, ich verstehe dich vollkommen, aber es geht jetzt nicht. Ich verspreche dir, dass du Björn sofort sehen kannst, wenn es möglich ist. Wen soll ich benachrichtigen? Wer kann dir zur Seite stehen?«

»Unsere Kinder. Ich muss unsere Kinder anrufen. Die sind am Festland und ahnen noch von gar nichts.« Wieder fing sie laut an zu weinen.

»Gib mir die Telefonnummer. Ich rufe an. Wen soll ich sonst …?«

Betty stöhnte auf und glitt zur Seite. Gesa packte zu und hielt sie. »Ruf die Ärztin an!«, sagte sie knapp und Röder tat, wie ihm befohlen.

»Betty, verstehst du mich? Kannst du mich hören?«, fragte Gesa und Röder sah, wie Betty ganz leicht nickte.

»Wir bringen dich ins Schlafzimmer. Da ist es angenehmer für dich!«, sagte Gesa bestimmt. »Michael, fasst du links?«

Sie stützen Betty, die mit wackeligen Beinen kaum einen Schritt vor den anderen schaffte und legten sie im Schlafzimmer aufs Bett.

»Kommst du hier allein klar?«, fragte er die Gemeindeschwester.

»Ja. Die Ärztin wird gleich hier sein.«

»Gut. Dann rufe du bitte die Kinder an. Ich fahre zum Kirchenfest. Die sollten Bescheid wissen.«

»Alles klar. Bis dann.« Gesa hatte sich wieder ihrer Patientin zugewandt.

Röder hoffte, dass die Ärztin schnell bei ihnen war. Tote konnten schließlich warten.

Von der Kirche her hörte er fröhliches Singen. Also hatte sich die Nachricht noch nicht bis hierher rumgesprochen. Am Polizeistand bremste er. Albert Rating machte sich gerade mit Poldus bereit für einen neuen Auftritt, Sandra verteilte Info-Material und Arndt hatte es sich hinter dem Stand mit einem Fischbrötchen gemütlich gemacht.

Er erhob sich jedoch sofort, als er Röder ankommen sah. »Was ist passiert?«

Röder wunderte sich. Konnte man es ihm ansehen? »Wir haben Björn Buse tot aufgefunden. Vermutlich erschlagen«, sagte er leise zu seinem Freund. »Ich wollte den beiden Pastorinnen Bescheid geben, damit sie entscheiden können, ob sie weiterfeiern wollen.«

»Dort drüben stehen sie.« Arndt zeigte auf einen Stand, an dem einige Kinder saßen und sich schminken ließen.

»Danke. Bis gleich.« Er ging hinüber, begrüßte Nadja Recknagel und berichtete ihr von dem Todesfall.

»Wie geht es Frau Buse?«, fragte sie besorgt.

»Gesa Kück und die Ärztin kümmern sich um sie. Gesa wird auch die Kinder benachrichtigen«, sagte er.

»Gut. Nein, nicht gut.« Sie schaute auf die Uhr. »Wir werden das Fest zügig aber ohne Hektik ausklingen lassen. Es war ja sowieso nur bis zum frühen Nachmittag vorgesehen. Spontanes Abbrechen führt zu Unruhe. Danke, dass Sie mir Bescheid gegeben haben. Ich spreche mit meiner Kurpastorin. Sie wird der gleichen Meinung sein.«

»Sagen Sie ihr, was passiert ist. Aber ansonsten tragen Sie Ihr Wissen bitte nicht nach außen«, bat Röder. »Wir möchten möglichst ungestört von neugierigen Menschenmassen arbeiten.«

»Natürlich. Keine Sorge.«

Als Röder zum Stand zurückkehrte, verstaute Albert seinen Hund bereits in einem großen Sack. »Das war ja ein kurzer Auftritt. Ich habe also Zeit. Wenn ihr Hilfe braucht ...«

»Dem schließe ich mich natürlich an«, sagte Arndt.

»Nein«, unterbrach Röder ihn. »Wenn wir dich brauchen, Arndt, dann, ich verspreche es dir, und das gilt auch für Albert, sage ich Bescheid. Ansonsten genießt den Nachmittag. Albert, du könntest mir deine Handynummer geben. Für den Notfall.«

»Klar. Ich bin dabei.« Der Bauchredner wandte sich an Sandra: »Kann ich Poldus bei dir lassen?«

»Natürlich«, erwiderte sie. »Wir legen die Sachen bei uns in die Wohnung. Die Wache ist nicht immer besetzt.«

»Wieso nicht?«, fragte Albert erstaunt.

Michael erzählte ihm kurz, wo sie ihr Lager aufschlugen, wenn mehr als zwei Ermittler vor Ort waren, dann verabschiedete er sich. »Ich muss los. Mal schauen, wie es weitergeht.«

Arndt sah nachdenklich hinter ihm her, als er auf sein Rad stieg.

*

Salomon Bartels schnaufte verschlafen. War er da gerade von Fahrzeuggeräuschen geweckt worden? Verwirrt schaute er sich um.

Er lag auf dem Sofa und war einfach weggedummelt. So spät war es doch gestern gar nicht geworden … Er versuchte, sich zu erinnern. Der Morgen hatte damit begonnen, dass die Polizei bei ihm gewesen war und nach Björn gefragt hatte. Dann hatte er sich an seinen Text gesetzt und bald feststellen müssen, dass ihm nichts einfiel.

Natürlich hatte er das Schreiben nicht verlernt. Egal ob Thriller oder Krimi – einen guten Aufhänger, eine plausible Geschichte und interessante Charaktere, die brauchte jede Geschichte. Und einen passenden Ort. Er hatte eine Insel gewählt. Was lag näher? Allerdings war er sich nicht sicher, ob er die Geschichte auf Baltrum spielen lassen oder eine fiktive Insel in der Nordsee schaffen sollte, was den wesentlichen Vorteil hätte, dass er sich das Leben und das Sterben dort ganz nach seinen Wünschen zusammenbasteln konnte.

Bei der Suche nach einem Namen für die neue Insel war er plötzlich so müde geworden, dass er spontan beschlossen hatte, die Überlegungen auf dem Sofa fortzuführen.

Jetzt war es zwei Stunden später und einen Namen hatte er immer noch nicht gefunden. Mühsam richtete er sich auf und sah die Rücklichter des Krankenwagens, der auf der Straße unterhalb des alten Hauses hielt. War da jemand auf Erkundungstour durch die Decke gebrochen? Es wäre nicht das erste Mal, dass Kinder über den Zaun geklettert waren. Der war an einer Stelle sowieso schon ganz heruntergedrückt und keiner hatte sich bis jetzt darum gekümmert. Den Besitzer Hartmut Hielscher hatte Salomon, solange er jetzt auf der Insel wohnte, auch nur zweimal hier gesehen.

Man würde sich schon kümmern. Es ging ihn nichts an. Aber vielleicht, so überlegte er, konnte er den Mann darauf ansprechen, wenn sein Akkordeon-Unterricht doch noch zustande kam.

In der Küche nahm er eine Pizza aus dem Gefrierfach und schob sie in den Ofen. Er musste unbedingt mal wieder seine Eltern am Festland besuchen. Die ständige Pizza hing ihm allmählich zum Hals raus und zu Hause hatte er die beste Auswahl an grundsolider Hausmannskost. Seine Mutter war groß darin, lecker zu kochen. Natürlich könnte er seine Eltern auch mal nach Baltrum einladen. Beide waren berufstätig, aber ein gemeinsamer Urlaub hier würde ihnen bestimmt auch gefallen. Salomon musste lachen. Dass ›gemeinsamer Urlaub hier‹ auch gleichbedeutend war mit ›Mutter steht dann in der Küche und kocht für uns‹, fand er zwar wünschenswert, es war aber nicht unbedingt selbstverständlich.

Er schaute auf die Uhr. Noch hatte er eine gute Viertelstunde, bis die Pizza knusprig braun war, so, wie er sie am liebsten mochte. Er setzte sich an den PC und öffnete die Seite der Deutschen Bahn. Am Mittwoch hatte er ein Gespräch mit seinem Verleger, am Donnerstag eine Lesung in München. Er mochte gar nicht daran denken. Er hasste es, lange mit dem Zug unterwegs zu sein, aber viel mehr haderte er mit endlosen Autofahrten. So hatte er seinen uralten Käfer bei seinen Eltern geparkt.

Die Verbindung war gut. Das Schiff fuhr morgens und der Anschluss in Norden ging einigermaßen flott. Er druckte die Fahrkarte aus und legte sie zu seinen Unterlagen.

Aus der Küche kam ein einladender Duft von Knoblauch, Käse und Paprika. Also auf zu einer neuen Pizzamahlzeit. Er nahm einen Pfannenwender aus der Schublade und schob ihn unter die Pizza. Nur mit Mühe gelang es ihm, das Teigstück auf den Teller zu heben, und er nahm sich vermutlich nicht zum letzten Mal vor, sich endlich einen Pizzaschieber zuzulegen. Warum einfach, wenn es auch umständlich ging.

Er nahm den Teller mit ins Wohnzimmer, holte ein

Flasche Mineralwasser und schnitt gerade das erste mundgerechte Stück Pizza ab, als es läutete. Gleich darauf hörte er eine bekannte Stimme. »Herr Bartels, sind Sie da?«

»Kommen Sie herein.«

Gleich darauf stand Wilfried Weerts im Zimmer. »Wir brauchen Ihre Hilfe.« Der Mann erzählte, dass man Björn Buse ein Haus weiter gefunden und auch, dass ein Akkordeon auf dessen Bauch gelegen habe. Der Hilfssheriff nahm sein Handy aus der Uniformjacke und zeigte Salomon ein Bild.

Salomon konnte es kaum fassen – tatsächlich, das war es. Sein altes Instrument, das bei dem Überfall auf ihn verschwunden war. »Ja, das ist meins. Aber was … was ist mit Björn? Tot ist er? Warum …?«

»Ja. Wie gesagt. Er wurde nebenan gefunden. Haben Sie nachts die Glocke gehört?«, fragte Weerts.

Salomon überlegte. »Nein. Ich habe fest geschlafen.«

»Seltsam«, wunderte sich Weerts. »Ihr Nachbar, ein Haus weiter, hat das Läuten mitbekommen. Er sagte zwar, er sei wach gewesen und das Fenster offen, aber das Geläut muss doch ziemlich auffällig gewesen sein.«

Was sollte das? Warum beharrte der Polizist so sehr darauf?

»Ich muss Sie bitten, sich zu unserer Verfügung zu halten«, sagte Weerts. »Die Spurensicherung kommt bald und wird sicher Ihre Fingerabdrücke nehmen wollen. Wir brauchen sie zum Abgleich, wie Ihnen sicher klar sein wird.«

Ja, natürlich! Solch eine Situation hatte er in mindestens zwei Büchern beschrieben. Aber es war, so stellte er fest, etwas grundlegend anderes, ob er es einem seiner Protagonisten in die Vita schrieb, oder ob es ihn persönlich betraf.

»Dann muss ich nicht mehr fragen, ob Ihnen trotz

Ihres Tiefschlafes in dieser Nacht etwas Besonderes aufgefallen ist?«

»Nein!« Langsam wurde Salomon ungehalten. Wenn er gewusst hätte, dass ein Haus weiter jemand umgebracht wurde, hätte er bestimmt nicht geschlafen! »Ich habe nichts gehört und auch nichts gesehen. Ich habe nach der Aufführung ein Bier getrunken, bin nach Hause und todmüde ins Bett. Aber das habe ich bereits Michael schon gesagt. Fragen Sie doch die, die mit Buse gestern Abend unterwegs waren.«

»Was glauben Sie, was wir seit dem Morgen machen. Danke, Herr Bartels. Bis später.« Der Polizist verschwand.

Salomon ließ sich auf das Sofa fallen und stützte seinen Kopf in die Hände. Eine große Traurigkeit überkam ihn. Trauer darüber, dass Björn nun nie wieder die Geschicke des Shantychores leiten würde. Und Trauer darüber, dass seine heile Welt auf dieser Insel doch nicht so heile war, wie er es sich zutiefst gewünscht hatte. Gab es denn, verdammt noch mal, nirgendwo einen Platz auf dieser Welt, auf dem man in Ruhe und Frieden leben konnte? Erst die Morde im Jahr zuvor und jetzt ging das Elend schon wieder los. Da hätte er genauso gut am Festland bleiben können.

Salomon zuckte zusammen. Das durfte nicht wahr sein … Da starb ein Mann, und er, Salomon, ergab sich dem Selbstmitleid!

Nicht er lag tot im Nachbarhaus, sondern Björn. Und dann kam die Polizei und stellte Fragen, berechtigte Fragen – und er reagierte dermaßen unbeherrscht! Was war nur mit ihm los? War es der Schock gewesen? Oder war das nur das ganz normale Gefühl der Unsicherheit, das wohl jeder hatte, wenn die Polizei vor einem stand und Auskunft einforderte? Selbstschutz? Er wusste es nicht, nahm sich jedoch vor, beim nächsten Mal freundlicher zu reagieren.

Sein Blick fiel auf die Pizza. Der Käse lag ledrig eingefallen auf den inzwischen eingetrockneten Tomatenstücken. Ihm war der Appetit vergangen. Er stand auf, trug seinen Teller in die Küche und versenkte sein Essen im Mülleimer.

Salomon öffnete die Terrassentür und blickte zum Nachbargrundstück hinüber. Er hörte Stimmen und sah zwei Männer, die sich durch die dichten Büsche arbeiteten. Sicher die Kommissare vom Festland. Ein Hubschrauber näherte sich langsam, verlor an Höhe und landete auf dem Flugplatz. Das werden die Leute vom Erkennungsdienst sein, überlegte Salomon.

Er schob das Teleskop, das eines seiner ersten Anschaffungen gewesen war, nachdem er beschlossen hatte, auf die Insel zu ziehen, in die offene Tür und beobachtete, dass einige Personen aus dem Hubschrauber kletterten. Der Landrover der Feuerwehr stand neben dem Flieger und die Leute luden Kisten auf die Ladefläche. Dann stiegen sie ein und das Fahrzeug setzte sich in Bewegung. Es dauerte nur ein paar Minuten, bis es unterhalb seiner Terrasse auftauchte und am Nachbargrundstück hielt. Über der ganzen Szenerie lachte völlig absurd ein wunderbar blauer Himmel und die Sonne schickte warme Strahlen.

Salomon schloss die Tür und fragte sich, wann die Leute zu ihm kämen, um seine Fingerabdrücke zu nehmen. Seine Gedanken waren bei Björn. Wer hätte ihn umbringen sollen? Was steckte dahinter?

»Salomon? Das ist Martin Brinkmann, der Leiter der Spurensicherung.«

Er war zusammengeschreckt, er hatte Michael nicht kommen gehört. »Habt ihr schon neue Erkenntnisse?«

»So schnell geht es nicht, das weißt du. Und wenn es so wäre, würden wir nicht damit hausieren gehen«, sagte der Inselpolizist. »Aber sicher wird der Inselfunk schneller sein, falls du Neuigkeiten hören willst.«

»Ich habe mir nur Sorgen gemacht. Das ist doch nicht mehr als logisch.« Fast hätte Salomon vergessen, dass er sich vorgenommen hatte, nett zur Ordnungsmacht zu sein. »Es ist einfach nur besser, wenn man nicht in den Strudel falscher Nachrichten gerät. Das meiste ist so überflüssig.« Er wusste nicht, ob Michael ihm glaubte, und auch nicht, was er noch hätte sagen können, so streckte er seine Hände aus. »Da. Ich bin bereit.«

Brinkmann packte ein kleines Köfferchen aus und Salomon rollte seine Fingerkuppen über das Fingerabdruckkissen. »Ich bin echt gespannt, wie viel verschiedene Abdrücke sich auf dem Instrument befinden«, sagte er.

»Hat das außer dir noch jemand angefasst?«, fragte Röder.

»Na, der Mörder.«

Der Polizist stöhnte. »Salomon, bitte.«

»Bei den Proben kann es jeder aus dem Shantychor gewesen sein. In der Pause lege ich es auf den Hocker. Wenn aber jemand darauf sitzen möchte, stellt er das Instrument auf den Boden. Wenn wir fertig sind, liegt das Akkordeon neben der Bühne, bis ich es mitnehme. Dort kann ebenfalls jeder dran. Natürlich nur, wenn ich es nicht sofort in die Tasche packe.« Er zeigte auf sein neues Akkordeon, das neben dem Schreibtisch stand. »Bei diesem Teil wäre die Suche sicher einfacher. Ich habe es erst gestern neu bekommen.«

»Na prima, dann können wir am besten gesamtinsulare Fingerabdrücke nehmen«, sagte Röder. »Das hilft uns sicher, den Täter zu finden. Martin, du weißt, was du in den nächsten Tagen zu tun hast.«

»Kein Problem, das ist mein Job«, erwiderte Brinkmann lächelnd. »Hauptsache, es hilft uns, den zu finden, der es getan hat.«

Das hoffte auch Salomon. »Muss ich mich zur Verfügung halten, oder kann ich unterwegs sein? Handy nehme ich natürlich mit.«

»Solange wir dich erreichen können, kannst du machen, was du willst.« Der Inselpolizist ging zur Terrasse. »Na, mit dem Ding hast du sicher den besten Überblick«, sagte er und schaute durch das Teleskop.

»Ich beobachte damit die Vogelschwärme auf dem Heller. Es ist toll, wenn man die Tiere von Nahem sehen kann«, erklärte Salomon.

»Aber sonst ist dir nichts Interessantes vor die Linse gelaufen, oder?«

»Nein! Sonst hätte ich es dir bereits gesagt.« Wann nahm das endlich ein Ende?

Doch die beiden Männer machten keine Anstalten zu gehen. Röders Blick schweifte über die Pflastersteine der Terrasse, dann bückte er sich, schaute genauer hin und erhob sich wieder. »Martin, wenn du mal …«

Nachdem auch der Spurensicherer einen genauen Blick auf die Steine geworfen hatte, sagte Röder: »Salomon, ich denke, du solltest dich vor Ort zur Verfügung halten. Es werden gleich zwei weitere Kollegen des Erkennungsdienstes hier erscheinen. Es gibt Sohlenabdrücke auf deiner Terrasse und wenn wir uns nicht täuschen, sind Blutspuren daran. Daher würden wir gerne deine Schuhe ansehen, ohne dass wir gleich mit einem Beschluss kommen müssen. Ist das okay?«

»Was meint ihr denn, was ich mit den Schuhen gemacht habe, nachdem ich Björn umgebracht habe und dann in der Blutlache rumgestapft bin? In den Schrank gestellt?«, erwiderte Salomon. Und jetzt klang seine Stimme doch ein wenig zynisch.

»Nein«, kam Brinkmanns Stimme von draußen, »in den Mülleimer geworfen. Welche Größe haben Sie?« Der Mann vom Erkennungsdienst hielt Salomon eine Tüte vor die Nase mit Schuhen darin, die dunkelrote

Flecken aufwiesen. »Sollte mich nicht wundern, wenn die zum Abdruck passen.«

Das durfte nicht wahr sein. Wo kamen diese Schuhe her? Seine waren es jedenfalls nicht. Wenn allerdings die Schuhgröße mit seiner übereinstimmte, dann wurde es schwierig mit dem Beweis des Gegenteils. »Größe 45.«

»Das passt!«

Was sollte er noch sagen? Darauf hinweisen, dass er ein ganz normaler Bürger der Insel war und kein Mörder? Dass schließlich jeder die Schuhe dort entsorgt haben könnte? Dass die erst einmal nachweisen mussten, dass es seine Schuhe waren? Er hatte keine Ahnung.

»Wir dürfen einen DNA-Test machen?«, fragte Brinkmann.

Salomon nickte nur. Sollten sie. Hauptsache, der Beweis wurde erbracht, dass er mit dem Tod des Mannes nichts zu tun hatte.

»Gut, dann werden wir alles in die Wege leiten. Noch einmal: Sie verlassen das Haus nicht, bis wir Entwarnung geben.«

»Keine Sorge. Mir ist nicht danach, mit irgendjemandem zu sprechen. Hoffentlich ist dieser Albtraum bald vorbei«, stöhnte er. Sollten die machen, was sie meinten machen zu müssen. Hauptsache, dass Ergebnis zeigte, dass er NICHT Björns Mörder war.

Etwas anderes ging ihm durch den Kopf: Wenn tatsächlich Björns Mörder auf seiner Terrasse herumgeschlichen war, war er, Salomon, dann nicht auch in großer Gefahr gewesen? Immerhin hatte es bereits einen Anschlag auf ihn gegeben. Der Mörder hätte nur die Tür zu öffnen brauchen. Er wusste nicht einmal, ob er die Tür am Abend überhaupt abgeschlossen hatte.

Er wäre im Tiefschlaf dem Mörder hilflos ausgesetzt gewesen. Schließlich war nicht klar, ob er lediglich einem Akkordeondieb in die Quere gekommen war, oder ob der Anschlag ihm gegolten hatte und das verschwundene Akkordeon nur ein Ablenkungsmanöver gewesen war.

Auf der anderen Seite konnte es genauso gut sein, dass man mit dem Instrument bei dem Toten und den Spuren auf der Terrasse ihn zum Mörder abstempeln wollte.

Eines war klar, Selbstmitleid hin oder her: Irgendjemand hatte es auf ihn abgesehen. Wie gut, dass er am Dienstag die Insel für einige Zeit verlassen würde.

*

»Was hältst du von Salomon Bartels?«, fragte Röder seinen Kollegen von der Spurensicherung, als sie zurück zum verlassenen Haus gingen, in dem der Tote lag.

»Kann ich schlecht beurteilen. Du kennst ihn besser. Vieles deutet auf seine Beteiligung an der Sache hin. Aber auch irgendwie zu viel. So als ob jemand wollte, dass Bartels da reingezogen wird. Aber wie auch immer – ich bin hier, um die Spuren zu sichern. Die Schlüsse müsst ihr ziehen.« Martin Brinkmann stolperte beinahe, als er mit dem Fuß an einer Brombeerranke hängen blieb. »Meine Güte, wie kann man ein Haus so vernachlässigen! Du könntest beim Verkauf dieses Grundstücks ein Schweinegeld auf der Insel bekommen. Schau es dir an …« Er zeigte auf den Heller. »Was für eine Lage, was für ein Ausblick!«

»Ich habe auch keine Ahnung, warum der Besitzer alles so verfallen lässt.« Der Inselpolizist schaute hoch zum Dach, das als solches kaum noch zu erkennen war. »Aber ich werde mit ihm reden und ihn davon unterrichten, was in seinem Haus passiert ist.«

Drinnen warteten bereits die Männer, die mit Brinkmann gekommen waren.

»Kennt ihr euch?«, fragte Brinkmann den Inselpolizisten.

»Klar.« Röder überlegte kurz. »Die Kollegen Schwarz und Bleibe, wenn ich mich recht erinnere.«

»Korrekt«, nickte Schwarz. »Und – wir sind durch. Die Ärztin hat kurz drübergeschaut und eine Obduktion befürwortet. Von uns aus kann die Leiche weg.«

Marvin nickte. »Der Totengräber mit der Kutsche wird gleich hier sein. Er bringt auch den Sarg mit. Das Schiff legt in zwei Stunden ab. Das wird zu schaffen sein. Wie ist es bei euch? Fahrt ihr auch mit?«

»Ich denke wohl«, sagte Bleibe. »Wir sind durch und wenn nicht noch etwas passiert, bringen wir unsere Funde besser gleich rüber zur Auswertung.«

»Habt ihr denn Relevantes eintüten können?«, fragte Röder.

»Zum Beispiel Notenblätter. Oder was davon übrig war. Sie lagen unter dem Toten.«

»Konntet ihr ersehen, um welche Lieder es sich handelte?«

Schwarz verneinte. »Die Blätter waren in kleine Teile zerrissen. Damit werden wir die Fachkollegen an Land beauftragen. Sie werden euch das Ergebnis des Puzzles mitteilen.«

»Sonst etwas?«, fragte Röder.

»Doch. Einiges.« Schwarz zeigte auf die geöffnete Kiste. »Auch einen blutbeschmierten Ast, der draußen lag. Kommt mal mit.«

Sie gingen ein paar Schritte weg vom Haus zu einer Stelle, an der das Gras heruntergetreten war. »Wir denken, dass wir davon ausgehen können, dass er hier umgebracht wurde«, sagte Schwarz. »Aber wir haben keine absolute Sicherheit. Es kann sich durchaus während eurer Ermittlungen ein anderer Tatort ergeben. Vielleicht wurde er hier beim Transport mal abgelegt. Natürlich haben wir diesen Platz und den Fundort des Toten in Bildern festgehalten. – Ach ja, nur zur Vollständigkeit:

Sah der Mann eigentlich immer so aus oder hatte er diese Verkleidung für einen Auftritt angezogen?«

»Björn Buse ist der Leiter des Shantychores. Offensichtlich ist er gestern nach seinem Auftritt getötet worden«, erklärte Röder.

»Ich habe es mir gedacht, wollte es nur bestätigt wissen.«

»Dann gehört das Schifferklavier also ihm?«, fragte Bleibe.

»Nein«, sagte Michael, »das gehört dem Nachbarn, bei dem Martin und ich gerade waren. Es ist ihm gestohlen worden. Ihr müsst da übrigens gleich noch hin. Wir haben Fußspuren auf dessen Terrasse entdeckt, die Blutspritzer aufweisen.«

»Gut ... Damit wir mal Ordnung in die Situation bekommen«, schaltete Gero sich ein. »Die Spurensicherung geht rüber. Wille und ich warten auf den Totengräber. Marvin, du fährst zurück in den Clubraum und regelst alles, was mit dem Festland zu tun hat, und du, Michael?«

»Ich spreche mit Betty Buse. Kann sein, dass Björn Probleme hatte, von denen wir nichts wissen.«

»Okay. Dann bis später im Clubraum.«

Bin gespannt, ob Betty überhaupt ansprechbar ist, überlegte Röder.

Wenn er nur zugehört hätte, als Björn ihm etwas hatte mitteilen wollen! Dieser Gedanke ging ihm einfach nicht aus dem Kopf. Sie wären ziemlich sicher erheblich näher an des Rätsels Lösung, wer den Mann getötet hatte. Aber es nützte nichts. Er hatte nicht zugehört.

Er stellte sein Rad am Zaun ab und läutete.

Es dauerte nur einen kurzen Moment und Gesa Kück öffnete die Tür. Sie schaute ihn zweifelnd an. »Du willst jetzt nicht mit Betty sprechen, oder?«

»Doch. Eine Frage. Bitte.«

Nur zögernd ließ sie ihn herein. »Die Frau ist fix und fertig, wie du dir denken kannst. Ellen Neubert ist gerade erst weg. Aber wo du schon da bist, kann ich eben zur Apotheke fahren und ein Medikament abholen. Die Ärztin hat ihr zwar schon was gespritzt, aber sie braucht natürlich mehr«, flüsterte sie.

»In Ordnung. Ich bleibe.« Röder war klar, dass ein Haufen Arbeit wartete, aber so viel Zeit musste sein. Es würde nicht lange dauern, bis die Gemeindeschwester wieder zurück war. Er würde die Zeit nutzen.

Doch als er das Wohnzimmer betrat, war er sich gar nicht mehr sicher, ob er überhaupt fragen konnte. Betty Buse lag auf dem Sofa, die Decke trotz der Wärme bis an die Nase gezogen, und hatte die Augen geschlossen. Mit jedem Atemzug stöhnte sie leise.

Vorsichtig setzte er sich auf einen Stuhl und beobachtete die Frau. Wie schnell kann sich das Leben von seiner miesesten Seite zeigen, dachte er. Gestern noch alles normal, Sommer, Sonne, ein Konzert des Shantychores und danach ein Bier und heute die Erkenntnis, dass es für Björn das Abschlussbier gewesen war.

»Michael?«

Fast hätte er überhört, dass sie ihn angesprochen hatte.

»Michael?«

»Ich bin hier, weil Gesa zur Apotheke gefahren ist. Wir wollten dich nicht allein lassen«, sagte er.

Sie schluchzte. »Ich bin aber allein. Er ist weg. Er wird nie wiederkommen. Dabei ist er doch nur zum Konzert gegangen.«

Eine ganze Zeit ließ er sie weinen, dann machte er einen Versuch. »Betty, kannst du mir helfen? Wir brauchen einfach deine Hilfe.«

Ihr Schluchzen wurde nicht weniger, aber sie nickte.

»Hat dein Mann Probleme mit irgendwem gehabt? Wurde er bedroht?«

Sie schüttelte leicht den Kopf. »Nein. Weiß ich nicht. Er war nicht immer einfach, aber richtigen Ärger? Den hat er nicht …« Der Rest des Satzes ging in Tränen unter.

»Warum war er wohl gestern nach dem Konzert im Ostdorf? Gab es da einen Grund?«

»Nein.«

Er versuchte eine letzte Frage. »Kann es etwas mit dem Shantychor oder, generell gesagt, etwas mit seiner Musik zu tun haben?«

»Nein. Lass mich in Ruhe. Ich kann nicht mehr«, stöhnte sie und drehte ihren Kopf zur Seite.

Röder wartete schweigend, bis Gesa wieder eintraf.

»Hat sie …«, flüsterte sie.

»Nichts. Ich gehe jetzt. Sollte sich etwas ergeben, sag mir bitte Bescheid.«

»Natürlich. Viel Erfolg. Hoffentlich fasst ihr das Arschloch bald.«

Das war auch sein größter Wunsch, doch er ahnte, dass bis dahin viel Ermittlungsarbeit wartete.

Da stand auch noch das Gespräch mit Hanna Goedeke auf der Liste. Es war irgendwie ganz weit weggerückt seit Björns Tod. Sollte er jetzt einen Versuch machen?

Nein, er würde sich erst mit seinen Kollegen einen Plan zurechtlegen. Prioritäten setzen. Inzwischen standen so viele Dinge im Raum, dass es ohne intensive Absprache einfach nicht ging. Gut möglich, dass sie mehr Leute brauchten, um alle Spuren zu verfolgen.

Er musste fast lachen. Spuren. Wenn es hochkam, hatten sie ein paar Erkenntnisse, die nicht zusammenpassten. Es wäre ziemlich weit gegriffen, wollte man die als Spuren bezeichnen.

*

Sie hatten den Stand abgebaut und die Sachen bei Sandra im Wohnzimmer zwischengelagert. Was Albert mit seinem Plüschhund aufgeführt hatte, war klasse gewesen. Jetzt war der Mann unterwegs zum Strand.

Arndt tauschte seine lange mit der kurzen Hose, die er sicherheitshalber eingepackt hatte. Auch ihn lockten der lange, weiße Sandstrand und das heute bestimmt sehr ruhige Wasser. Es war kaum Wind zu spüren.

Er war zufrieden mit sich. Sein Leben hatte in den letzten Monaten eine ungeahnte Wendung genommen. Sein Dasein als Biobauer war wunderbar. Natürlich war er ein absoluter Laie, was Pflanzen und Ernten anbelangte, aber der junge Mann, den sie eingestellt hatten, war gelernter Landwirt und auf einem Biohof aufgewachsen. Er half ihm und seiner Frau überall dort, wo es ihnen an Erfahrung fehlte. Arndt hoffte, dass es noch ein paar Jahre dauerte, bis der junge Mann sie verließ und den Hof seiner Eltern übernahm.

Arndt schaute auf die Uhr. Schon gleich drei. Also hatte er gar nicht mehr viel Zeit für den Strand. Das Schiff fuhr um siebzehn Uhr. Eigentlich mochte er gar nicht weg.

Als hätte das Schicksal seine Gedanken erraten, kam ihm in Höhe des Kinderspielhauses Henning Ahlers entgegen. »Mensch, Arndt, dich habe ich ewig nicht gesehen. Wie geht es dir?«, fragte der Hotelchef und sprang vom Rad.

»Danke. Bestens. Schlecht ist bloß, dass ich gleich schon wieder rüber muss. Als Urlauber lebt es sich ganz wunderbar hier.«

Henning lachte. »Also, wenn du eine Bleibe suchst – das Hotel ist belegt, aber ein kleines Angestelltenzimmer in unserem Privatbereich ist frei und das Bett frisch bezogen. Der neue Mitarbeiter kommt erst in zwei Tagen.«

Arndt überlegte nicht lange. Das war Schicksal. »Gut.

Ich komme später vorbei und freue mich auf ein leckeres Abendessen.«

»Alles klar. Ich sage Birgit Bescheid.« Schon war Henning wieder verschwunden.

Und ich Wiebke, dachte Arndt. Bin gespannt, wie sie reagiert. Er konnte es sich beinahe denken. Sie würde bestimmt vermuten, dass er wegen des Todesfalls geblieben war. Aber das stimmte natürlich nicht!

Er nahm den nächsten Strandabgang und atmete tief durch. Als sein Blick auf den Container der DLRG fiel, stockte er einen Moment. Rechts von ihm, oben auf der Düne, hatte zwei Jahre zuvor einer der Lebensretter den Tod gefunden und er hatte ermitteln müssen. Das wunderbar entspannte Treiben der Gäste hatte im krassen Gegensatz zu ihrer Arbeit gestanden. Dort die Fröhlichkeit, da der Tod.

Damals war ihm zum ersten Mal so richtig klar geworden, wie nötig er eine Auszeit gebraucht hatte. Er hatte es durchgezogen. Seine Frau, Wiebke, hatte ihn alles allein entscheiden lassen, war aber immer für ihn dagewesen, wenn er Rat gebraucht hatte. Dafür war er sehr dankbar. Besonders jetzt. In diesem Moment, wo ihm klar wurde, dass er den Strand, das fröhliche Lachen und das leichte Klatschen, mit dem die Wellen an den Strand rollten, wieder genießen konnte. Er schickte einen freundlichen Gruß zu den Lebensrettern. Zwei Männer und eine Frau saßen neben dem Container auf weißen Plastikstühlen und beobachteten das Strandleben.

Gegenüber, neben der Strandkorbvermietung, standen zwei Leute in grünen T-Shirts hinter einem Tapeziertisch und verteilten Prospekte. *Greenpeace* stand auf einer großen Flagge. Er hörte, wie einer rief: »Heute sind alle unterwegs. Morgen früh geht es mit der nächsten Müllsammelaktion weiter. Es wäre schön, wenn Sie alle dabei wären.«

Er ging hinunter zur Wasserkante, zog seine Schuhe aus und schlenderte rechts ab. Je weiter er lief, desto entspannter wurde er. Er konnte gut nachvollziehen, was die vielen Badegäste jedes Mal und immer wieder auf die Insel zog. Wenn man es zuließ und das Handy zu Hause parkte, konnte man wunderbar abschalten.

In der Ferne sah er Albert Rating auf sich zukommen. Na, der Kollege musste jetzt sehen, dass er das Schiff erreichte. Er war sich nicht sicher, ob Henning Ahlers für den Notfall auch für den ein Bett frei hatte. »Hallo, Albert, na, genießt du die letzte Stunde auf der Insel?«, rief er ihm zu.

»Es ist einfach traumhaft.« Albert zeigte auf ein paar Kinder, die lachend versuchten, sich in den Wellen auf einer Luftmatratze zu halten. »Ich mag gar nicht fahren.«

»Ich auch nicht. Darum bleibe ich eine weitere Nacht«, lachte Arndt.

»Du hast es gut. Ich habe leider morgen wieder Dienst«, erklärte Albert. »Mach's gut und genieß die Zeit.«

»Werde ich«, sagte Arndt. »Übrigens – wir wollen demnächst ein Hoffest veranstalten. Würdest du auch zu uns kommen? Mit Poldus natürlich!«

Albert lachte. »Herzlich gerne. Ich bringe auch meine Frau mit.«

»Okay, dann bis bald.« Arndt wollte gerade weitergehen, als Albert ihn zurückrief.

»Du, ich muss etwas loswerden. Du wirst ja sicher heute mit deinen Exkollegen Kontakt haben. Mir geht diese Frau nicht aus dem Kopf. Die, die heute wie eine wilde Sau an der Kirche entlanggefahren ist. Ich kenne dieses Gesicht. Auch wenn sie damals anders ausgesehen hat. Andere Haarfarbe und so. Was nicht ungewöhnlich ist bei Frauen. Trotzdem. Vielleicht sollten die mal bei den Kollegen in Duisburg nachfragen. Schätze mal nicht, dass es eine Verbindung zu den Ereignissen hier auf Baltrum gibt, aber man weiß nie. Außerdem ist es nicht verkehrt zu wissen, ob sich da ein fauler Apfel im Obstgarten befindet. Ich bringe dieses Gesicht in Zusammenhang mit einer Gewalttat. Aber auch ich werde zu Hause in mich und an den Computer gehen.«

»Hast du den Namen noch auf dem Schirm?«

»Ich bin mir nicht ganz sicher, aber so ähnlich wie Vandenbusch.«

»Hoffen wir mal, dass es lediglich eine Verwechselung ist«, sagte Arndt ernst. »Nicht, dass ich deiner Wahrnehmung misstraue, aber Michael und die anderen haben schon genug zu tun. Doch wenn es der Aufklärung dient … Ich gebe es gerne weiter.« Kurz ging Arndt durch den Kopf, dass er jetzt einen guten Grund hatte, sich bei seinen ehemaligen Kollegen blicken zu lassen. »Wie ist es, brauchst du jemanden, der dich zum Schiff bringt?« Nicht, dass er große Lust hatte, den Strand zu verlassen, aber wenn der Mann schon extra für das Glockenfest auf die Insel gekommen war, sollte man ihn nicht so ganz ohne gehörigen Abschied ziehen lassen.

»Danke. Nicht nötig. Bleib du, wo du bist. Ich habe ja Poldus. Michael und seine Leute werden auch anderes im Kopf haben. Ich komme bestimmt mal wieder. Ihr könnt mich jederzeit erreichen.« Albert Rating winkte kurz, dann verschwand er hinter der großen Düne.

Arndt ging weiter Richtung Osterhook, betrachtete das Angespül, bewunderte die riesigen Schalen der pazifischen Auster und wich Quallen aus, die noch im Tode ihre Tentakel ausstreckten. Immer wieder fielen ihm Tanghaufen auf, die von blauen und grünen Plastikfäden durchzogen waren. War es das, was die *Greenpeacer* einsammelten? Sollten sie. Irgendwann würde auch er sich an solch einer Aktion beteiligen, aber nicht heute. Nicht jetzt.

Er folgte in einem großen Bogen einer Sandbank und fühlte wohlig, wie seine Füße in dem warmen, feinen Sand versanken. Kurz kam ihm der Gedanke, ob er sich vorstellen konnte, seinen Kollegen – an das ›Ex‹ konnte er sich trotz allem noch nicht recht gewöhnen – mit Rat und Tat zu helfen, doch er stellte entspannt fest, dass die Antwort ›nein‹ lautete. Er war kein Kommissar mehr.

Als er drei Stunden später das Ostende der Insel umrundet hatte und schon beinahe zu Hause war, hatte er fast vergessen, dass Albert ihm einen Auftrag mit auf den Weg gegeben hatte.

Im Hotel *Sonnenstrand* kannte er sich aus. Hier hatte er schon oft gewohnt und von hier aus hatten sie seit Jahren ermittelt. Er ging hinunter in die Privatküche und fand Birgit dort. »Du kommst gerade recht«, sagte sie. »Gleich gibt es Abendessen. Willst du in den Saal oder hier bei mir in der Küche bleiben? Dann hole ich dir was Feines.«

»Danke, dann esse ich hier. Aber erst darfst du mir gerne mein Zimmer zeigen. Henning sagte, es sei hier unten.«

»Dann komm mit.«

Er folgte ihr bis zur letzten Tür im Flur. »Da ist es«, sagte sie.

Arndt war überrascht. Das Zimmer war nicht sehr groß, aber gemütlich sah es aus, mit bunten Gardinen vor dem schmalen Fenster. Zwei Sessel standen um einen Nierentisch, der aber keineswegs altmodisches Flair verströmte, sondern prima in diesen Raum passte.

»Du hast sogar ein eigenes Bad.« Sie zeigte auf eine zweite Tür.

»Prächtig. Diese Luxussuite nehme ich«, sagte er.

»Natürlich müssen wir uns über die Miete einigen«,

schmunzelte sie. »Du kannst die Übernachtungskosten auch abarbeiten. Hätte da in der Küche gleich jede Menge Gläser ...«

Er winkte ab. »Nee, dann lieber bezahlen!«

Als sie zurückgingen, hörte er aus dem Nachbarzimmer eine Männer- und eine Frauenstimme. Es klang nicht sehr fröhlich, Genaueres verstehen konnte Arndt jedoch nicht.

»Hier wohnt Kenny Jannssen. Kann sein, dass er Besuch hat«, sagte Birgit. »Ich werde dafür sorgen, dass es nachts ruhig ist. Aber jetzt gibt es erst einmal etwas zu essen. Wie wäre es mit Scholle, Kartoffeln und Salat?«

Arndt merkte, wie sich sein Magen vor Appetit zusammenzog. »Gerne. Ich rufe mal schnell Wiebke an. Sie weiß gar nichts von ihrem Glück. Nach dem Essen hole ich meine Sachen von Röders. Die werden sich schon wundern, warum mein Täschchen noch bei ihnen liegt.« Wie gut, dass er vorsichtshalber eine Zahnbürste, Zahnpasta und einen Schlafanzug eingepackt hatte.

Natürlich hatte er nie vorgehabt, hier zu übernachten, aber man musste schließlich auf alles gefasst sein.

*

»Wenn wir in einem Fernsehkrimi wären, würde ich jetzt einen Profiler anfordern«, sagte Marvin. »Da ist der Einbruch in die Kirche, die Inselglocke wird abgesägt und dann läutet das verdammte Ding jedes Mal, wenn etwas passiert. Jemand spielt mit uns. Oder mit wem auch immer.«

»Aber mit wem? Das ist es, was wir unbedingt herausfinden müssen«, sagte der Inselpolizist. »Doch diesen Gedanken haben wir nicht zum ersten Mal – nur, dass jetzt eingetreten ist, was wir befürchtet haben. Ein weiterer Angriff ist geschehen. Und wann folgt das nächste Unglück?«

Genau diese Frage trieb vermutlich auch seine Kollegen um. Röder merkte, wie unruhig Wille seinen Kugelschreiber hin und her drehte, wie Marvin nervös an seinem Kaffeebecher nippte, obwohl schon lange kein Kaffee mehr darin sein konnte, und wie Gero immer wieder auf den Bildschirm des Computers schaute, als ob dort die Lösung des Rätsels jeden Moment auftauchen konnte.

»Genau die Frage haben wir uns auch gestellt«, kam eine Stimme von der Tür her.

»Peter, was machst du denn hier?«, fragte Röder erstaunt, als er den hochaufgeschossenen Mann dort stehen sah. »Peter Meenken, Insulaner und in vielen Vereinen engagiert«, stellte er ihn seinen Kollegen vor.

»Ich wollte nur Bescheid geben, dass sich eine Gruppe Männer und auch Frauen zusammengetan hat, die nachts Wache schieben.« Er hielt Michael Röder einen Zettel vor die Nase. »Hier hast du die Namen.«

»Und wie stellen Sie sich das vor?«, fragte Wille verdattert.

»Wir haben einen Plan, wer nachts wo und wie lange wach bleibt. Wenn einer von uns Glockenläuten hört, werden die anderen über unsere App benachrichtigt«, erklärte Meenken.

»Und wenn Sie die Person fassen, zeigen Sie ihr erst mal, was man mit Mördern macht?«, sagte Gero Schonebeck.

»Ich denke nicht. Wir wollen der Person, wenn wir sie denn festhalten, nichts tun. Das ist von Vorneherein klar. Wir werden sie Ihnen übergeben.«

»Was ist, wenn die Person sich wehrt? Wenn sie angreift? Wenn einer von Ihnen verletzt wird?«, hakte Gero nach.

»Wir haben unsere Möglichkeiten.« Der Mann wandte sich an Röder. »Du weißt, dass auf der Liste alles Namen von Mitgliedern unserer Kickboxtruppe stehen. Wir wissen, was wir können.«

»Trotzdem bin ich nicht davon angetan, dass ihr meint, das Gesetz selbst in die Hand nehmen zu können«, wandte Röder ein. »Das nennt man dann Selbstjustiz. Und das ist verboten! Ich habe dich schon einmal gewarnt.«

»Das ist uns, ehrlich gesagt, scheißegal. Wir haben eben nach dem Training den Beschluss gefasst, dass es so nicht weitergeht. Ihr seid viel zu wenige. Das könnt ihr nicht allein schaffen. Der Täter kann sich überall rumtreiben.«

Insgeheim musste Röder Peter Meenken zustimmen. Je mehr Leute Augen und vor allem Ohren offenhielten, desto besser. Trotzdem. Das ging so eigentlich nicht. Doch was konnten sie tun? Die ganze Truppe festzunehmen war auch keine Alternative. »Setz dich hin. Wir besprechen das jetzt in Ruhe und arbeiten gemeinsam.«

Tatsächlich folgte Peter Meenken seiner Bitte und sie überlegten, was machbar war. Gero Schonebeck wies eindringlich auf die Gefahr einer solchen Aktion hin. Nicht nur für die Jäger, sondern auch für Menschen, die völlig ahnungslos in deren Visier oder das des Täters gerieten.

»Der Täter schreckt nicht davor zurück, jemanden zu töten. Das sollten Sie bedenken«, warnte Wille.

»Wir wollen uns nicht nachts hinter einem Baum verstecken und auf Verdächtige lauern«, wandte Meenken ein. »Wir hocken zu Hause, verteilt im Ostdorf und im Westdorf, zu bestimmten Zeiten am geöffneten Fenster und hören, ob eine Glocke läutet und rotten uns dann zusammen.«

»Und da genau fängt es an, für alle gefährlich zu werden«, sagte Röder. »Ihr rottet nicht, sondern gebt uns Bescheid!«

»Ich bin mir nicht sicher, dass ich dafür meine Hand ins Feuer legen kann«, sagte Meenken. »Die Insulaner sind so verunsichert und wütend – da müssen wir gegebenenfalls eingreifen.«

»Lassen Sie diesen Blödsinn«, sagte Gero erbost. »Für das Eingreifen sind wir, und nur wir, zuständig, verstanden?«

Am Ende des Gesprächs versprach Meenken: Sollten sie auch nur den Ansatz eines Verdachtes haben, würden sie nicht nur die anderen Kickboxer, sondern auch die Polizei benachrichtigen. Er hatte nichts dagegen, dass die Ermittler sich in die App ›Glocke‹ einloggten und versprach, dass sie den Anordnungen der Polizei immer Folge leisten würden.

»Wir wollen nur helfen und nicht die Helden spielen«, sagte er zum Abschluss. »Aber wenn es einen persönlich trifft, tut es besonders weh.«

»Was heißt persönlich?«, wunderte sich Röder. »Bist du mit Björn verwandt?«

»Nein. Aber wir haben gestern Abend zusammen auf der Bühne gestanden. Ich bin zwar erst ganz frisch bei den Auftritten dabei, aber schon lange bei den Übungsabenden. Die Truppe ist mir ans Herz gewachsen. Björn war einfach eine menschliche und musikalische Führungspersönlichkeit. Ich mag mir gar nicht vorstellen, wie das ohne ihn sein wird.«

»Wie war es nach der Veranstaltung? Habt ihr gemeinsam den Abend ausklingen lassen?«, fragte Röder.

»Die anderen vielleicht. Ich bin schnell nach Hause. War hundemüde«, erklärte Meenken.

Als er den Raum wieder verlassen hatte, sagte Gero: »Ich denke, wir haben die Truppe im Griff, aber wohl ist mir nicht bei dem Gedanken, dass hier eine Privatpolizei aufläuft, auch wenn der Mann sich einigermaßen kooperativ gezeigt hat.«

»Mir auch nicht«, sagte Marvin. »Möchte echt nicht erleben, dass so etwas aus dem Ruder läuft. Also lasst uns sehen, wie wir weiterkommen. Wir müssen eben einfach schneller sein. Aber um das hinzukriegen, bestelle ich erst einmal etwas zu essen. Ich weiß ja nicht, ob ihr Hunger habt. Ich jedenfalls habe seit heute Morgen nichts mehr zwischen den Kiemen gehabt und das wirkt sich sehr nachteilig auf meine Fähigkeiten aus!«

»Besser hätte ich es nicht ausdrücken können«, stimmte Wille zu. »Ich frage Frau Ahlers, was es heute Leckeres gibt.«

»Scholle mit Kartoffeln und Salat.« Es war nicht Birgit, die dieses verheißungsvolle Angebot machte, sondern Arndt, der mit freundlichem Lächeln alle begrüßte.

»Wieso bist du hier? Das Schiff ist doch längst …«, fragte Röder verblüfft.

»Ich habe einen Tag drangehängt, soeben meine Sachen von Sandra geholt und mein Quartier bei Ahlers im Personalzimmer bezogen. Etwas anderes war nämlich nicht mehr frei.«

»Aha«, sagte Gero Schonebeck säuerlich, »und jetzt willst du uns bei unseren Ermittlungen helfen.«

»Keine Sorge«, wehrte Arndt ab, »ich habe euch nur Grüße von Albert zu übermitteln. Und er hat noch einmal darauf hingewiesen, dass eine Frau, von der Sandra bestätigte, dass sie bei einer Reinigungsfirma hier arbeitet – glaube, so etwas wie *Saubär* war der Name – ihn an eine Gewalttat in Duisburg erinnerte. Er hatte keine Ahnung, ob das wichtig sein könnte, er bat mich nur vor seiner Abreise darum, dass ich euch das ausrichte. Wenn ihr Fragen habt, sollt ihr euch an ihn wenden. Ihr Name soll so ähnlich wie Vondenbusch lauten.«

Michael Röder überlegte. »Unter diesem Namen kenne ich da keine Mitarbeiterin. Sie haben die zwei Polinnen und Hanna Goedeke. Die ist erst seit Saisonbeginn da und hält sich, wann immer ich sie befragt habe, sehr bedeckt. Vielleicht hat sie tatsächlich etwas zu verbergen. Gero, kommst du mit? Wir fahren zu ihr.«

»Ich denke, wir sollten tatsächlich erst einmal etwas essen«, protestierte der Kommissar.

»Nein. Das können wir später. Ganz in Ruhe. Und erst mache ich noch einen Versuch, Hielscher zu erreichen. Der geht einfach nicht ans Telefon«, sagte Michael. Er wählte, doch nach mehrmaligem Klingeln gab er es auf. »Vielleicht ist er ans Festland gefahren.«

»Handy …?!« Gero schaute den Inselpolizisten erstaunt an, dieses Problem war ihm sichtlich ungewohnt.

»Erstens habe ich seine Handynummer nicht. Zweitens ist noch nicht jeder so vertraut mit der Technik, dass er seine Festnetznummer auf das Handy umstellt. So was soll es tatsächlich geben«, grinste Röder. »Es soll sogar Menschen geben, die gar kein Mobiltelefon …«

»Na gut. Dann lass uns aufbrechen.« Gero wandte sich an seine Kollegen. »Könnt ihr mal den PC oder externe Stellen befragen, ob es eine Akte Vondenbusch oder ähnlich gibt?«

»Wird gemacht«, sagte Marvin. »Ich bin gespannt, was wir herausfinden.«

Es war recht ruhig auf den Straßen, obwohl das Wetter nach draußen einlud. »Die sind alle beim Abendbrot«, sagte Röder und zeigte auf die Terrasse neben dem *Seehund.* Die Tische waren voll besetzt und ein leichter Duft nach Pommes und Schnitzel ließ seinen Magen vor Hunger rebellieren. Ob Sandra wohl mit einem Essen auf ihn wartete? Schuldbewusst gestand er sich ein, dass er sich seit ihrer Rückkehr noch gar nicht richtig mit ihr unterhalten, geschweige denn einen Zeitpunkt für das Abendessen ausgemacht hatte.

»Hier sind wir auch nicht weitergekommen«, sagte Gero, als sie an der alten Inselkirche vorbeifuhren.

»Meine große Hoffnung ist echt, dass sich die ganzen Tatbestände in einem Rutsch aufklären lassen. Dass nur eine einzige Person für alles verantwortlich ist!«, erwiderte Röder.

Gero lachte. »Wovon träumst du nachts?«

»Vermutlich von gar nichts mehr. Ich werde wach im Bett liegen und auf das Glockenschlagen oder auf das Piepsen des Handys warten, wenn unsere neue Gruppe sich meldet.«

»Auch wir sollten uns absprechen«, schlug Gero vor, »wir sind zu viert. Da ist das kein Problem.«

So könnte es laufen. Aber dass sein Schlaf sich an die Regeln hielt, wagte Röder zu bezweifeln. Normalerweise hatte er kein Problem mit dem Einschlafen. Wenn er jedoch wusste, dass zwischen zwölf und sieben Uhr morgens seine Nacht vorbei zu sein hatte, wurde es schwierig. Er musste seine Kollegen davon überzeugen, dass es sinnvoll war, dass er die erste Schicht übernahm!

»Ist die Goedeke überhaupt noch im Betrieb?«, holte Gero ihn aus seinen Gedanken.

»Ich denke nicht. Wir fahren zu ihrer Wohnung. Die liegt gleich nebenan.«

Sie hatten Glück. Diesmal trafen sie die Frau an. »Frau Goedeke … Wir haben ein paar Fragen. Dürfen wir hereinkommen?« Michael Röder stellte seinen Kollegen vor und Hanna Goedeke ließ sie anstandslos herein.

»Bitte machen Sie schnell. Mein Sohn kommt gleich zurück. Er muss nicht mitbekommen, dass Sie hier waren.«

»Warum? Haben Sie etwas zu verbergen?«, fragte Gero.

»Nein. Habe ich nicht«, erwiderte sie knapp.

»Was ist es dann?«

»Sie sind doch sicher hier, weil Herr Bartels Sie geschickt hat, oder?«

»Unter anderem«, bestätigte Röder. »Allerdings ist der Ausdruck ›geschickt‹ nicht ganz korrekt. Wir hinterfragen im Rahmen der Ermittlungen alles, was uns auffällt. Sie können sich vorstellen, dass es Erwähnung findet, dass Sie sich in der Nacht, als Herr Bartels niedergeschlagen wurde, ebenfalls in seinem Haus aufgehalten haben, nicht wahr?«

»Nur mit dem Unterschied, dass, als ich da war, sonst keiner da war, und als er angeblich niedergeschlagen wurde, schon lange wieder weg war«, sagte sie giftig.

»Sie sind ganz sicher, dass außer Ihnen keiner im Haus war?«

»Zumindest ist mir nichts aufgefallen.«

»Was war denn so wichtig an dem Armband, dass es nicht bis zum nächsten Tag Zeit hatte?«, fragte Gero.

»Es hängen damit viele Erinnerungen zusammen.«

»Ich sehe, Sie tragen es?« Gero deutete auf ihr Handgelenk.

Hanna Goedeke schlug den Arm auf ihren Rücken. »Ja. Immer!«

»Es hängt also mit ihrem früheren Leben zusammen. Woher kommen Sie eigentlich?«, fragte Röder.

»Was tut das zur Sache? Ich bin hier gemeldet und arbeite hier. Mein Sohn Florian geht hier zur Schule. Das ist mein Leben.« Sie schaute auf die Uhr. »War es das?«

»Sagen Sie uns doch einfach, warum Sie nach Baltrum gekommen sind. Das spart uns langwierige Nachforschungen«, bat der Inselpolizist.

Hanna Goedeke schwieg einen Moment, dann sagte sie: »Ich muss darüber nachdenken. Ich verspreche Ihnen, dass ich mich morgen bei Ihnen melde. Egal, ob ich etwas zu sagen habe oder nicht. Können Sie damit leben?«

Röder überlegte. Viel anderes blieb ihnen im Moment nicht übrig. Sie mussten sich einfach darauf verlassen, dass die Frau ihr Wort hielt. Konnte auch gut sein, dass Marvin und Wille mit ihren Recherchen schon weitergekommen waren. Er gab ihr seine Nummer. »Wir sind viel unterwegs. Bitte melden Sie sich, wenn Sie Zeit haben. Und – bitte kommen Sie.«

Anders als Michael gehofft hatte, konnten ihnen bei ihrer Rückkehr die beiden Kollegen im Clubraum noch nichts Neues sagen.

»Wir haben alles Mögliche eingegeben, doch ohne Resultat«, sagte Marvin.

»Na gut.« Michael berichtete, dass auch sie relativ erfolglos unterwegs gewesen waren, dass die Frau sich jedoch am nächsten Tag melden wollte. »Was liegt jetzt an?«

»Na, was wohl. Birgit hat vor zwanzig Minuten bereits ›last order‹ rausgegeben. Wir konnten sie knapp überzeugen, uns etwas Essen warmzuhalten«, sagte Wille.

»Wo steckt Arndt?«

»Der ist gleich nach euch gegangen. Er wollte einen Spaziergang machen und dann wieder zu uns stoßen, was wir ihm gnädig gewährten«, sagte Wille.

Es dauerte nur kurz, dann hatten sie alle einen Teller vor sich, von dem es verführerisch duftete. Dazu brachte Henning Ahlers eine Runde alkoholfreies Bier. Und kaum waren sie fertig, war auch Arndt Kleemann wieder bei ihnen. Natürlich drehte sich das Gespräch um die Fälle, die die Inselbewohner beunruhigten.

»Morgen geht es wieder harte Kante an«, sagte Marvin. »Wir nehmen uns die Handwerker ein weiteres Mal vor, warten auf die Goedeke und sprechen mit Kenny Jannssen. Dann erweitern wir den Kreis.«

»So hoffen wir mal, dass heute Nacht nichts passiert«, sagte Röder.

»Das wünsche ich euch von Herzen.« Arndt stand auf.

»Ich lege mich ab. Schließlich habe ich morgen einen anstrengenden Sonnentag vor mir.«

»Hau bloß ab«, lachte Röder.

Doch es dauerte nicht lange, da kam Arndt zurück. »Ich glaube, ihr werdet gebraucht.«

Die vier Kommissare sprangen wie vom Blitz getroffen auf. »Was ist los?«, fragte Röder im Rausgehen.

»Bei Kenny Jannssen ist Stress. Birgit steht auch schon vor der Tür. Sie hat geklopft, aber Jannssen öffnet nicht.«

»Nun denn.« Sie folgten Arndt Kleemann in den Kellerbereich und sofort hörten sie eine Frau laut weinen. Zwischendurch hörten sie immer wieder ein verzweifeltes »Nein!«.

Marvin Lingenberg klopfte. »Polizei. Machen Sie die Tür auf!«, rief er energisch, doch erst, als er es noch lauter wiederholte, drehte sich ein Schlüssel im Schloss und Kenny Jannssen schaute durch einen schmalen Spalt.

»Lassen Sie uns rein!« Marvin drückte gegen die Tür und Jannssen leistete keinen Widerstand.

Auf dem Bett saß Paulina Kwiatkowska, die Hände vor das Gesicht geschlagen, und weinte laut.

»Was ist hier los?« Michael Röder ging zu der jungen Frau und berührte sie leicht am Arm. »Hat er Ihnen was getan? Sind Sie verletzt?«

Paulina reagierte nicht, schluchzte nur verzweifelt weiter.

»Kenny! Nun sag schon! Was ist passiert?«, fragte er den Mann, in dessen Gesicht sich Entsetzen spiegelte.

Er schüttelte nur den Kopf und murmelte: »Das soll sie dir selbst sagen.«

Paulina sprang auf und schrie ihn an: »Habe ich nur gemacht für dich. Du weißt genau!«

»Was haben Sie für ihn gemacht?«, fragte Wille, doch Gero Schonebeck winkte ab.

»Wir gehen in den Clubraum«, sagte er. »Dort haben wir alle Platz und können uns in Ruhe unterhalten.«

Fast willenlos ließ sich Paulina Kwiatkowska von Wilfried Weerts nach oben bringen. Kenny Jannssen folgte ihnen schweigend. Auch Arndt schloss sich ihnen an.

»Setzen Sie sich, dann können wir das Gespräch in Ruhe fortsetzen«, forderte Gero alle auf.

Röder hatte das Gefühl, das Gero das Wort ›Ruhe‹ ausdrücklich betonte und tatsächlich: Von der Aggressivität, die Frau Kwiatkowska kurz gezeigt hatte, war nichts geblieben.

»Möchten Sie mir sagen, worum es bei Ihrem Streit ging?«, forderte er die junge Frau auf.

Sie schüttelte heftig den Kopf.

»Nun erzähl den Männern, was passiert ist!« Kenny beugte sich zu Paulina. »Die tun dir nichts.«

Paulina schaute von einem zum anderen, und dann entschloss sie sich doch zum Reden. »Okay.« Kleinlaut gab sie zu: »Ich habe gemacht Feuer in Waschküche!«

»Warum?«, fragte Röder verblüfft. Wenn er auch mit allem gerechnet hatte – mit dieser Aussage nicht.

»Es war Hass!«, schluchzte Paulina. »Hass auf Bärmann! Er hat gekündigt Kenny. Das war ungerecht. Nur weil der Chef wollte mich haben. Er wusste, dass Kenny und ich sind zusammen, da er hat gesagt, Kenny muss gehen.«

»Und das war der Grund?!«, fragte Röder. »Ich dachte, er wollte die anderen Handwerker einstellen und deswegen hätte er Kenny gekündigt.«

»Das auch. Ja. Aber besonders, weil er mich wollte anfassen. Immer. Ungestört.«

»Sie und Ihre Schwester hatten, wie Sie uns berichteten, doch mit kräftigen Freunden gedroht«, hakte Röder nach. »Und danach soll angeblich Schluss mit den Annäherungen gewesen sein.«

»Hach«, wieder schluchzte sie, »bei mein Schwester, ja, die sich hätte das auch nie gefallen lassen. Aber ich, was sollte ich machen? Wollte ich bei meiner Schwester bleiben und bei Kenny. Und Arbeit haben.«

»Hätten Sie sich nicht bei Ihrer Chefin beschweren können?«, fragte Marvin.

»Ach, die ...!«, rief Paulina verächtlich. »Haben wir versucht, Ewelina und ich. Hat sie nur gelacht und gesagt: ›Das traut der sich nicht‹. Sonst ist prima Chefin. Aber sie nie hat geglaubt, dass Bärmann geht hinter Frauen her.«

»Gut. Wie war das an dem Abend? Erzählen Sie, wie das Ganze passiert ist.«

Jetzt brach die ganze Geschichte aus ihr heraus. »Ewelina und ich hatten Feierabend. Wir sind auf unser Zimmer und haben gemacht etwas zu essen. Dann der Abend war so schön. Ich wollte zu Kenny, aber erst machen einen Spaziergang.« Paulina schluckte ein paarmal, dann sprach sie ganz ruhig weiter. »Dabei ich traf den Chef und der gesagt: ›Komm mit, ich dir zeigen, was du verkehrt gemacht hast.‹ Ich nicht wusste, was ich sollte tun. Habe geahnt, was er wollte, aber bin mitgegangen in Waschküche. Er hat gesagt, Wäsche verschimmelt und das meine Schuld. Dabei ist Hanna für Wäsche waschen verantwortlich. Aber egal. Ich bin mit und er hat mich sofort bedrängt. An Wand gedrückt und unter Rock gefasst. Konnte ich mit letzter Kraft ihn wegschubsen. Dann ich bin abgehauen und am Strand gelaufen. Wollte nicht mehr zu Kenny. Habe mich geschämt. Meine Gedanken waren wie Wirbelwind. Konnte mich nicht beruhigen. Ich bin zurück, um zu sehen, ob Bärmann noch da. Wollte ihm sagen, was für ein Schwein er ist. Aber er weg. Dafür Tür von Waschraum stand offen.«

»Und dann haben Sie Feuer gelegt!«, sagte Wille.

Sie nickte. »Ja. Haben wir Lampenöl in dem Raum.

Ist gut für Abmachen von Resten von Aufklebern bei Gläsern und …«

»Weiter, Frau Kwiatkowska.«

»Ja. Ich nicht wusste, wohin mit meiner Wut, jetzt, da Bärmann nicht da. So habe ich Haufen gemacht und Öl drüber gegossen. Wenn Wäsche schimmelig, dann er braucht sie nicht mehr, habe ich gedacht! Als ich merkte, dass funktioniert, ich habe Angst bekommen, bin raus und habe Scheibe eingeschlagen, damit man denkt, ein Fremder war es. Dann ich habe Ewelina und Kenny geweckt.«

»Dann haben Sie also gar nicht geschlafen und waren zwischendurch auf der Toilette, sondern waren unterwegs und sind dann erst nach Hause gekommen?«, fragte Röder. »Und was ist mit der Aussage, dass Sie die Glocke gehört haben?«

»Ich bin zurück, habe mich ganz schnell und leise ausgezogen, dann Ewelina geweckt. Habe ich gelogen, dass ich gehört habe Glocke.«

»Na, da steckt aber ganz schön viel kriminelle Energie drin, so überlegt zu handeln«, murmelte Marvin.

Kenny sprang auf. »Paulina ist nicht kriminell. Aber was würden Sie denn machen, wenn Sie von diesem Arschloch ständig bedrängt würden?«

»Kündigen? Anzeigen? Ich denke, so fleißige Mitarbeiter, wie es Frau Kwiatkowska und ihre Schwester sind, finden überall Arbeit. Ihnen ist es doch auch gelungen, nicht wahr?«

Erschöpft ließ sich Kenny wieder auf den Stuhl fallen. »Was jetzt für Paulina allerdings wohl schwieriger werden dürfte. Wer holt sich schon jemanden ins Haus, der im Stress die Bude anzündet?«

»Ich weiß. Darum ich gehe zurück nach Polen und hoffe, dort keiner weiß, was ich habe gemacht.«

Fast tat sie Michael ein wenig leid, als sie wie ein Häuflein Elend vor ihm saß. Wenn nur nicht der Gedanke an die Menschen gewesen wäre, die bei dem Feuer hätten zu Schaden kommen können, wenn die Feuerwehr nicht so zügig durch Walter Siebeking benachrichtigt worden wäre.

»Hätte ich Frau Bärmann auch gewarnt, wenn Feuer größer geworden wäre«, sagte Paulina, als hätte sie seine Gedanken erraten.

»Klar. Das hatten Sie zu dem Zeitpunkt alles im Griff. Der totale Überblick über Ausbreitungsgeschwindigkeit des gelegten Feuers. Verstehe!«, erwiderte Gero Schonebeck fassungslos. Er holte tief Luft und fuhr nach einer kurzen Pause fort: »Kommen wir mal zu den anderen Vorfällen der letzten Tage. Hatten Sie da auch Hass? Zum Beispiel auf die Kirche, oder auf Björn Buse? Gibt es etwas, was Sie uns dazu sagen können?«

Paulina Kwiatkowska starrte den Kommissar fassungslos an. »Was wollen Sie sagen? Dass ich …? Nein, Sie meinen nicht das im Ernst, oder? Oder denken Sie, weil alle Polen …«

»Kommen Sie mir nicht damit«, erwiderte Gero leise, ganz leise. »Mir ist es scheißegal, welcher Nationalität Menschen angehören. In jedem Land gibt es gute und schlechte, das sollte Ihnen klar sein. Wenn alle Polen schlecht wären, hätten Sie das Kindesalter wohl kaum überlebt, oder?«

»Ich meine doch nur …«

»*Ich* meine, dass die Ihnen vorgeworfene Brandstiftung nichts mit der Nationalität zu tun hat. Und es ist unsere verdammte Pflicht und Aufgabe, Sie zu den anderen Dingen ebenfalls zu befragen, egal, ob Sie Deutsche sind oder Polin!«

»Gero, kommst du mal mit raus?« Röder stand auf, schob seinen Kollegen aus dem Clubraum in den Flur und knallte die Tür zu.

»Du bist ganz sicher, dass wir mit deiner Befragungstechnik bei der Frau weiterkommen?«, fauchte er. »Komm mal runter! Zwei Dinge: Wir sollten freundlich mit ihr umgehen, desto mehr wird sie uns erzählen – glaube ich! Und: Was machen wir mit ihr, wenn wir mit ihr fertig sind? Rüberschaffen?«

Gero schwieg einen Moment, dann sagte er: »Du hast recht. Erstens: Es regt mich halt nur so sehr auf, wenn diese Leute mit dem Hinweis auf ihre angeblich so kriminell verleumdete Nationalität alles rechtfertigen wollen. Zweitens: Ich spreche mit der Staatsanwaltschaft und kläre das ab. Geh du wieder rein, ich komme gleich nach.«

Als der Inselpolizist den Raum betrat, hörte er, wie Kenny sagte: »Sie kann heute Nacht bei mir bleiben. Ich passe auf sie auf. Es wird nichts passieren.«

»Ich denke, so einfach geht es nicht«, sagte Wille. »Da wird Familie Ahlers auch ein Wörtchen mitzureden haben. Die haben schließlich Verantwortung für jede Menge Gäste.«

»Gero klärt das ab«, sagte Röder. »Bis dahin – gibt es noch andere Auffälligkeiten, von denen Sie uns berichten können, Frau Kwiatkowska? Und bevor Sie sich wieder aufregen: Ich meine keine Selbstanschuldigungen, sondern Dinge, die Ihnen seltsam vorkamen, wenn Sie sich auf der Insel bewegt haben. Sie waren auch bei dem großen Inselabend?«

Sie nickte. »Nichts Besonderes. Der Kinder-Shantychor war schön. Möchte ich später auch, dass mein Kind …« Jetzt weinte sie hemmungslos.

»Haben Sie ein Kind?«, fragte Marvin.

»Ja. In Polen. Bei meiner Mutter. Ein Junge. Heißt Domek, weil an einem Sonntag geboren. Ist zwei Jahre alt.«

»Meine Güte, was ein Durcheinander«, stöhnte Wille.

»Sind Sie verheiratet? Sollen wir jemanden benachrichtigen?«

»Nein. Muss ich mit Ewelina sprechen. Sie alles macht.«

»Geben Sie mir die Telefonnummer Ihrer Schwester.«

Zitternd zog Paulina ihr Handy aus der Tasche und übergab es Wille Weerts. »Steht da drin.«

»Ist Ihnen etwas aufgefallen in den letzten Tagen?«, wiederholte Röder und hoffte, dass sich die Frau wieder beruhigte.

»Nein. Nichts. Ich nur putzen und bei Inselabend, da war alles okay.«

Als Gero wieder hereinkam, sah Michael den entschlossenen Ausdruck in seinem Gesicht. »Frau Kwiatkowska, Sie werden morgen der Staatsanwaltschaft zugeführt. Die Herrschaften dort werden entscheiden, wie es für Sie weitergeht. Heute Nacht bleiben Sie in der Zelle unter Aufsicht. Morgen mit dem ersten Wasser geht es rüber.«

»Neinneinneinnein!« Ihr Schrei hallte durch den Clubraum. Röder war sich sicher, dass gleich einer der Ahlers auftauchen und um Ruhe bitten würde.

»Das … das können Sie nicht machen«, sagte Kenny. »Michael, sag ihm, dass Paulina nicht gewalttätig ist. Sag ihm, dass sie bei mir bleiben kann!«

Ganz kurz schoss es dem Inselpolizisten durch den Kopf, dass sein Freund und ehemaliger Kollege Arndt im Zimmer nebenan wohnte. Vielleicht konnte der ja auf die junge Frau aufpassen …?

Nein. Das ginge überhaupt nicht. Die Verantwortung für alle Beteiligten wäre viel zu groß. »Es war nun mal Brandstiftung und wir haben uns an die Vorschriften zu halten. Wir können kein ›Lex Baltrum‹ auflegen. Das geht einfach nicht!«, versuchte er Kenny zu erklären. Wohl wissend, dass er mit seinen Worten bei ihm im Moment nicht ankommen würde.

»Ach ja, Herr Jannssen – seit wann wissen Sie eigentlich über die Sache Bescheid?«, fragte Gero.

»Seit heute Abend«, sagte Kenny. »Darum auch der Streit. Paulina war so anders. So niedergeschlagen. Auf meinen Druck hin hat sie erzählt, was sie belastet. Ich habe sie gedrängt, die Sache der Polizei mitzuteilen. Aber sie hat gesagt, dass sie Domek dann nie wiedersehen würde. Und kurz darauf standen Sie im Raum.«

»Die Schwester der jungen Frau wird gleich hier sein«, sagte Marvin und gab Paulina ihr Telefon zurück.

»Macht ihr hier weiter?«, sagte Röder. »Ich fahre los und bereite die Zelle vor.«

Er wartete kaum Geros Antwort ab. So schnell wie möglich verließ er den Clubraum und fuhr zur Wache.

Hoffentlich war Sandra noch auf. Er brauchte dringend jemanden, der ihm seine Gedanken zurechtrückte.

Michael Röder hatte Glück. Seine Frau saß im Wohnzimmer in ein Buch vertieft. Den Titel konnte er nicht erkennen, meinte aber einen mächtigen Stier auf der Vorderseite des Bildbandes zu erkennen. Gut sah sie aus, braungebrannt und entspannt. »Hallo, Schatz«, sagte sie, »wie laufen eure Ermittlungen?«

»Manchmal habe ich echt die Schnauze voll von meinem Beruf. Ich kann Arndts Entscheidung immer mehr nachvollziehen.« Er setzte sich zu ihr und erzählte, was in der letzten Stunde passiert war. »Da wird die Frau von diesem widerwärtigen Mann angegrapscht, weiß sich nicht zu helfen und muss jetzt in den Kahn. Das ist doch nicht gerecht«, sagte er zum Abschluss.

»Doch, das ist es. Sie ist erwachsen und weiß, dass man mit Brandstiftung keine Probleme aus der Welt schafft. Schon gar nicht, wenn man dabei das Leben anderer riskiert«, erwiderte Sandra bestimmt.

»Aber du hättest mal sehen sollen, wie bestürzt die über sich selbst war«, sagte er.

»Das muss nicht ich sehen, sondern der Haftrichter oder wer auch immer dafür zuständig ist. Und Reue soll sich ja auch strafmildernd auswirken.« Sie stand auf. »Möchtest du etwas trinken? Ich wollte mir gerade einen Wein holen.«

Einen Wein? Seit wann hatten sie Wein im Hause?

»Habe ich vom Festland mitgebracht. Auf Kleemanns Hof hatten wir eine Weinverkostung und das, was der Abgesandte von dem Weingut angeboten hat, hat mir so gut geschmeckt, dass ich gleich ein paar Flaschen mitgebracht habe.«

»Ich trinke mit. Aber erst muss ich in die Zelle schauen. Die Kollegen werden gleich mit der Frau kommen.«

Er ging hinüber zum Wachraum, schloss dann die Zelle auf. Gemütlich war es dort nicht, aber das war ja auch nicht Sinn der Sache. Trotzdem ... er würde Sandra fragen, ob sie eine Decke für Paulina übrig hatten.

Michael überlegte, ob er sich das Glas Wein überhaupt leisten konnte. Schließlich hatten Wille und er wohl die Aufgabe, die Inhaftierte zu überwachen. Besser wäre es noch, wenn zusätzlich eine Frau anwesend war, falls Paulina mal zur Toilette musste. Ob er Sandra fragen sollte? Sie konnten sie zur offiziellen Person erklären.

Andererseits konnte er auch auf die beiden Frauen zurückgreifen, die seit Neuestem Mitglied der Freiwilligen Feuerwehr waren. Die waren schon von Amts wegen geeignet. Natürlich waren außerdem die Mitarbeiterinnen der Gemeindeverwaltung offizielle Ansprechpartner. Er erkannte, dass das Frauenproblem eigentlich keines war, nur musste er sich bald entscheiden. Die Nacht rückte näher.

Er rief den Gemeindebrandmeister an.

Nicht lange danach trafen Wille und Marvin mit Paulina Kwiatkowska ein.

»Gero sitzt mit Arndt zusammen. Die haben sich ein wenig zu erzählen«, sagte Wille, nachdem sie die Zellentür hinter der jungen Frau verschlossen hatten.

»Dann kommt ihr mit ins Wohnzimmer«, bestimmte Michael. »Ein Glas Wein darf es sein. Nebenbei machen wir den Dienstplan für die heutige Nacht.«

Er war jetzt doch froh, dass sie die Frau festgesetzt hatten. Ganz davon abgesehen, dass das Gesetz ihnen keinerlei Spielraum gegeben hätte, die Verdächtige laufen zu lassen.

Als er sich auf das Sofa fallen ließ, ergriff eine bleierne Müdigkeit von ihm Besitz.

Sandra hat noch immer nichts über die neue Flurtapete gesagt, war der letzte Gedanke, bevor er einschlief.

Samstag

»Warum? Warum haben Sie mir nichts gesagt, verdammt noch mal?«

Hanna Goedeke erschrak. So hatte sie ihre Chefin noch nie erlebt. Ingrid Bärmann starrte sie aus blutunterlaufenen Augen an und die graue Gesichtsfarbe zeugte von mangelndem Schlaf. Ihre Haare, die sonst immer perfekt lagen, standen wild durcheinander. »Was soll ich …?«

»Na, dass Werner euch ständig an die Wäsche gegangen ist«, schrie ihre Chefin. »Gut, ich habe schon mal davon gehört. Aber dass es wirklich stimmt, konnte ich nicht ahnen. Keiner hat mir je etwas davon gesagt!« Sie ließ sich in den Sessel fallen und schlug die Hände vor die Augen. »Vertraut ihr mir so wenig?«

Was sollte Hanna sagen? Dass sie erst seit drei Monaten in der Firma war und die Lage nicht richtig hatte einschätzen können? Dass die Angst, entlassen zu werden, eine große Rolle spielte? Dass die Meinung vorherrschte, Ingrid Bärmann würde ihnen sowieso nicht glauben?

»Wir wussten nicht, was richtig war«, entgegnete sie nur lahm.

»Also habt ihr alle lieber die Klappe gehalten und euch von meinem Mann angrapschen lassen?«, fragte Ingrid Bärmann fassungslos. »Ewelina hat mir heute Nacht erzählt, was Paulina gemacht hat. Und warum. Ich habe mich tatsächlich dabei überrascht, dass ich eine gewisse Sympathie ihrem Tun gegenüber hatte, aber dann wurde ich sauer. Stocksauer. Wie einfach hätte man das Problem lösen können!«

Jetzt konnte Hanna Goedeke nicht mehr schweigen.

»Wir haben gedacht, Sie decken Ihren Mann. Oder einfacher gesagt, Sie wollen nichts davon hören. Was nicht ausgesprochen wird, ist auch nicht da.«

Ingrid Bärmann starrte sie entsetzt an. »So eine bin ich also? Dass nicht sein kann, was nicht sein darf? So seht ihr mich also?«

»Nicht nur. Es haben auch andere Gründe eine Rolle gespielt. Bei mir zumindest«, erwiderte Hanna. »Ich hatte einfach Angst, gehen zu müssen. Florian hat sich auf der Insel so gut eingelebt und ich ebenfalls. Es gefällt mir hier und ich hatte Angst, keine neue Arbeit zu bekommen. Ihr Mann hat mich damals ohne große Fragen eingestellt und das war gut so. Er hat übrigens nie einen Zweifel daran gelassen, dass er es ist, der in der Firma das Sagen hat.«

»Jetzt wissen Sie, warum er Sie eingestellt hat!«, sagte Ingrid Bärmann bitter und fuhr dann ruhiger fort: »Aber ich bin froh, dass Sie bei uns sind, weil Sie ihre Aufgabe gut erledigen. Und wo wir schon dabei sind, uns die Meinung zu sagen: Sie wirken manches Mal so zurückhaltend. So, als ob Sie keinen Kontakt mit anderen wollen. Hier im Büro sind Sie bestens damit aufgehoben. Aber was ist, wenn Sie auf Dauer hierbleiben? Wollen Sie nicht mal die anderen Insulaner kennenlernen? Ich könnte auch gut damit leben, dass Sie sich anstatt um die Wäsche mehr um die Gäste kümmern.«

Hanna erschrak. Diese Idee passte ihr gar nicht in den Kram. Das, was sie hatte, war wunderbar. »Aber ich weiß doch gar nicht, wie es weitergeht. Was wird Ihr Mann sagen, wenn er merkt, dass Sie jetzt alles wissen?«

Ingrid Bärmann lachte schrill. »Der sagt gar nichts mehr in diesem Laden. Ich habe ihn hier und aus meinem Leben rausgeschmissen. Er ist mit der Fähre heute Morgen an Land gefahren. Wahrscheinlich geht er erst einmal in den Puff. Soll er!«

»Aber ist das denn nicht …?«

»Sein Laden? Er gehört uns gemeinsam. Haben wir immer gesagt. Schließlich haben wir das Geschäft auch gemeinsam aufgebaut. Dummerweise hat er nicht bedacht, dass alles auf meinen Namen läuft. Der kann sehen, wo er bleibt.«

Was sollte sie tun? Frau Bärmann die ganze Wahrheit sagen?

Nein.

Hanna hatte sich nach einer langen Nacht dafür entschieden, mit der Polizei zu reden, auch wenn sie dafür einen hohen Preis bezahlen musste. Aber sie war sich bei den Polizisten sicher, dass die nichts nach außen lassen würden. Ihre Chefin würde sie so lange wie möglich im Dunklen lassen, was ihre Vorgeschichte anbelangte.

Aber etwas anderes könnte sie ihr sagen. Hanna überlegte. Sollte sie Öl ins Feuer gießen und ihr auch von den Plänen ihres Mannes berichten? Oder war Frau Bärmann genug gestraft?

Nein, Frau Bärmann sollte es wissen, auch wenn die Frau ihren Mann bereits vor die Tür gesetzt hatte. »Ihr Mann möchte übrigens auch, dass ich bleibe.« Hanna konnte sich ein leichtes Grinsen kaum verkneifen. »Er wollte Ihnen nämlich etwas Gutes tun und Sie für den Winter eine Zeit lang zur Kur in ein Sanatorium schicken, und ich sollte dann hier alles im Griff haben. Auch ihn!«

Ingrid Bärmann schnappte hörbar nach Luft. Wenn möglich, war ihre Haut noch ein wenig blasser geworden, aber ihre Stimme klang fest. »Danke, dass Sie mir seine Pläne verraten haben. Wenn ich mit dem fertig bin, wird er es sein, der ein Sanatorium braucht.«

»Wie geht es jetzt weiter?«, fragte Hanna. »Kann ich …?«

»Ewelina bleibt. Wie es mit Paulina weitergeht, wird

sich zeigen. Kenny werde ich wohl nicht zurückbekommen. Und wenn ich mich nicht irre, werden gleich die Handwerker vor der Tür stehen. Gäste von zwei Ferienwohnungen wollen bezahlen und die Saison ist in vollem Gange. Sie sehen also, Sie werden gebraucht. Übrigens – ich heiße Ingrid.« Jetzt lächelte auch sie.

Erstaunt nahm Hanna die Hand, die ihr entgegenstreckt wurde. »Hanna. Danke.«

»Ich danke dir, dass du bleibst«, sagte Ingrid Bärmann. »Wenn du also ab sofort etwas auf dem Herzen hast, raus damit.«

»Habe ich«, sagte Hanna, ohne zu zögern. »Ich muss kurz mit Herrn Röder reden. Keine Angst, es ist nichts passiert«, wehrte sie ab, als sich schon wieder Schrecken in Ingrids Gesicht zeigte.

»Gut. Dann mach das. Aber lass uns erst den Arbeitsplan absprechen.«

Sie setzten sich gemeinsam an den Schreibtisch.

Hanna genoss die Atmosphäre, in der das Gespräch verlief. Keine Angst, eine Hand im Nacken zu spüren, das war wunderbar. Sie überlegte kurz, dann gab sie sich einen Ruck. »Wir brauchen kurzfristig Ersatz für Paulina. Ewelina schafft das nicht allein. Morgen haben wir fünf Wohnungen im Wechsel. Mal ganz davon abgesehen von denen, die heute leer sind und morgen wieder belegt werden. Ich helfe mit. Die Wäsche muss dann eben warten.«

»Gut. Ich bleibe im Büro und kümmere mich um die Gäste. So müssten wir es schaffen.«

Sie grübelten und planten eine ganze Weile, dann fuhr Hanna mit dem Rad zum Hotel *Sonnenstrand.* Eine Mitarbeiterin zeigte ihr den Weg zu dem Raum, in dem die Polizisten saßen. Vorsichtig klopfte sie.

Ein kräftiges »Herein« ließ sie schon fast wieder zurückschrecken. Sollte sie wirklich?

Ja. Sie würde es tun. Es musste endlich ein neuer Anfang her.

»Hallo, Frau Goedeke«, empfing sie der Inselpolizist und bat sie näher. »Setzen Sie sich.«

»Ich bin hier, um Ihnen zu sagen, warum ich auf der Insel bin. Glauben Sie mir, es fällt mir nicht leicht. Ich gebe meinen Schutz auf.«

»Welchen Schutz?«, fragte Röder. Dann dämmerte es ihm. »Sind Sie im Zeugenschutzprogramm?«

Sie nickte. »Das ist richtig. So dürfte ich eigentlich gar nicht mit Ihnen reden. Die haben mir angedroht, wenn ich auch nur einmal sage, wer ich wirklich bin, war alles umsonst.«

»Na, na. Immerhin bin ich Polizist und kann schon von Amts wegen ziemlich gut schweigen.«

»Ich auch«, sagte ein weiterer Mann, den sie nun erst richtig zur Kenntnis nahm. Er hatte die ganze Zeit wortlos hinter dem Computerbildschirm gesessen.

»Gero Schonebeck, mein Kollege«, stellte Röder ihn vor. »Auch von ihm haben Sie nichts zu befürchten. Wollen Sie mir jetzt die Zusammenhänge erklären?«

Sie nickte. Es fiel ihr nicht leicht, darüber zu sprechen, aber es musste sein. »Vor gut einem Jahr flog in Duisburg eine sektenähnliche Gruppierung auf. Es gab da ein Ehepaar, das unter christlichem Vorwand Menschen, die sich einsam und allein fühlten, zu sich in ein abgelegenes Bauernhaus einluden und bei sich wohnen ließen.«

»Ich erinnere mich«, sagte Schonebeck. »Die Sache schlug damals ziemlich hohe Wellen, oder? Es kamen Menschen zu Tode.«

»Ja, sie wurden auf grausame Art zu Tode gequält. Es war fürchterlich. Mindestens fünf Menschen sind damals umgekommen, wahrscheinlich sogar mehr.«

»Und in welchem Zusammenhang standen Sie mit der Sekte?«, fragte Röder angespannt.

»Gottsplan. So hieß die Sekte. Gottsplan. Mein Mann hatte sich von mir getrennt, ich stand mit meinem Sohn Florian allein da, meine Eltern waren beide tot und ich war völlig erledigt. Da sah ich eines Morgens in der Innenstadt zwei Menschen stehen. Der eine ein freundlicher Mann mit einem langen weißen Bart und eine Frau, die mit einem Lächeln Prospekte verteilte. Genau vor ihnen fiel mein Portemonnaie aus der Tasche. Der Mann hob es auf und wir kamen ins Gespräch. Es kam mir wie eine Fügung von oben vor, als sie mir erklärten, dass sie auf der Suche nach einsamen Seelen wären. Die Wohngemeinschaft Gottes haben sie es genannt und es hat keine Woche gedauert, da lebten Florian und ich bereits dort.«

»Wie hat es Ihnen gefallen?« Der andere Polizist war aufgestanden und kam herüber. Er setzte sich neben Röder, faltete die Hände auf dem Tisch und beugte sich zu ihr herüber.

»Zunächst gut. Das Zimmer für uns beide war zwar klein, aber es gab einen Aufenthaltsraum, in dem wir uns mit den anderen trafen. Dort fanden auch die Gottsversammlungen statt, wie unser Führer es nannte.« Sie stockte. Wie dämlich, dass sie ihn in ihren Gedanken immer noch Führer nannte. Er war ein Idiot, nichts weiter. »Ich war froh, Menschen gefunden zu haben. Da war es mir egal, wie beschwerlich der tägliche Weg zur Arbeit geworden war. Es dauerte jetzt eine gute Stunde mit dem Fahrrad, bis ich wieder im Stadtzentrum und bei meinem Büro war. Auch Florian hatte es natürlich erheblich weiter zur Schule und er hat ziemlich gemotzt. Ich aber habe alles vom Tisch gewischt. Wollte nichts hören, nur die Gemeinschaft genießen. Heute weiß ich es besser, aber damals …«

»Was passierte dann?« Der Inselpolizist schob ihr eine Tasse Kaffee, Milch und Zucker rüber.

Dankbar nahm sie einen Schluck. »Sie müssen sich vorstellen, die Sekte hatte mit Gott wirklich nur vordergründig zu tun. Der Typ hieß Gottmann, daher auch der Name Gottsplan. Es war halt sein Plan, möglichst viel einsames, ich nenne es mal Menschenmaterial, einzufangen und sich zu seinem Vergnügen daran zu vergehen. Nach ein paar Tagen kam er auf unser Zimmer und bat mich mitzukommen. Er sprach von Einführungsritualen. Damit ich auch richtig dazugehören konnte. Das verstand ich. Zunächst. Er sagte mir, was ich zu tun hatte. Ich sollte nackt vor aller Augen baden, um alle Sünden abzuwaschen. Ich habe es getan. Fühlte mich frei und glücklich.«

»Und Ihr Sohn?«, fragte Röder sichtlich besorgt. »Wie hat er dazu gestanden?«

»Florian war das entsetzlich peinlich«, sagte Hanna Goedeke. »Ich habe es auf die beginnende Pubertät geschoben. Wollte mir das Leben auf der Farm nicht kaputt machen lassen. Doch nach gut zwei Monaten kamen mir erste Zweifel. Einige Gesichter tauchten bei unseren Versammlungen plötzlich nicht mehr auf. Gottmann und seine Frau sagten, sie seien zurück in die Schreckenswelt da draußen. Aber von einem Mann, mit dem ich mich angefreundet hatte, fand ich den Koffer im Stall. Da kam mir der erste Verdacht. Außerdem meinte ich Schreie gehört zu haben. Als ich Gottmann darauf ansprach, sagte er, er habe den Teufel ausgetrieben. Das sei oft schmerzhaft, sei aber der einzige Weg in eine bessere Welt. Ich habe außerdem nicht verstanden, warum Florian in der Schule nicht erzählen durfte, wo er wohnte. Frau Gottmann hatte darum gebeten. ›Die Menschen verstehen unser Anliegen nicht‹, hat sie gesagt.«

»Und trotzdem haben Sie sich nicht aus der Sekte ausgeklinkt?«, fragte Schonebeck ungläubig.

»Nein.« Hanna hatte das Gefühl, dass ihr mit dem Hochkommen der Erinnerung tatsächlich beinahe das Blut in den Adern gefror. »Ich war noch nicht so weit. Dann sprach mich jedoch eine junge Frau an, als ich das erste Mal mit den Prospekten in der Fußgängerzone stehen durfte. Sie erzählte mir, dass ihr Vater sich ebenfalls dieser Sekte angeschlossen hätte und nach ein paar Wochen verschwunden sei. Und dass sie deswegen bei der Polizei vorgesprochen hätte. Da bekam ich es mit der Angst. Ich habe meine Prospekte eingepackt und bin zurück, um Florian zu holen. Ich wollte weg, nichts als weg. Doch Gottmann schien so etwas geahnt zu haben. Er empfing mich vor der Haustür und meinte, ich brauche Hilfe beim Glauben und solle mit ihm kommen. Ich fragte nach meinem Sohn und er lächelte und sagte: ›Bei ihm hat es schon geholfen.‹ Schlagartig war ich in Panik. Ich folgte ihm eine Stiege hinunter in den Keller. Immer in der Hoffnung, auf Florian zu treffen.«

Hanna versagte die Stimme. Sie hatte das Gefühl, alles noch einmal erleben zu müssen. Die Schmerzen zu fühlen, als der Mann mit einem Küchenmesser ihre Haut an den Armen aufgeschnitten hatte mit den Worten: »So geht es. So geht es. Das Böse entweicht.«

»Sie haben Narben?«, fragte Röder knapp.

Hanna schob den Ärmel ihrer leichten Bluse hoch. »Da. Sehen Sie. Ich trage seitdem dünne langärmelige Blusen, wenn es warm wird. Ich habe keine Lust, auf die Narben angesprochen zu werden, verstehen Sie? Er hat schlimme Dinge mit mir gemacht und mich anschließend eingesperrt«, flüsterte sie. »In den langen Stunden dort unten im Keller wurde mir bewusst, was die roten Flecken an den Wänden zu bedeuten hatten. Ich habe geklopft und geschrien. Dann ging die Tür auf und Frau Gottmann kam mit einer Flasche Wasser herein. Ganz schnell war sie wieder verschwunden, hat sich nicht angehört, was ich zu sagen hatte, und ich wusste, dass sie genauso schlimm war wie ihr Mann. Dass ich keine Hilfe von ihr zu erwarten hatte. Was ich nicht wusste, war, was sie mit Florian gemacht hatten. Viele Stunden später, es war wohl Nacht, hörte ich fürchterliche Schreie aus einem Nebenraum. Dazu kam ein lautes Stöhnen. Plötzlich war mir klar, was sich dort abspielte und dass ich nie wieder aus dem Haus rauskommen würde. Zumindest nicht lebend. Es dauerte wieder, ich war völlig verzweifelt, als ich Stimmen hörte. Stimmen, die Hilfe brachten. Es war die Polizei.«

»Und Ihr Sohn? Was war mit ihm?«, hakte Röder wieder nach.

»Sie haben ihm nichts getan. Sie haben ihm gesagt, ich würde mich um eine ›Schwester‹ kümmern, die wieder ausgezogen sei und er solle sich keine Gedanken machen.«

»Aber warum sind Sie im Zeugenschutzprogramm?«, fragte Schonebeck.

»Sie haben mindestens fünf Leichen auf dem Grundstück gefunden. Gottmann ist zu einer lebenslänglichen Haftstrafe mit Sicherungsverwahrung verurteilt worden. Er hat bis zum Schluss der Verhandlung gesagt, sein Tun sei richtig gewesen. Er habe nur das Beste für seine Schutzbefohlenen gewollt. Was seine Frau anging, haben beide behauptet, sie habe von nichts gewusst. Dann kam meine Aussage, dass sie mir das Wasser gebracht hat. Ich habe ausgesagt, dass sie ganz sicher an den Taten beteiligt war. Auch sie wurde verurteilt. Daraufhin haben die Gottmanns im Gerichtssaal gedroht, mich und Florian umzubringen. Sie hätten ihre Leute, haben sie geschrien. Und tatsächlich war da auch immer ein Mann zu Besuch gewesen, der sich aber nie mit uns unterhalten hat. Er war nur da wie ein graues Gespenst und hat uns beobachtet. Ich weiß nicht, ob er sich an den Teufelsaustreibungen beteiligt hat. Er verschwand, bevor er festgenommen werden konnte. Er kennt mein Gesicht. So, jetzt wissen Sie, warum ich mich hier versteckt halte.«

»Danke für Ihre Offenheit, Frau …?«

»Vornbusch. Aber sagen Sie weiter Goedeke. Ich musste eine Tarn-Identität annehmen. Der Betreuer der Zeugenschutzdienststelle hat mir den Namen vorgeschlagen. Die Umstellung war nicht einfach für mich«, sagte Hanna.

»Und Florian? Wie hat er das alles überstanden?«, fragte Gero Schonebeck.

»Ach, er war froh, als unsere Auszeit auf dem Bauernhof zu Ende war, wir vorübergehend wieder in der Stadt wohnten und er sich mit seinen Kumpels treffen konnte. Wobei das Wort ›Auszeit‹ natürlich eher für ihn galt, ich würde den Aufenthalt dort sicher anders bezeichnen.« Sie lächelte gequält. »Ich habe Florian möglichst von allen Verhandlungen ferngehalten. Er würde sich am meisten freuen, wenn er seinen Vater wiedersehen könnte. Das muss ich zugeben. Ich weiß allerdings nicht, wo der sich zurzeit aufhält.«

»Dann kamen Sie hierher«, sagte Röder, »und fielen gleich wieder so einem Typen in die Hände.«

Hanna lächelte. »Wobei ich denke, dass der mich nicht umgebracht hätte. Ja, Bärmann hat es mir leicht gemacht. Gutes Geld, nette Wohnung, nach Papieren hat er nicht gefragt – es passte wunderbar.«

»Hat es Sie denn nicht erstaunt oder gar misstrauisch gemacht, dass das alles so problemlos klappte?«, fragte Schonebeck.

»Natürlich wollte und sollte ich so schnell wie möglich weg von Duisburg. Mein Betreuer hatte auch bereits eine neue Wohnung in einer anderen Stadt ausgesucht. Aber dann sah ich die Anzeige und ich konnte ihn überzeugen, dass eine kleine Insel als Versteck ebenso geeignet wäre. Ich wollte unbedingt hierher, da habe ich das Misstrauen einfach beiseitegeschoben. Obwohl ich eigentlich hätte gewarnt sein müssen«, sagte sie. »Doch eines lässt mich auch hier nicht los und das ist der Mann, das graue Gespenst. Hinter jedem Baum, hinter jeder Hausecke sehe ich ihn stehen. Wenn ich Gäste abholen muss – eine Katastrophe für mich. Wer kommt vom Schiff? Jedes Mal eine bange Frage.«

»Dieser Mann hat also nie mit Ihnen gesprochen, war aber häufig auf dem Bauernhof anwesend?«, fragte Röder.

Sie überlegte. »Nein, er hat nicht mit mir gesprochen. Aber ich hatte das Gefühl, dass er mich – wie soll ich es sagen – beobachtete. Wenn ich in seine Sichtweite kam, schaute er mich genau und länger als nötig an. Einmal war es sogar fast gruselig und ich habe gemacht, dass ich so schnell wie möglich aus seinem Gesichtsfeld kam.«

»Eine ganz andere Frage: Haben Sie nach dem Konzert Kontakt zu Björn Buse gehabt?«, fragte Schonebeck.

Verwirrt schaute Hanna den Kommissar an. Was sollte denn jetzt dieser Themenwechsel? Sie zog gerade ihr letztes Hemd aus und er fragte nach dem Konzert. »Nicht direkt. Ich habe ihn nur gesehen, wie er sich mit Salomon Bartels … unterhalten hat.«

»Sie zögern?«

Sollte sie etwas sagen? Beurteilen, was sie gar nicht richtig mitbekommen hatte? »Ich hatte das Gefühl, dass die beiden Männer miteinander diskutierten«, sagte sie vorsichtig. »Genaueres habe ich nicht mitbekommen. Nur ein paar Wortfetzen wie ›mehr üben‹.«

»Sind Sie sich sicher, dass Sie den Mann aus Ihrer Zeit auf dem Bauernhof nicht auch hier gesehen haben?«

Was sollte das jetzt wieder? Nein, hatte sie nicht. Oder doch? Sie erschrak. War ihr Verfolgungswahn gar nicht so aus der Luft gegriffen? Lauerte dieser Mann irgendwo und wartete darauf, sie zu erwischen? »Eigentlich bin ich mir sicher. Aber wenn er doch hier ist, wenn er mich gefunden hat, dann kann dieser Mann für alles verantwortlich sein?«, flüsterte sie. Sie zitterte, verschränkte die Arme.

»Schauen Sie mal«, sagte Schonebeck. »Da wird in die Kirche eingebrochen, dann die Glocke gestohlen. Sie und wir wissen nicht, warum sich dieser Mann bei dieser angeblich christlichen Sekte aufgehalten hat. War er in die Machenschaften verstrickt? Liebt er perverse Gewalt? Oder hat er einen Hass auf die Kirche und versucht alles, um deren Ansehen zu beschmutzen? Damit wären die Randale in der Kirche und der Diebstahl erklärt. Wenn er dann auch noch in Sie verliebt ist, dann ist die Steigerung eben, Salomon Bartels anzugreifen und ihm sein Instrument zu stehlen, weil er gesehen hat, dass Sie sich mit ihm unterhalten haben, oder sogar bei ihm waren. Und als krönender Abschluss wird Björn Buse, der den musikalischen Verlauf des Inselabends so wunderbar gestaltet hat, von ihm ermordet. Würde ja schon reichen, wenn Sie für den Geschmack des Mörders einmal zu heftig applaudiert haben. Es könnte durchaus eine gewisse Logik haben, aus seiner verdrehten Perspektive heraus gesehen, oder?«

»Klingt so logisch, dass ich sicher bin, dass er da einen draufsetzt und Florian und mich um die Ecke bringt«, sagte sie tonlos. »So logisch, dass ich dringend hier weg muss.«

»Ich verstehe Ihre Not«, sagte Röder, »aber noch sind das alles Spekulationen. Können Sie uns zu einem Phantombild verhelfen?«

»Brauchen Sie nicht. Ich habe ein Bild von ihm.« Sie schaffte es kaum, ihr Telefon aus der Tasche zu ziehen. Sie hatte sich geschworen, die Vergangenheit ruhen zu lassen, doch dieses eine Bild hatte sie aufgehoben. Als ewige Mahnung hatte sie es von ihrem alten Handy, das sie mit dem Wechsel ins Zeugenschutzprogramm abgegeben hatte, überspielt. Sie zeigte den beiden Männern das Bild, auf dem Herr und Frau Gottmann neben einem Mann mit einem kleinen Oberlippenbart unter einer mächtigen Eiche standen. Im Hintergrund sah man das blaue hölzerne Eingangstor des Bauernhofes. Auf den ersten Blick ein idyllisches Bild.

»Würden Sie es mir rüberschicken? Ach, warten Sie, ich fotografiere es ab, das geht schneller.« Auch Röder hatte sein Handy aus der Uniform gezogen. »Wir werden sehen, ob wir Informationen über den Mann haben. Den Namen wissen Sie also nicht?«

»Nein, wie ich sagte, er wurde mir nicht vorgestellt und ich habe nie mit ihm gesprochen.«

»Gut. Wir danken Ihnen für Ihre Offenheit und melden uns, sobald wir Neuigkeiten haben.« Die beiden standen auf.

»Halt. Was ist mit mir? Wenn der Mann tatsächlich auf der Insel ist, bin ich das nächste Opfer. Oder – Florian? Was ist mit Florian? Wenn er mir wehtun will, wird er sich Florian vornehmen. Mein Junge geht neuerdings nachmittags an den Strand und sammelt Müll mit einigen anderen. Gestern habe ich mitgeholfen, und mir ist keiner der Aktivisten bekannt vorgekommen. Aber an den anderen Tagen …? Keine Ahnung! Und wenn er gar nichts mit der Gruppe zu tun hat, sondern allein auf den richtigen Zeitpunkt wartet …?«

»Bitte Frau Goedeke, regen Sie sich nicht auf …«

»Ich?« Jetzt langte es. Sie sprang auf. »Ich soll mich nicht aufregen?«, schrie sie. »Diebstahl, Brandstiftung, Mord und was weiß ich noch alles um mich herum und ich soll mich nicht aufregen? Was würden Sie denn an meiner Stelle tun? Locker vor dem Fernseher sitzen und ein Filmchen schauen? Ich traue mich nicht raus. Weiß nicht, wer an der nächsten Ecke auf mich einschlägt, und würde nichts lieber tun, als ein ganz normales Leben zu führen. Es ist wie eine Beerdigung. Als wenn ich auf dem Friedhof stehe und meiner eigenen Beerdigung zuschaue. Ich will keinen Zeugenschutz mehr, aber auch keine Angst haben müssen um meinen Sohn und um mich, verstehen Sie?«

Erschöpft ließ sie sich wieder auf den Stuhl fallen. Sie konnte nicht mehr. Verlangte dringend nach ihrem Sofa und einer Kuscheldecke, unter der sie sich verkriechen konnte.

Aber es ging nicht. Sie brauchte Kraft für ihren Sohn. Sie musste ihn schützen. Aber sollte das heißen, dass auch Florian nicht mehr raus durfte? Was sollte sie nur tun?

»Frau Goedeke, entschuldigen Sie. Ich verstehe Sie vollkommen. Glauben Sie mir, wir werden uns um Sie kümmern«, versprach Röder. »Wir werden jemanden abstellen, der auf Sie und Ihren Sohn ein Auge hat. Des Weiteren werden wir unsere Ermittlungen fortführen. Wir danken Ihnen, dass Sie uns Ihre Geschichte erzählt haben und werden natürlich über die Tatsache, dass Sie sich im Zeugenschutzprogramm befinden, Stillschweigen bewahren.«

»Na, wenn's hilft«, erwiderte sie verzweifelt. »Man hat mir eindringlich gesagt, ich dürfe es keinem erzählen. Sonst bin ich raus aus dem Programm. Ich muss bei meinem Betreuer Mitteilung machen.«

»Tun Sie das. Er möchte sich dann bitte bei uns melden und wir werden die Sachlage mit ihm beraten. Ist das in Ordnung?«

Sie nickte. »Ich bin gespannt, was er sagt. Und was ist mit dem Personenschutz? Ist doch sehr auffällig, oder?«

»Wir besprechen die Lage und geben Ihnen schnellstmöglich Bescheid.« Gero Schonebeck gab ihr die Hand. »Versprochen.«

Als Hanna das Hotel verließ, atmete sie tief durch. Polizisten hin oder her – war es wirklich nötig gewesen, ihre Identität preiszugeben? Sie war sich plötzlich nicht mehr sicher, ob sie richtig gehandelt hatte.

Bisher war ihr kein Mensch aufgefallen, der dem Mann aus Duisburg ähnlich gesehen hätte, aber das sollte wiederum nichts heißen. Denn wenn der Mann, vor dem sie sich versteckte, tatsächlich auf der Insel auf sie lauerte und für alles verantwortlich war, was auf der Insel passierte, hatte das Zeugenschutzprogramm völlig versagt und sie brauchte dringend die Hilfe der Polizei. Wie auch immer sie sich entschied oder entschieden hatte, es konnte ein großer Fehler sein. Das würde die Zukunft weisen.

Fakt war: Es gefiel ihr hier auf dieser Insel. Und sie wünschte sich nichts mehr, als dass Florian und sie hier zur Ruhe kommen konnten. Ganz besonders jetzt, da Bärmann nicht mehr da war.

Es war zum Verzweifeln!

*

»Ich habe die Lösung.« Gero Schonebeck lehnte sich zurück und verschränkte die Arme hinter dem Kopf. »Eine Frau muss her. Dann fällt es gar nicht auf. Ich weiß auch schon welche. Obwohl ich sagen muss, dass es mir nicht leichtfällt. Immerhin lebt jemand hier, den sie besonders gerne mag.«

Das durfte nicht wahr sein. Das durfte jetzt alles nicht wahr sein. Michael spürte seinen Puls, als schlüge jemand in seinem Inneren auf eine Trommel. Der meinte doch nicht etwa, dass Marlene zum Schutz von der Goedeke rüberkommen sollte? Und was meinte Gero mit ›besonders gerne mag‹? Ob er wusste …?

»Ich werde sie damit locken«, sagte Gero, »dass sie die Chance hat, Salomon Bartels kennenzulernen. Da sagt sie bestimmt nicht nein. Und für die Öffentlichkeit sieht es aus, als ob die Goedeke Besuch von einer Freundin hat.«

Michaels Puls sackte wieder leicht nach unten, obwohl der Gedanke, Marlene wiederzusehen, nicht gerade zur Entspannung beitrug. Aber Gero hatte schon recht. Hanna Goedeke eine Polizistin zur Seite zu stellen, war eine gute Idee. Es gab allerdings genügend andere kompetente Frauen bei der Polizei. Es musste nicht gerade Marlene sein. Aber wie sollte er das seinen Kollegen beibringen, ohne den wahren Grund zu nennen?

»So, das wäre geschafft.« Wille Weerts und Marvin Lingenberg waren zurück. Wille goss sich einen Kaffee ein. »Es ist alles gut gelaufen. Nachdem Marvin und ich Frau Kwiatkowska an Bord der *Elly Hofmann-Röser* gebracht hatten, war sie ganz friedlich. Das heißt, sie hat in der Ecke gesessen und geweint. Die ganze Überfahrt lang. Der Gedanke an ihren Sohn war wohl übermächtig.«

»Was man verstehen kann«, wandte Marvin ein. »Ihre Schwester war auch am Hafen und wollte sie in den Arm nehmen und ihr unbedingt ›Auf Wiedersehen‹ sagen. Wir haben es gestattet. Es war ein trauriger Moment. Am Festland warteten bereits die Kollegen und haben sie mitgenommen. Ich bin gespannt, was dabei herauskommt.«

»Vergiss nicht, dass sie willentlich den Tod von Menschen in Kauf genommen hat«, sagte Gero. »Auch wenn ich zugebe, dass es ihr zu diesem Zeitpunkt nicht so bewusst gewesen sein mag. Und Rache als Motiv kommt bei der Staatsanwaltschaft nicht so gut an.«

»Ja, das stimmt. Ist auch nicht unser Bier, die Straftaten zu bewerten«, sagte Wille. »Wir müssen die Typen nur festnehmen. Also lasst uns damit weitermachen.«

Gero und Michael unterrichteten Marvin und Wille von Hanna Goedekes Besuch und der Möglichkeit, die Frau und ihren Sohn unter Schutz zu stellen, bis die Fälle aufgeklärt waren.

»Das mit Marlene ist ein prächtiger Einfall«, sagte Marvin. »Ruf sie und ihren Chef gleich mal an. Möglichst ohne die Sache mit dem Zeugenschutz zu erwähnen. Nur, wenn es sich nicht umgehen lässt.«

»Ich weiß. Ich kenne die Regeln!«, sagte Gero.

»Was ist denn mit unserer Selbsthilfetruppe von diesem Herrn Meenken?«, fragte Wille. »Hat der Mann sich gemeldet?«

»Nein. Zum Glück nicht. Der irre Glöckner hat die Nacht verschlafen. Zumindest gehe ich bis jetzt davon aus.« Michael Röder schaute auf die Uhr. »Immerhin ist es gleich Mittag.« Er gähnte.

Es war eine lange Nacht geworden. Er hatte bis um zwei Uhr mit einer der Feuerwehrfrauen Wache gehalten, dann war er von Wille abgelöst worden. Morgens um fünf war dann Marvin dran gewesen. Gero hatte ausschlafen dürfen. Allerdings war er zum Ausgleich dazu verdonnert worden, seinen Kollegen heute Abend ein Getränk zu spendieren.

Wer weiß, dachte Michael, vielleicht wird dann auch Marlene schon dabei sein. Ein schrecklicher und zugleich wunderbarer Gedanke. Er stöhnte leicht auf.

Wille schaute ihn verwundert an. »Was ist denn mit dir los, hast du Schmerzen?«

Wenn der wüsste. »Nein. Alles in Ordnung.«

»Wo steckt eigentlich Arndt?«, fragte Gero. »Ist der schon wieder am Festland? Der hat sich heute noch gar nicht blicken lassen.«

»Er war der Erste beim Frühstück und ist bereits auf dem Weg zum Strand.« Birgit Ahlers war hereingekommen und schwenkte eine Thermoskanne. »Ich soll euch sagen, er meldet sich, bevor er wieder abfährt. Möchtet ihr Kaffee? Ist vom Buffet übrig geblieben.« Sie lachte. »Nein, den habe ich natürlich frisch zubereitet.«

»Herzlich gerne.« Röder nahm ihr die Kanne ab und gab ihr die leere. »Ist Kenny heute zur Arbeit erschienen?«

»Ja. Er war sehr bedrückt, hat aber alles zur besten Zufriedenheit erledigt. Gerade räumt er den Fahrradschuppen auf, dann gibt es Mittagessen«, erwiderte sie.

»Gut, so wissen wir, wo wir ihn finden, falls wir Fragen haben«, sagte Marvin.

»Wieso? Er hat doch nichts mit den Ereignissen zu tun, die sich hier abgespielt haben, oder?«

»Nein, wir denken nicht«, sagte Marvin. »Aber er sieht eine ganze Menge und ist Mitglied im Shantychor. Da kann es doch möglich sein, dass ihm während des Auftritts oder hinterher irgendwas aufgefallen ist, dessen Wichtigkeit ihm bis jetzt nicht klar war.«

»Gut, ich sage ihm, dass ihr ihn vielleicht sprechen wollt.« Kurz darauf war Birgit wieder verschwunden.

Auch Gero ging raus. »Bin mal eben auf der Terrasse, lass mich von der Sonne bescheinen und telefoniere.«

Michael Röder schaute verträumt hinter ihm her. Er war gespannt, wie sich die Sache mit Marlenes Aufenthalt hier entwickelte, wollte gleichzeitig die Antwort nicht kennen. Doch sie kam schneller, als er erhoffte. Es schien ihm wie ein Bruchteil eines Momentes und gleichzeitig ewig lang, bis Gero wieder bei ihnen war und lächelnd sagte: »Sie kommt. Schon heute Nachmittag. Der Chef hat es genehmigt.«

»Wie gut für Frau Goedeke«, sagte Wille. »Ich bin allerdings nicht ganz sicher, ob die Maßnahme reicht. Solange wir den Verursacher aller Taten nicht dingfest gemacht haben, sind die Frau und ihr Sohn in Gefahr. Wir können sie nicht jede Sekunde bis an ihr Lebensende beschützen.«

»Wenn das alles überhaupt etwas mit ihr zu tun hat«, wandte Marvin ein. »Genau das sollten wir schnellstens herausfinden. Aber das sagen wir nicht zum ersten Mal.«

»Ich denke auch nicht, dass Marlene ihren Festlandsjob für einen als Personenschützerin aufgeben würde«, meinte Gero. »Sollte sich das Ganze länger hinziehen, wird die Frau einen neuen Unterschlupf bekommen. – Also, Leute, was macht wer?«

»Ich gehe mal kurz zur Wache«, sagte Röder. »Melde mich später.«

Er merkte nicht, wie seine Kollegen verwundert hinter ihm herschauten. Es wäre ihm auch egal gewesen. Er schnappte sein Rad und fuhr los, am Cobigolfplatz und am Rosengarten vorbei, bog dann links ab und stellte sein Rad bei *Stark's Strandladen* ab.

Bitte, Arndt, geh ran, dachte er, als er dessen Nummer anwählte. Er musste dringend mit jemandem reden und wer bot sich da besser an als sein alter Freund. Schon oft hatte er ihn wegen Marlene um Rat fragen wollen, es war aber jedes Mal etwas dazwischengekommen. So zumindest redete er es sich ein. Aber jetzt gab es kein Zurück.

Als Arndt sich meldete, hörte Röder überrascht, dass sein Freund lediglich ein paar Meter entfernt am Ende des Hundestrandes saß. »Ich komme zu dir«, sagte er und lief zum Strand hinunter.

Wieder musste er an die Zeit vor zwei Jahren denken. Er hatte den Strand lieben gelernt, diese Liebe war jedoch mit dem beginnenden Herbst ins Hintertreffen geraten und mit dem Frühling noch nicht wieder erwacht. Dabei war es nur ein kurzer Weg und es war nicht so, dass ein Inselpolizist nicht auch mal frei hätte. Und was hatte er gemacht? Den Flur tapeziert. Prima.

Und Sandra hatte seit ihrer Rückkehr immer noch kein Wort darüber verlauten lassen.

Beinahe jeder Strandkorb war besetzt. Kinder spielten fröhlich mit Bällen und Förmchen und eine Familie baute an einer Strandburg. Eigentlich war das nicht erlaubt. Im Falle einer Sturmflut konnte man den Strandkorb nur schlecht bergen, wenn eine große Menge Sand drum herum aufgeschaufelt war. Er beschloss, beide Augen zuzudrücken. Die Figuren, die sie geformt hatten, sahen einfach perfekt aus.

»Na, Herr Kommissar, auch auf Urlaub?«, hörte er eine dunkle Stimme aus einem der letzten Körbe. »Oder auf Streife?«

»Was hätten Sie denn gern?«, antwortete er freundlich.

»Natürlich die Urlaubsvariante«, sagte der Mann, der eingezwängt in eine gestreifte Badehose beinahe die gesamte Strandkorbbreite einnahm. »Ich war hier, als vor zwei Jahren der Tote auf der Randdüne gefunden wurde. Da war echt Unruhe. Muss ich nicht noch einmal haben.«

»Ich kann Sie beruhigen. Wir ermitteln nicht am Strand«, erwiderte Röder ruhig.

Er wollte schon weitergehen, als der Mann sagte: »Na ja, genau hier wohl nicht. Aber ich gehe doch recht in der Annahme, dass wieder etwas passiert ist, oder? Man munkelt von einem Toten in dem verfallenen Haus im Ostdorf. Und dass es nach dem Konzert passiert ist. Meine Vermieterin hat mir erzählt, dass es sich um den Chef der Shanty-Sänger gehandelt hat. Der, der auch durch den Abend geführt hat. Stimmt doch, oder?«

Röder gab keine Antwort, sondern wartete ab.

»Ich war natürlich auch im *Haus des Gastes*«, berichtete der Urlauber. »So etwas lässt man sich nicht entgehen. Nach der Veranstaltung habe ich draußen gestanden und ein Bier getrunken. Dann habe ich mir ein weiteres Bier geholt. Und als ich wieder zurückkam, stand genau der Mann mit einem anderen zusammen und ich hatte das Gefühl, dass die, um es mal vorsichtig auszudrücken, irgendein Problem miteinander hatten. Die waren nicht laut, nein, aber es ging so eine schlechte Stimmung von denen aus. Ein anderer hätte das vermutlich nicht bemerkt, aber ich bin von Haus aus Psychologe und fand das Ganze sehr interessant zu beobachten. Man muss sich schließlich immer selbst in Frage stellen, will man wachsam bleiben, was die Charaktere seiner Mitmenschen betrifft.«

»Darf ich Sie, Herr …«

»Brodersen. Ludger Brodersen.«

»Darf ich Sie, Herr Brodersen, bitten, in einer Stunde ins Hotel *Sonnenstrand* zu kommen und uns in Ruhe und Genauigkeit von Ihren Beobachtungen zu erzählen? Wo wohnen Sie hier?«

»Bei Frau Eggert. Haus *Sorgenfrei.* Und ich komme gerne. Auch wenn ich ebenso gerne diesen Platz hier genieße bei dem Traumwetter.«

»Bitte. Es könnte wichtig sein und die Kollegen haben sicher weitere Fragen.«

»Versprochen. Ich bin dabei.«

In einer Stunde – wäre es nicht besser, den Mann sofort zum Clubraum zu begleiten?

Nein. Diese Stunde war seine. Vermutlich wird der Mann die Hälfte der Zeit bis zu seinem Erscheinen sowieso dafür brauchen, aus dem Strandkorb rauszukommen, dachte Michael, als er den Hundestrand hinter sich ließ.

Sollte er seine Schuhe ausziehen? Die Sehnsucht, den warmen Sand unter seinen Füßen zu spüren, war übermächtig. Er steckte die Socken in die Uniformtasche, band die Senkel zusammen und warf die Schuhe über seine Schulter. So war es gut.

Fast tat es ihm leid, als er seinen Freund auf der Düne erkannte. Er wäre gern noch ein wenig weiter gelaufen. Außerdem stellte sich nun die große Frage, ob er wirklich tun sollte, was er im Sinn gehabt hatte, als er sich mit ihm hatte treffen wollen, oder doch lieber nicht.

Arndt winkte ihm fröhlich zu. Er saß, nur mit Badehose bekleidet, einige Meter hinter dem letzten Strandkorb auf einem bunten Handtuch in einer kleinen Ausbuchtung, die eine Wintersturmflut geschaffen hatte. »Hallo, Freund, haben dir deine Kollegen freigegeben?«, rief er ihm zu.

»Ich habe mir freigenommen«, sagte Michael.

»Dann setz dich zu mir.«

Michael glaubte zu hören, dass Arndts Stimme nicht mehr so freundlich klang, sondern eher abwartend, zweifelnd. Was auch kein Wunder war. Schließlich galt es, einen Todesfall aufzuklären. Da war Herumsitzen im Sand eigentlich keine Alternative. Trotzdem setzte er sich hin, wobei er versuchte, einen Restzipfel des Handtuchs zu erwischen.

»Also los, sag, was Sache ist. Ich sehe dir doch an, dass du ein Problem hast.«

Es war, als wäre ein Damm gebrochen. Michael fing an zu erzählen und hörte erst auf, als er Arndts Arm um seine Schultern spürte. »Und heute Nachmittag kommt sie«, sagte er zum Schluss. »Was soll ich nur machen?«

»Verdammt und zugenäht. Und jetzt erwartest du einen Rat von mir. Das ist schwer. Echt schwer. Ich hatte die Situation noch nicht. War bisher mit einer Frau zufrieden«, murmelte Arndt.

»Am liebsten möchte ich mich verstecken. Hier irgendwo hinter der Düne. Und erst wieder auftauchen, wenn sie weg ist. Das könnte allerdings einige Tage dauern.«

Arndt schaute ihn lächelnd an. »Ich bringe dir dann Essen und Trinken und behaupte, du seiest in einer

Selbstfindungsphase. Ist nur leider nicht sehr realistisch. Du wirst dich der Situation stellen müssen.«

»Das ist ja das, was ich fürchte«, sagte Michael. »Ich dachte, ich hätte sie vergessen. Ist aber nicht so.«

Beide schwiegen eine Weile, dann sagte Arndt: »Vielleicht hat sie dir die Entscheidung aber auch schon abgenommen.«

»Hat sie eigentlich. Schließlich hat sie Gero geheiratet und seitdem haben wir keinen Kontakt gehabt.«

»Es klingt einfach, ist es aber nicht: Lass sie gehen. Mehr fällt mir dazu nicht ein«, sagte Arndt. »Andere Frage – wie ist es denn mit Sandra?«

Michael sprang auf. »Das ist doch das Bekloppte: Ich möchte sie nicht hergeben. Auf keinen Fall.«

»So, wie Amir nicht hergeben, oder anders?«

»Ach, lass mich doch in Ruhe.« Michael schüttelte sich den Sand von der Uniform. »Aber trotzdem danke. Ich fühle mich zwar nicht viel besser, aber wenigstens auch nicht schlechter.«

Wieder lächelte Arndt. »Wie schön, dass ich dir habe helfen können. Halt mich auf dem Laufenden, was dein Liebesleben anbelangt. Und nicht nur darüber. Was machen die Ermittlungen?«

Michael erzählte seinem Freund von dem Mann, der ihn auf seinem Weg zu Arndt angesprochen hatte, und von Hanna Goedeke. Kurz überlegte er, ob er gegen die Geheimhaltung im Rahmen des Zeugenschutzprogramms verstieß. Schließlich war Arndt als Privatmann da. Er stellte fest, dass er verstieß, aber es war ihm egal. »Wir erwarten die Daten vom Festland. Genaue Todesursache und so weiter. Ich mach mich denn mal auf den Patt.«

»Wenn ihr Hilfe braucht …«

»Ja, ja. Ich weiß …!«

Gerade als er den schmalen Holzsteg zwischen den

Strandkörben wieder erreicht hatte und dabei war, die rechte Socke überzustreifen, klingelte sein Telefon. Betty Buse war dran und bat ihn, zu kommen. Er unterrichtete Gero, dass ein Zeuge unterwegs zu ihnen war, zog seine Schuhe an und fuhr los.

Eine junge Frau mit roten, verweinten Augen öffnete ihm. Es war Mirjam, die Tochter des getöteten Mannes. Ohne ein Wort zu sagen, ließ sie ihn vorbei und deutete auf die offene Wohnzimmertür. Betty Buse saß, trotz der sommerlichen Temperaturen in eine Decke eingehüllt, auf dem Sofa, so als wäre sie nie aufgestanden, nachdem er sie am Tag zuvor verlassen hatte.

»Schön, dass du da bist«, sagte sie mit leiser Stimme. »Uns ist etwas eingefallen.«

»Was denn?«

»Ich glaube zwar nicht, dass es etwas mit Björns Tod zu tun hat, aber ihr habt mich gefragt, ob Björn eine Beziehung zu dem alten Haus oder überhaupt zum Ostdorf hat. Ich habe nicht daran gedacht, dass ihm ein Teil eines Grundstücks unterhalb der großen Aussichtsdüne gehört. Auf die Idee hat mich Mirjam erst gebracht. Das Grundstück gehört einer Erbengemeinschaft. Vor längerer Zeit gab es mal einen Versuch, das Land zu verkaufen. Es hat sich aber wegen der unterschiedlichen Meinungen zur Höhe des Verkaufspreises zerschlagen und seitdem wächst das Gras dort unbehelligt vor sich hin. Ich habe mich nie darum gekümmert. Tja, ich denke zwar nicht, dass Björns Tod etwas damit zu tun hat, aber ich wollte es dir nur sagen.«

»Danke, Betty. Hast du die Namen der anderen Erben?«

Mirjam nahm zwei Blätter vom Tisch. »Ich habe sie aufgeschrieben. Auf dem zweiten Blatt findest du eine Karte. Dort ist eingezeichnet, wo genau das Grundstück liegt. Du kannst alles mitnehmen. Allerdings kann ich mir nicht erklären, warum mein Vater ausgerechnet mitten in der Nacht zu seinem Grundstück hätte wollen.«

Röder nahm die Unterlagen und steckte sie ein. »Wir werden sehen. Ich melde mich, sobald wir Neues wissen. Versprochen.«

Wieder im Hotel, verlangte es ihn dringend nach eine Tasse Kaffee. Er hatte Glück. Birgit, die Hotelchefin, hatte gerade den Kaffeevorrat im Clubraum aufgefrischt. Auch Kuchen hatte sie dazugestellt. Röder hatte jedoch Zweifel, ob der Vorrat lange reichen würde, denn Ludger Brodersen schob sich ein Stück nach dem anderen in den Mund.

Trotzdem war seine Aussprache laut und deutlich, als er wiederholte, was er dem Inselpolizisten schon gesagt hatte.

»Können Sie mir eine Beschreibung des Mannes geben, mit dem Björn Buse gesprochen hat?«, bat Gero. »War er an dem Abend auch mit auf der Bühne?«

»War er ziemlich sicher nicht. Es ist nicht das erste Mal, dass ich den *Balt'mer Korben* zuhöre. Kann sein, dass der früher schon mal dabei war, aber nicht an diesem Abend. Natürlich war es draußen ziemlich dunkel, so dass ich das Gesicht nicht in allen Einzelheiten erkennen konnte.«

»Beschreiben Sie mir, woran Sie sich erinnern«, forderte Marvin ihn auf.

»Recht schlanker Wuchs, ungefähr einsachtzig groß, schmales Gesicht ohne Bart, aber mit Brille.«

»Trug er ein Takelhemd?«, fragte Michael.

»Nein«, antwortete Brodersen. »Und wenn, habe ich es nicht gesehen. Der hatte eine Windjacke oder so was an. Außerdem habe ich gesagt …«

»Würden Sie den Mann wiedererkennen?«

»Ich denke schon, bin aber nur noch drei Tage hier. Dann geht es wieder ab nach Lübeck«, sagte Brodersen.

»Haben Sie gesehen, ob die beiden zusammen weggegangen sind?«, fragte Gero.

»Nein. Ich habe mich mit einem anderen Gast unterhalten, der auch seit ewigen Zeiten auf die Insel kommt. Wir Stammgäste sind fast so etwas wie eine große Familie. Man kennt sich seit Jahren. Aber das wollen Sie jetzt nicht wissen. Als ich wieder hinsah, waren beide Männer verschwunden.«

»Dann danke ich Ihnen erst einmal. Wenn Sie bitte das Protokoll unterschreiben und Ihre Lübecker Adresse und Ihre Telefonnummer notieren würden …«

Nachdem Ludger Brodersen gegangen war, zog Röder seinen Zettel mit den Namen und die Karte hervor. »Da. Das hat mir Frau Buse gegeben.« Er berichtete, was sie und ihre Tochter ihm über das Grundstück erzählt hatten. »Den Hinweis fand ich sehr interessant. Kann doch gut sein, dass es wegen des Verkaufs einen erneuten Streit gegeben hat, der eskaliert ist. Schaut mal, das Grundstück gehört noch drei weiteren Leuten. Die wohnen aber alle am Festland.«

»Wir sollten ins Ostdorf fahren und uns den Ort genau ansehen«, schlug Gero vor. »Vielleicht hat der Täter uns ja, wenn er denn genau dort gemordet hat, einen Hinweis hinterlassen.«

Michael Röder konnte sich eigentlich nicht vorstellen, dass der Täter Björn Buse auf dem Grundstück umgebracht und dann zum alten Haus geschleift hatte. Es war zwar nicht sehr weit, aber doch mühsam, einen toten Körper durch das Dünengelände zu ziehen. Zumal man im Sommer immer damit rechnen musste, auf Urlauber zu stoßen, die einen mitternächtlichen Gang durch die Dünen ziemlich romantisch fanden. Außerdem hatten sie den blutverschmierten Knüppel viel näher an dem alten Haus und keine Schleifspuren gefunden und Martin Brinkmann, der Leiter der

Spurensicherung, war sich ziemlich sicher gewesen, dass Fundort auch gleich Tatort war. Aber die letzte Bestätigung stand noch aus. So war es sicher nicht verkehrt, das Gelände abzusuchen.

»Wer?«

»Du und Marvin«, bestimmte Gero. »Wille ist anderweitig unterwegs und ich bekomme gerade ein paar Daten rein. Außerdem wollte der Herr Jannssen gleich zu mir kommen. Und dann dauert es nicht mehr lange, bis das Schiff da ist.«

Röder ertappte sich dabei, wie er die Hand in seiner Jacke zur Faust ballte. Das Leuchten in Geros Augen war unerträglich. »Marvin, komm. Wir fahren aber zuerst bei der Wache vorbei und nehmen Amir mit.«

Marvin Lingenberg nickte. »Gute Idee.«

»Ach ja – wen ihr mitzubringen habt, ist klar, oder?«, sagte Gero.

Schon halb aus der Tür stockte Röder. »Was möchtest du mir damit sagen?«

»Na, den Bartels. Habt ihr nicht die Beschreibung gehört, die Brodersen von dem Mann abgegeben hat, mit dem Buse sich gezankt hat?«

Doch, das hatte er. Er hatte sogar selbst die Idee gehabt, dass sich die Beschreibung mit Salomons Aussehen deckte. Doch er hatte den Gedanken geflissentlich nach hinten geschoben, zumal Brodersen berichtet hatte, dass diese Person nicht mit auf der Bühne gestanden hatte. Salomon war jedoch dabei gewesen. »Du denkst doch nicht im Ernst …?«

»Ich denke, alles ist möglich. Auch, dass der Psychologe nicht richtig hingeschaut hat. Also befragt Herrn Bartels zumindest.«

Sie holten ihre Räder und der Inselpolizist dachte gerade darüber nach, wie viele Kilometer er wohl schon dienstlich auf dem Rad zurückgelegt hatte, als Marvin sagte: »Ist dir eigentlich schon aufgefallen, dass es heute Nacht ruhig war? Ob der oder die Täter, sei es Bartels oder nicht, wohl mitbekommen haben, dass Meenken und seine Gruppe Wache schieben?«

»Wer weiß?«, antwortete er. »Vielleicht brauchte die Person einfach nur mal eine Mütze voll Schlaf.«

In der Höhe des *Frischemarktes* gerieten sie in einen Stau. Von einem mit Lebensmitteln voll beladenen Pferdewagen waren einige Kisten Bier gekippt. Radler und Fußgänger mussten sich daran vorbeiquetschen und dabei aufpassen, nicht in die Scherben zu treten, die sich auf der Straße verteilt hatten.

»Das schöne Bier«, rief einer der Gäste.

Die Frau neben ihm lachte. »Was soll's. Du hättest sowieso nicht mehr bei der Vernichtung helfen können. Unser Urlaub ist vorbei.«

Einige Gäste schoben mit Koffern und Reisetaschen hoch beladene Wippen vor sich her. Röder schaute auf die Uhr. Die Leute mussten sich beeilen, wollten sie die Abfahrt des Schiffes nicht verpassen. Die beiden Polizisten stiegen ab und ließen die, die es besonders eilig hatten, erst einmal vorbei. »Braucht ihr Hilfe?«, rief er dem Marktleiter zu.

»Nein, danke. Es sei denn, ihr wollt die Waren mit ins Lager schaffen und in die Regale räumen.«

»Alles klar«, lachte Röder. »Dann ruft unsere Pflicht lauter.«

Es war merkwürdig still in der Wohnung. Eigentlich hatte er erwartet, Sandra anzutreffen, aber sowohl sie als auch Amir schienen ausgeflogen zu sein. Er ahnte, wo die beiden steckten. Natürlich am Strand. Er gönnte es ihnen. Sollten sie das schöne Wetter genießen.

Er winkte Marvin zu und weiter ging es am Schwimmbad, am Wasserwerk und an der Aussichtsdüne vorbei. »Meine Güte, was hast du für ein Tempo drauf«, stöhnte

Röder, als sein Kollege im Affenzahn um die Ecke bog. Er würde niemals mehr denken, dass klein und dick das Synonym für unsportlich war. Lediglich der Umstand, dass Marvin heute seine heißgeliebte Borussenpudelmütze im Clubraum gelassen hatte, wies darauf hin, dass dem Mann auch warm war.

»Geradeaus oder rechts?«, rief Marvin ihm zu.

»Rechts und hinter dem Haus *Topplicht* links ab. Aber Vorsicht. Da sind Fußgänger unterwegs.«

»Keine Sorge. Mein Rad hat eine Bremse«, rief Marvin, bevor er einen Gang zulegte.

Auf der Rentnerbank saßen drei ältere Insulaner und beobachteten das Treiben auf der Straße. »Habt ihr schon wen gefasst?«, rief einer der Männer.

Röder antwortete nicht, sondern versuchte, Marvin nicht aus den Augen zu verlieren. Doch als sein Kollege in die Dünen abbiegen wollte, musste er tatsächlich bremsen und sein Fahrrad auf den roten Klinkersteinen schieben. Zu viele Menschen waren unterwegs.

Sie stellten ihre Räder beim *Nautilus* ab und gingen zu Fuß weiter. Röder nahm die Karte und verglich sie mit dem Gelände. »Dort muss es sein.«

»Warum liegt das hier so tief?«, fragte Marvin.

»Das waren früher alles Gärten. Schau mal. Man sieht noch genau die einzelnen Parzellen. Die Gärten wurden so tief angelegt, damit man näher beim Grundwasser war, und weil so auch mehr Schutz vor dem immerwährenden Wind gegeben war. Schließlich mussten sich die Insulaner früher das ganze Jahr über von dem ernähren, was der Boden hergab. Natürlich hatten sie auch Schafe und Kühe und gingen zum Fischfang ins Watt. Aber Kartoffeln und Gemüse wurden hier angebaut. Die Baltrumer Sandkartoffeln wurden übrigens als Delikatesse auch ans Festland verkauft.«

»Vielen Dank für den Ausflug in die Baltrumer Geschichte«, sagte Marvin, »aber nun lass uns schauen, ob der Täter hier etwas zurückgelassen hat.«

Meter für Meter gingen sie ab, sorgsam prüfend, ob ihnen etwas Besonderes auffiel. Michael bemerkte, dass auch sie beobachtet wurden. Immer wieder standen Menschen auf der Aussichtsdüne beim BK-Heim und bewunderten nicht nur die Dünenlandschaft, sondern registrierten genau, was er und Marvin dort unten trieben.

Aber solange sie auch das Gelände auf Spuren untersuchten – sie fanden nichts, was auf eine tätliche Auseinandersetzung hinwies. Nichts außer den Hinterlassenschaften von Rehen, unzähligen Kaninchenlöchern und die von Fasanen und Krähen auf der Suche nach Würmern aufgescharrten Moose und Flechten.

»Los komm, wir schauen uns noch einmal das Grundstück um das alte Haus an, bevor wir Bartels besuchen«, schlug Marvin vor.

»Okay.« Alles war gut, solange sie sich nicht um Salomon kümmern mussten. Röder war sich sicher, dass der Autor nichts mit dem Todesfall zu tun hatte. Ein Streit mit Björn – ja. Aber keiner, der darin ausartete, dass er den Mann umbrachte und ihm noch ausgerechnet sein angeblich gestohlenes Akkordeon umhängte.

Sie stapften zurück durch den dürren Bewuchs, stiegen über das Flatterband, das einsam den Fundort absperrte, und näherten sich dem verlassenen Haus. »Wollen wir doch mal prüfen, ob die Kollegen etwas übersehen haben«, sagte Marvin.

Wieder nahmen sie sich Meter für Meter vor, Schritt für Schritt mit dem Blick nach unten. Doch es gab nichts, nur hochgewachsenes Gras. Nach gut einer halben Stunde gaben sie es auf.

»Lass uns zu Herrn Bartels gehen«, sagte Marvin. »Der wundert sich bestimmt schon darüber, was wir hier machen.«

»Der wundert sich nicht. Der kennt sich aus«, erwiderte der Inselpolizist. »Muss es wirklich sein?«

Marvin schaute ihn aufmerksam an. »Du weißt, was Gero gesagt hat. Höre ich bei dir etwa Vetternwirtschaft aus deinen Sätzen? Oder tiefe Freundschaft zu dem Mann?«

»Blödsinn!« Michael fühlte sich ertappt. »Ich glaube nur einfach nicht, dass Salomon jemanden umgebracht hat. Der will hier leben, da wäre ein Mord die denkbar schlechteste Voraussetzung.«

»Auf diese Argumentation muss ich nicht antworten. Zumindest nicht einem erfahrenen Ordnungshüter, oder?«

Nein, musste er nicht. Es stimmte, was Marvin sagte. Trotzdem – sie waren auf einer falschen Fährte.

Salomon erwartete sie bereits in der offenen Terrassentür. »Was treibt euch denn um?«

»Eine Frage!« Marvin hatte sich, soweit es seine Größe zuließ, vor Bartels aufgebaut. »Haben Sie am Donnerstag nach dem Konzert mit Björn Buse eine Auseinandersetzung gehabt?«

»Kommt erst einmal rein«, sagte Salomon statt einer Antwort.

Die drei Männer setzten sich um den schmalen Couchtisch.

»Es war definitiv keine Auseinandersetzung. Ich fand es nur etwas überflüssig, dass er mich auf zwei Stellen hinwies, an denen ich seiner Meinung nach etwas unsauber gespielt habe. Was kein Wunder ist, wenn man das erste Mal ein neues Instrument bespielt. Ich denke, ich habe mich dafür ganz wacker geschlagen. Aber da ist der Mann ziemlich pingelig – gewesen! Das ist noch lange kein Grund, ihn umzubringen.«

Röder nickte fast unmerklich. Er musste Salomon zustimmen.

Doch Marvin schien nicht überzeugt. »Warum haben Sie uns nichts davon erzählt, als wir Sie nach dem Verlauf des Abends gefragt haben?«

»Es ist mir erst später wieder eingefallen«, sagte Salomon unwillig.

Marvin Lingenberg stand auf. »Wir möchten Sie heute im Hotel *Sonnenstrand* sehen und das Protokoll aufnehmen.«

Salomon Bartels stöhnte. »Muss das sein? Ich erwarte in Kürze zwei ganz wichtige Anrufe.«

»Schon mal was vom Handy gehört? Das sind diesen kleinen Dinger, die man problemlos in die Tasche ...«

»Ja, natürlich«, unterbrach Salomon den Kommissar. »Aber ich muss Termine koordinieren und dazu ist mein Aufenthalt am Schreibtisch nötig.«

»Klar. Verstehe. Sie müssen sich Notizen machen. Schmierzettel liegen ja genug hier rum.« Marvin Lingenberg griff nach ein paar weißen, in der Mitte durchgerissenen Blättern, die auf dem Wohnzimmertisch lagen. »Aber danach möchten wir Sie gerne im Hotel begrüßen.«

»Selbstverständlich komme ich«, winkte Salomon ab.

Die beiden Polizisten erhoben sich gleichzeitig. »Bis später«, sagte Röder und schaute Salomon an. Hoffentlich war dem Mann klar, dass er ihn nicht so angefahren hätte.

In Höhe der katholischen Kirche klingelte Marvins Handy.

»Wir kehren wieder um und nehmen den Mann sofort mit«, sagte er, als er das Telefonat beendet hatte. »Auf den Notenblättern, die unter dem Toten lagen, war das Lied *I am sailing* aufgedruckt. Und genau das habe ich auf der Rückseite der zerrissenen Blätter bei Bartels auf dem Wohnzimmertisch gesehen.«

*

Er hatte sich verdrückt. Sollten die anderen Salomon befragen. Wenn die sich auf dieser Spur festfuhren, bitte schön! Zudem wollte er Marlenes Erscheinen zuvorkommen. Sie zu begrüßen, vor allen anderen – ein grauenhafter Gedanke. Er hatte nicht die geringste Ahnung, wie er das auch nur einigermaßen souverän über die Bühne bringen sollte.

Michael hatte sich spontan eine neue Aufgabe gesucht. Er war auf dem Weg, den beiden Pastorinnen die Nachricht zu überbringen, dass das Kreuz noch eine ganze Weile in Polizeigewahrsam bliebe. Natürlich hätte er auch telefonieren können, aber als Ausrede für seinen Abgang war die Fahrt gerade passend gekommen.

Im Gemeindehaus fand er Maria Bakker, Nadja Recknagel und zu seiner Überraschung Peter Meenken. Die drei saßen bei einer Tasse Tee und baten ihn, sich zu ihnen zu setzen. »Auch einen?«, fragte die Pastorin.

Michael nickte. »Gerne.«

»Gibt es Neuigkeiten?«, fragte Meenken, noch ehe der Inselpolizist selbst die Frage stellen konnte.

»Nein. Keine.« Er gab seine kurze Nachricht über das Kreuz weiter.

Maria Bakker sagte: »Warum war heute Nacht alles ruhig? Haben Sie darüber schon einmal nachgedacht?«

»Haben wir. Wir haben im Zusammenhang mit den Taten eigentlich über alles nachgedacht«, erwiderte er.

»Es hängt mit unserer Wache zusammen«, sagte Meenken bestimmt. »Die Insulaner wissen Bescheid. Und wer auch immer der Täter ist, traut sich nicht.«

»Vielleicht haben wir die Glocke nicht gehört und der Täter hat trotzdem etwas getan, was wir bis jetzt nicht entdeckt haben«, überlegte Nadja Recknagel.

»Hoffentlich ist das Elend bald zu Ende«, sagte Maria Bakker. »Wir haben während unseres Festes jede Menge

Spenden eingenommen. Die Glocke soll bald wieder hängen. Aber solange der Täter nicht ermittelt ist …«

»Maria! Es gibt genug andere Gründe, den Täter festzusetzen!«, empörte sich Nadja Recknagel.

Röder musste ihr zustimmen. »So schön, wie es ist, wenn wieder eine Glocke am Gerüst hängt, wichtiger wäre es uns, dass der Todesfall aufgeklärt wird.«

»Das wäre auch besser für den Shantychor«, sagte Peter Meenken. »Stellt euch vor, es wäre einer von uns, der den Leiter umgebracht hat, und der Typ singt fröhlich weiter in unseren Reihen – nicht auszudenken! Unsere Kickboxtruppe bleibt auf jeden Fall wachsam!«

»Darf ich fragen, was hier für eine Konferenz abgehalten wird?«, fragte Röder. Er hoffte, dass nicht weitere Pläne für eine private Schutztruppe geschmiedet wurden.

»Ach, wir wollen zum Erntedankfest einen Gottesdienst zusammen mit dem Shantychor feiern«, erklärte Nadja Recknagel. »Und da Peter zufällig mit dem Fahrrad vorbeikam, haben wir ihn gleich hereingebeten.«

»Wobei ich bestimmt nicht der richtige Ansprechpartner bin«, sagte Meenken. »Ich singe doch erst seit kurzer Zeit bei den Auftritten mit. Weil Hartmut Hielscher ausgeschieden ist. Was den Gottesdienst anbelangt, müssten die Damen mit dem Sprecher-Gremium verhandeln.«

»War auch nur ein vorbereitendes Gespräch.« Nadja Recknagel lächelte. »Wir werden den Dienstweg einhalten.«

Michael Röder nahm den letzten Schluck aus der Tasse und stand auf. »Der übliche Spruch zum Abschied: Wenn Ihnen, euch, etwas auffällt, bitte Bescheid sagen.«

»Wird gemacht«, kam es fast wie aus einem Munde.

Was nun?, dachte er, als er sein Rad aufschloss. Erst einmal nach Hause, eine kurze Pause einlegen, beschloss er. Ob Marlene wohl schon auf der Insel eingetroffen war? Er schaute auf die Uhr. Natürlich! Das Schiff war schon längst angekommen.

Aus dem Flur der Dienstwohnung hörte er fröhliches Lachen. Er folgte dem Geräusch und fand Arndt und Sandra, die sich köstlich amüsierten. Wahrscheinlich über seine neue Tapete, worüber sonst? »Was geht hier denn vor?«, fragte er.

»Hallo, Michael«, sagte Arndt. »Schön, dass du bei uns bist. Wir haben gerade über Sandras Apfelkuchen geplaudert und festgestellt, dass der, also nicht derselbe, sondern immer wieder ein anderer, aber immerhin Apfelkuchen ...«

»Komm zur Sache, Mensch«, rief Röder.

»Also, dass der Apfelkuchen uns jetzt bereits seit zwölf Jahren bei den Ermittlungen begleitet«, sagte Arndt.

»Tja, da ist er länger dabei als du«, erwiderte Michael und erschrak im gleichen Moment.

Doch Arndt lachte nur. »Damit, nicht dabei zu sein, kann ich bestens leben. Solltest du auch ausprobieren.«

Tatsächlich musste der Inselpolizist gestehen, dass ihm dieser Gedanke nicht missfiel. Doch auf der anderen Seite war ihm klar, dass er es eigentlich nicht besser haben konnte, als auf der kleinen Insel seinen Dienst zu versehen. Einmal im Jahr ein schweres Delikt, das war zu schaffen. Die Kollegen am Festland hatten mehr zu verkraften!

»Vielleicht später mal! Aber auf den Kuchen möchte ich trotzdem nicht verzichten.«

»Setzt euch ins Wohnzimmer und plaudert. Ich bringe euch was«, sagte Sandra. »Ach ja – die Tapete gefällt mir richtig gut!«

Michael lächelte seine Frau an. Endlich. Hatte sie es doch gemerkt.

»Ich wollte es dir immer sagen. Aber jedes Mal kam

was dazwischen. Bin begeistert. Aber nun ab ins Wohnzimmer!«

Ein halbes Stündchen mochte gehen. »Komm mit.« Er schob seinen Freund in Richtung Wohnzimmer. »Eine kleine Pause kann nicht schaden.«

»Okay. Mein Schiff fährt erst heute Abend. Da bleibt nach dem Kuchen auch Zeit für einen Spaziergang«, sagte Arndt.

Als Sandra sie mit allem versorgt hatte, berichtete Michael, was sich in den letzten Stunden zugetragen hatte. »Wir haben keinerlei Anhaltspunkte«, sagte er zum Schluss. »Wirklich nichts, mit dem wir arbeiten können.«

»Für mich ist das, was sich hier abspielt, ganz klar ein Hilferuf. Ein Schrei nach Aufmerksamkeit«, sagte Arndt.

»Klar. Das denke ich auch. Nur wer da schreit, hätte ich gerne gewusst. Und natürlich, ob diese Person uns weiterhin in Atem hält. Wir haben so ziemlich jeden auf der Insel befragt, der auch nur annähernd Kontakt zu den Taten hatte. Ob es Nachbarn waren, Vereinsfreunde, was auch immer.«

»Tja, was soll ich sagen? Ihr wisst, was ihr tun müsst«, sagte Arndt.

Arndt hatte recht. Es wurde Zeit, sich wieder in die Arbeit einzuklinken, dachte Michael.

Als hätten die Kollegen seine Gedanken erraten, klingelte sein Telefon. Es war Gero. »Kannst du mal zur Goedeke fahren? Da gibt es ein Problem. Marlene ist schon da.«

»Bin unterwegs«, sagte Michael und an seinen Freund gewandt: »Bis später. Wenn ich es schaffe, komme ich zum Schiff. Tschüss sagen.«

»Mach dir keinen Stress«, erwiderte Arndt und nahm genüsslich ein weiteres Stück Apfelkuchen.

Im Affenzahn sauste Michael Röder in den Westen der Insel. Er war gespannt, was dort los war. Und nicht nur darauf. Er stellte sein Rad vor Bärmanns Eingang ab. Er wusste nicht, ob ihn Hanna Goedecke hier im Büro oder zu Hause erwartete, doch das würde ihm Ingrid Bärmann bestimmt gleich mitteilen. Sie stand mit einem der Handwerker, Dieter Hecker, vor einem dicken Rosenbusch. »Der muss weg«, hörte er sie sagen, bevor sie sich zu ihm umdrehte.

»Wo finde ich Frau Goedeke?«

»Erst einmal – sei gegrüßt. Keine Ahnung. Ich nehme an, zu Hause. Sie wollte mal kurz eine Pause machen und ich habe nicht nein gesagt.«

»Gut, ich gehe rüber.« Er deutete auf Hecker. »Neue Mitarbeiter?«

»Ja. Kenny ist nun weg. Ich habe gefragt, ob er zurückkommt und er hat gesagt, dass es ihm bei Ahlers bestens gefällt. Da habe ich Herrn Hecker und seine Leute aufgenommen. Eigentlich hatte mein Ex nur die beiden Kollegen von Herrn Hecker einstellen wollen, aber nun bleiben alle drei. Einer der Männer hat sogar angedeutet, dass er sich vorstellen kann, auch mal eine Wohnung zu putzen. Und handwerklich bin ich dringend auf Hilfe angewiesen.«

»Dann wünsche ich dir viel Erfolg.« Er winkte den beiden zu und ging zum Nachbarhaus. Er hatte kurz darüber nachgedacht, ihr zu sagen, dass die drei ermittlungstechnisch nicht aus der Schusslinie waren, aber wer war das zurzeit auf dieser Insel?

»Hallo, Michael!«

Er schreckte aus seinen Überlegungen. Da stand sie. Marlene. »Hallo«, war das einzige, was ihm im Moment einfiel. »Hallo!«

»Das ist aber eine freundliche Begrüßung«, sagte sie

lächelnd und streckte ihre Arme aus. »Wie schön, dass wir uns mal wiedersehen.«

Er schluckte. Sie hatte sich kaum verändert, und ihm war so, als wären keine Jahre vergangen, seit er sie das letzte Mal in den Arm genommen hatte. Er spürte ihre Nähe, als ob eine unsichtbare Wolke sie umhüllte. »Ja, das ist, das ist … wunderschön«, brachte er mühsam hervor.

»Weißt du, wo die Frau steckt, auf die ich aufpassen soll?«, fragte Marlene. »Die Tür ist abgeschlossen.«

»Nein, ihre Chefin meint, zu Hause. Aber das sieht dann ja nicht so aus.«

»Und nun?«, fragte Marlene.

»Wir gehen zum Hotel *Sonnenstrand* und besprechen alles Weitere«, schlug er vor.

Sein Telefon machte sich bemerkbar. Kaum hatte er die Möglichkeit, seinen Namen zu nennen, als er Hanna Goedekes verzweifelte Stimme hörte. »Er ist weg! Ein Mann hat ihn mitgenommen!«

»Wer ist weg?«, fragte Röder.

»Florian. Er ist …«

»Wo sind Sie?«

»Beim Nationalparkhaus. Kommen Sie schnell. Florian – er ist auf der Fähre! Mit einem Mann!«

»Wir sind gleich bei Ihnen. Bleiben Sie, wo Sie sind.«

Er nahm sein Fahrrad vom Zaun. »Kommst du hinterher? Du weißt, wo das Nationalparkhaus ist?«

Marlene nickte. »Ich sage den anderen Bescheid«, rief sie ihm nach.

Es dauerte keine drei Minuten, da sah er bereits Hanna Goedeke auf der Düne. Die Chefin des Nationalparkhauses, Enna Klar, hielt die zitternde Frau im Arm.

»Machen Sie was! Halten Sie die Fähre an!«, schrie sie ihm entgegen.

»Bitte ruhig jetzt«, sagte er energischer als gewöhnlich,

doch er wusste, dass er anders nicht zu ihr durchdringen konnte. »Was ist passiert? Sagen Sie es mir!«

Tatsächlich löste sie sich aus der Umarmung und schaute Röder an. »Er war mit den Greenpeacern unterwegs. Ich habe ihn zu Hause erwartet, doch er kam nicht. Ich bin unruhig geworden und habe Frau Klar gefragt, ob sie vielleicht eine Idee hat. Weil Florian doch so gerne hier ist.«

»Ich weiß nichts Genaues«, sagte Enna Klar. »Ich habe nur mitbekommen, dass Florian in seinem Rucksack wühlte und ein Mann von der Gruppe sagte: ›Kommst du? Es wird Zeit.‹ Florian hat sich seinen Rucksack aufgesetzt und alle sind raus zum Schiff. Zumindest glaube ich das. Die Gruppe hatte vor, die Insel zu verlassen. Ihr Einsatz war beendet.«

»Wann war das? Wann ist die Fähre gefahren?« Auch Marlene war inzwischen eingetroffen.

»Ist so eine Stunde her. Sie sind mit dem Ausflugsschiff, der *Baltrum III,* nach Neßmersiel gefahren«, erklärte Enna Klar. »Die große Fähre war zu dem Zeitpunkt bereits weg. Die haben sie verpasst.«

»Wen interessiert das denn?«, stöhnte Hanna Goedeke. »Holen Sie meinen Sohn wieder! Lassen Sie den Hafen absperren, oder was auch immer. Je länger es dauert, desto gefährlicher wird es für Florian!«

»Natürlich werden wir alles unternehmen, um Ihren Sohn wieder auf die Insel zu holen«, sagte Marlene ruhig. »Hat er ein Handy dabei? Haben Sie versucht, ihn zu erreichen?«

Hanna Goedeke schaute die Polizistin genervt an. »Was meinen Sie denn wohl? Er geht aber nicht ran! Weiß ich denn, ob sein Entführer ihm das Ding nicht schon abgenommen hat? Weiß ich denn, ob mein Junge überhaupt noch lebt?«

»Haben Sie auf Ihrem Handy ein Bild von Florian?«

Kaum gelang es Hanna Goedeke, ihr Telefon aus der Tasche zu ziehen, so sehr zitterten ihre Hände. Doch dann schaffte sie es, das Gerät zu öffnen. »Da! Das ist er!« Sie zeigte Marlene das Bild.

»Gut. Haben Sie auch ein Bild von der Greenpeace-Gruppe?«, fragte Röder. »Könnte ja sein, Sie waren doch auch mal mit am Strand.«

Hanna Goedeke schüttelte den Kopf. »Nein, habe ich nicht.«

»Würde auch nichts nützen«, schaltete sich Enna Klar ein. »Ich habe es zwar nicht genau im Kopf, die waren auch nicht immer hier bei mir, aber ich glaube, es waren nicht täglich dieselben, die da auftauchten. Die haben sich abgewechselt.«

»Gibt es einen Namen?«, fragte Röder.

»Einer hieß Max, wenn ich mich recht erinnere. Und eine Frau Melissa.«

»Woher kam die Gruppe?«

»Aus Leer«, sagte Hanna. »Zumindest hat mir das einer der Leute berichtet, als ich mit am Strand war.«

Der Inselpolizist verkniff sich ein Stöhnen. Das waren keine verwertbaren Anhaltspunkte.

Gleich müssten seine Kollegen auftauchen. Dann würden sie beratschlagen, was zu tun war. Er schaute zum Hafen. In der Ferne, noch fast beim Gebäude der Reederei, sah er einen Jungen mit einem Rucksack. Ganz langsam, beinahe schwerfällig lief er auf dem Grün, das die Straße begrenzte. Immer wieder blieb er stehen, schaute nach unten, als ob er etwas suchte, dann machte er wieder ein paar Schritte.

»Schauen Sie mal«, forderte Röder Hannah Goedeke auf. Er nahm sie mit an die Hausecke und zeigte auf den Jungen.

Sie schrie auf. »Florian!«

Der Junge blickte zwar auf, wurde jedoch nicht schneller.

»Florian …« Sie rannte die Düne hinunter und dem Jungen entgegen, so schnell, dass der Inselpolizist kaum folgen konnte.

Als Hanna Goedeke ihren Sohn beinah erreicht hatte, duckte er sich und drehte sich um, als ob er davonlaufen wollte, doch er blieb stehen und ließ sich von seiner Mutter widerwillig in den Arm nehmen. Röder hörte ihr verzweifeltes Schluchzen, gemischt mit schrillem Lachen.

Er schaute sich um und sah Marlene dicht hinter sich. Sehr gut. Sie konnte die Goedeke übernehmen, während er sich um den Jungen kümmerte. Einige Gäste waren bereits stehengeblieben und schauten neugierig zu, wie Florian versuchte, sich aus den Armen der Mutter zu befreien.

»Frau Goedeke, bitte nicht hier. Lassen Sie uns zu Ihnen nach Hause gehen«, bat er die Frau, nachdem auch er die beiden erreicht hatte. »Frau Schonebeck ist bei Ihnen.«

Hanna Goedeke nickte. Röder merkte, wie schwer es ihr fiel, ihren Sohn loszulassen, doch Marlene nahm sie an ihre Seite und er ging neben Florian.

»Fahrrad hole ich später ab«, rief er Enna Klar zu, die ihnen lächelnd zuwinkte.

Als sie die Haustür hinter sich schlossen, stieß Hanna Goedeke einen tiefen Seufzer aus, dann holte sie tief Luft und ging energisch auf ihren Sohn zu, der teilnahmslos auf dem Sofa herumhing. Ein Bein hatte er über die Lehne geworfen.

»Nein!«, kam der Warnruf von Marlene, die die Szene beobachtet hatte. »Lassen Sie den Jungen reden!« Und an Florian gewandt sagte sie: »Jetzt hast du deine Chance. Erzähl, wie alles abgelaufen ist.«

»Meinetwegen …«, begann Florian. »Ich war mit meinen Freunden unterwegs. Dann waren die mit ihrem

Job fertig und sind abgereist. Ich habe überlegt, dass ich mitfahre. Also habe ich heimlich ein paar Sachen eingepackt, Geld aus Mamas Portemonnaie genommen und bin mit rübergefahren.«

»Haben die Erwachsenen aus deiner Gruppe sich nicht gefragt, ob das alles so okay ist?«, wunderte sich Röder.

»Doch. Natürlich. Die können da gar nichts zu. Ich habe gesagt, dass mein Vater mich in Neßmersiel abholt. Das wäre auch super gewesen.«

»Aber dein Vater hat dich, wie dir sicher vorher klar war, nicht in Empfang genommen ...?«

»Nein. Das haben die anderen gemerkt und mich auf ein Boot gesetzt, das nach Baltrum fuhr«, sagte der Junge trotzig. »Und das nennt man Freunde ...!«

»Ein Boot?«, hakte der Inselpolizist nach.

»Ja. Es fuhr ja keine große Fähre mehr rüber. Also jedenfalls nicht gleich. Aber da war ein Mann mit einem Boot. Der wollte gerade ablegen und da haben die Greenpeacer gefragt, ob er mich mitnehmen würde. Und da bin ich.« Jetzt ging ein kleines Strahlen über das Gesicht des Jungen. »Das war stark, wie der über das Wasser geschossen ist. Keine zehn Minuten hat das gedauert, da waren wir hier. Aber dann ...«, das Strahlen verschwand, »waren wir eben wieder hier.«

»Aber wenn du wusstest, dass dein Vater nicht da ist, warum bist du dann abgehauen?«, wunderte sich Röder.

»Genau«, sagte Hanna Goedeke. »Das frage ich mich auch.«

»Ja, wenn du auch immer arbeiten musst ...!«, schrie Florian sie plötzlich an. »Bei Papa hätte ich viel mehr Spaß. Ich hätte den gefunden. Ganz sicher.«

»Florian, du bist kein kleines Kind mehr«, sagte Marlene. »Wolltest du nicht eher deiner Mutter klarmachen, dass du kreuzunglücklich bist?«

»Es ist eben alles so schwierig. Ständig muss ich sagen,

wo ich hingehe, wie lange ich bleibe und so weiter. Meine Mutter kriegt ja schon einen Krampfanfall, wenn ich nur fünf Minuten überziehe. Die war doch sonst nicht so. Erst seitdem wir hier wohnen, ist sie ständig hinter mir her. Die hat mich sogar zur Schule gebracht und wieder abgeholt. Ich bin doch kein Kleinkind. Ich weiß echt nicht, was die geritten hat. Und wenn sie arbeitet, fragt die mich hinterher immer aus, was ich gemacht habe. Ich halte das nicht mehr aus. Echt zum Kotzen ist das. Ich will zu meinem Vater!«

»Florian!« Jetzt wurde auch Hanna Goedeke etwas lauter. »Ich erkläre dir jetzt alles. Hör mir zu!«

Tatsächlich gehorchte Florian.

»Michael, komm, wir gehen einen Moment vor die Tür«, forderte Marlene ihn auf. »Die beiden haben etwas zu besprechen.«

Sie gingen hinaus.

»Dorthin.« Marlene zeigte auf eine abgenutzte hölzerne Bank. Fast gleichzeitig setzten sie sich, Marlene in einem kleinen Abstand zu ihm. Höchstens zehn Zentimeter. Zehn Zentimeter, nicht weiter, aber viel zu weit.

»Wie ist es dir ergangen?«, murmelte er.

»Gut. Ich bin mit Gero sehr glücklich, wie du siehst.«

Erstaunt blickte er sie an.

Sie lachte. »Na gut, richtig sehen kann man es noch nicht. Ich habe vor zwei Wochen auch erst die Bestätigung bekommen. Ich bin schwanger. Achte Woche.«

Michael war sich sicher, dass über, in und neben ihm gerade ein paar Bomben explodierten. Verzweifelt versuchte er, etwas Ähnliches wie ›Wie schön für euch!‹ herauszuquetschen, aber es gelang ihm nicht. Stumm starrte er über den Sandweg hinweg zu der halbrunden rostigen Schraube, die den weißen Holzzaun am Zementpfahl festhielt. Er starrte, als ob es nicht Wichtigeres auf der Welt gab.

»Michael? Alles klar? Mond an Erde!« Marlene stupste ihn an. »Was ist denn los?«

Was los war? Keine Ahnung. War er tatsächlich soeben mit einem lauten Rumms wieder auf der Erde gelandet?

Langsam drehte er sich zu Marlene um. »Das war gerade ein ganz schöner Hammer für mich. Weißt du, dass ich dich nie vergessen habe?«

»Ich hoffe es«, erwiderte sie. »Auch ich denke an dich. Es war eine schöne Zeit, doch das Leben geht weiter. Du verstehst dich gut mit Sandra und ich mit Gero. Lassen wir es dabei. Ich hatte, ehrlich gesagt, ein paar Bedenken, heute rüberzukommen, aber wir können uns in unserem Leben nicht aus dem Weg gehen, und da dachte ich, fange ich gleich mal damit an.«

Er dachte einen Moment über ihre Worte nach, dann nickte er. »Stimmt alles. Ich werde noch eine Weile brauchen, um damit klarzukommen. Also, wenn ich mal etwas dämlich reagiere in den nächsten Tagen – nicht krummnehmen.«

Sie lachte. »Nein. Männer sind eben sensibel.«

»Du hast es erfasst. Sehen wir uns heute noch? Zum Abendgetränk, meine ich!«

»Keine Ahnung. Ich muss erst einmal schauen, wie wir das mit dem Personenschutz geregelt kriegen. Wo ich übernachte und so.«

Michael merkte, wie sich sein Magen wieder verkrampfte. Der Gedanke, dass sie ziemlich sicher zu ihrem Mann ins Bett steigen würde, wenn sie nicht bei Hanna Goedeke übernachtete, war plötzlich unerträglich.

Aber es war vorbei. Lange schon. Er stand auf. »Gut, dann gehe ich mal. Wir bleiben in Verbindung.«

»Das bestimmt«, sagte sie.

Der Weg zum Hotel war heute kürzer als sonst. Kaum brachte er es in der Zeit fertig, seine innere Unruhe in den Griff zu kriegen.

Gero stand auf der Hotelterrasse. »Ich warte auf Herrn Brodersen. Was war bei der Goedeke los?«

Michael berichtete in kurzen Zügen, dass Florian zwar abgehauen, aber wohlbehalten wieder zu Hause angekommen war. Dann fragte er: »Willst du eine Gegenüberstellung? Brodersen und Bartels?«

»Erst einmal nicht«, antwortete Gero. »Ich habe ein Foto von Bartels. Das kann sich Brodersen ansehen. Ich hoffe, er kann mir dann schon sagen, ob es Bartels war, mit dem er Buse nach dem Fest gesehen hat. Hör dir mit an, was der Mann zu sagen hat. Dich kennt er.«

Was blieb ihm anderes übrig?

Netterweise dauerte es nur ein paar Minuten, da stieg Brodersen keuchend die Treppe zur Terrasse hoch. »Haben Sie den Mann erwischt?«

»Nun mal langsam«, begrüßte Röder den Urlauber, der sich mit einem großen, blauen Stofftaschentuch den Schweiß von der Stirn wischte. »Wir möchten von Ihnen gerne wissen, ob es dieser Mann war, der mit Buse gestritten hat.«

Aufmerksam schaute sich Brodersen das Bild in Geros Handy an, dann schüttelte er den Kopf »Wie kommen Sie denn darauf? Erstens hat dieser Mann mit den Shanty-Sängern auf der Bühne gestanden, und ich sagte Herrn Röder bereits, dass ich den anderen während der Aufführung nicht gesehen habe. Nein, dieser Mann war es nicht!«

»Danke. Das war's schon«, sagte Gero.

»Halt, nein. Ich denke, ich habe den anderen Mann heute Morgen gesehen. Er war mit dem Fahrrad unterwegs.«

»Wo?«

»Er kam mir auf dem Rathausplatz entgegen.«

»Noch einmal danke.« Gero gab dem Mann die Hand. »Wenn Ihnen etwas einfällt ...«

»Das war's schon? Das hätten Sie doch auch telefonisch ... Dann hätte ich meinen wunderbaren Strandkorb ...«

»Danke für Ihre Hilfe«, setzte Gero noch einmal energisch nach und ging zurück ins Hotel.

»Na, mit dem haben Sie es auch nicht einfach«, sagte Brodersen lautstark, bevor er vorsichtig die Stufen wieder herunterstapfte.

Nein, das Verhältnis zu Gero war im Moment bestimmt nicht einfach, aber das hatte ganz andere Gründe, als Brodersen annahm.

»Nun sagen Sie mir, warum diese Noten bei Ihnen auf dem Tisch lagen«, forderte Gero Schonebeck den Mann vor ihm auf.

»Ich habe die Zettel von der Probe mitgebracht. Das Lied wurde aus dem Programm genommen und Björn Buse wollte die Zettel einfach entsorgen. Da habe ich einige davon eingesteckt. Ich bin Autor, wissen Sie, da brauche ich immer Zettel, um mal schnell eine Idee zu notieren, bevor ich sie in den PC übertrage.«

»Herr Bartels, Sie können gehen.«

Röder konnte sich ein Lachen kaum verkneifen, als Salomon erwiderte: »Schade. Es war sehr interessant hier. Darf ich die Ermittlungen nicht aus nächster Nähe ein wenig länger begleiten?«

»Nein. Auf keinen Fall!« Wie ein Verdurstender griff Gero nach seiner Kaffeetasse. Er nahm einen Schluck, verzog angewidert das Gesicht. »Der ist kalt.« Er knallte die Tasse auf den Tisch, der Kaffee schwappte über und hinterließ einen dicken Fleck auf seinen Unterlagen.

Beim Rausgehen flüsterte Salomon Röder zu: »Mit der

Rückgabe des alten Akkordeons könnt ihr euch ruhig Zeit lassen. Komme mit dem neuen bestens klar. Das alte werde ich nur zu Deko-Zwecken in den Schrank stellen.«

»Raus!«, flüsterte Michael zurück. Der Mann hatte Sorgen! Das konnte auch nur einem Krimi-, nein, Thrillerautoren passieren, dass er es toll fand, ein Akkordeon, das mit einem Mord in Zusammenhang stand, als Trophäe in den Wohnzimmerschrank zu stellen. Vielleicht nahm der das Instrument sogar auf Lesereise mit. Die Möglichkeit wollte Röder in diesem Moment nicht ausschließen. Er würde Salomon bei passender Gelegenheit mal fragen.

*

Es wunderte Röder kein bisschen, dass sein Telefon klingelte, gerade, als er ins Bett wollte. Es war spät geworden an diesem Abend. Sie hatten lange zusammengesessen und die Fälle immer wieder beleuchtet. Marlene war ebenfalls bei ihnen gewesen. Sie hatte ihren Job für zwei Stunden unterbrochen. Frau Bärmann war in dieser Zeit bei Hanna Goedeke geblieben.

Auch Arndt hatte sich zu ihnen gesellt. Er hatte sehr zu seinem Bedauern – was Röder ihm nun gar nicht abnahm – das Schiff verpasst und bei Familie Ahlers für eine weitere Nacht eine Bleibe gefunden.

»Peter, bist du das?«

»Ja. Hier im Ostdorf ist der Bär los!«

»Die Glocken?«, fragte Röder und zog sich gleichzeitig die Hose an.

»Nein. Aber der Shantychor. In voller Lautstärke. Ich denke, dass kommt aus dem Bauwagen, bin mir aber nicht sicher. Aber woher sonst? Nur da ist im Ostdorf abends Party. Meine Truppe ist vor Ort. Wir gehen mal rüber!«

»Nein! Wartet, bis ich da bin. Bringt euch und andere nicht in Gefahr!«

Sollte er tatsächlich erst einmal allein fahren? Um eine Party aufzulösen, bedurfte es nicht einer ganzen Mannschaft. Aber wenn dann doch ... Er benachrichtigte die Kollegen und gab Sandra Bescheid, die noch im Wohnzimmer saß.

Auf den Baltrumer Straßen war zur nächtlichen Stunde noch ordentlich was los. In den Kneipen brannte Licht und er hörte manch bierselig lautes Organ. Aber das sollte nicht seine Sorge sein. Er fuhr an der Schule vorbei, geradeaus bis zum Deichschart beim Hotel *Strandhof* und dann über den Deich ins Ostdorf. Die Musik war nicht zu überhören. Sie lag wie eine Decke über den Häusern. Doch als er den Bauwagen erreichte, schien es ihm, als käme sie aus einer anderen Ecke. Außerdem konnte er sich nicht erinnern, bei seinem letzten Besuch dort eine Musikanlage gesehen zu haben, mit der man ein halbes Dorf hätte beschallen können.

Er wollte schon weiterfahren, als er laute Stimmen und dumpfes Poltern hörte. Und diesmal tatsächlich aus dem Wagen in Schladerers Garten. Er bremste scharf. Sollte er nachsehen oder lieber auf seinen Kollegen warten?

Er hatte den Gedanken kaum zu Ende gebracht, da bremste Wille Weerts mit quietschenden Reifen direkt bei ihm. »Liebe Güte, da geht ja die Post ab. Ist Meenken da drin?«

»Keine Ahnung«, sagte Röder. »Bin auch gerade erst angekommen. Aber wir sollten uns die Lage anschauen, bevor wir uns um den Urheber der Musikbeschallung kümmern.«

Wille nickte. Er ging zügig zum Bauwagen, klopfte und öffnete die Tür, ohne ein ›Herein‹ abzuwarten.

Er folgte Wille und sah die drei Handwerker, die offenbar bei einem Bier zusammengesessen hatten, bevor das Unheil über sie hereingebrochen war. Zwei Flaschen lagen umgekippt auf dem Tisch und eine entleerte ihren Inhalt gerade mit kreiselnden Bewegungen auf dem Boden. Hinter jedem der drei Handwerker stand einer aus der Kickboxtruppe, Peter Meenken und seine Leute hatten die Arme wie Schraubstöcke um jeweils einen Handwerker gelegt. Hecker und seine Männer versuchten vergeblich, sich zu befreien.

»Wir haben sie!«, rief Meenken den Polizisten sichtlich erfreut entgegen.

»Die wollen uns umbringen«, schrie Hecker dagegen.

»Arme runter. Sofort!« Röder konnte kaum fassen, was er sah. »Lasst sie los!«

»Aber diese Männer sind schuld an allem!«, rief Meenken empört.

»Das wirst du mir bestimmt gleich erklären wollen. Aber jetzt raus mit euch aus dem Wagen«, forderte Röder die Kickboxer auf. »Wir übernehmen!«

Nur widerwillig entließen die drei die Handwerker aus dem Schwitzkasten. »Wir sorgen hier für Ordnung. Gute Bürgerpflicht. Die Spreu vom Weizen – du kennst das Sprichwort!«, sagte Meenken und wies auf Dieter Hecker.

Hecker sprang auf und ging seinerseits auf Meenken los. »Wir sind gute Leute«, schnaufte er und holte aus.

Der Hilfssheriff war schneller. »Aufhören!« Mit zwei kraftvollen Bewegungen schob er Hecker wieder auf den Stuhl und Peter Meenken an die Wand des Bauwagens. »Jetzt ist Schluss mit lustig. Sie drei verlassen jetzt endgültig den Bauwagen«, sagte er energisch zu Meenken. »Rechnen Sie mit einer Anzeige wegen Freiheitsberaubung.«

»So weit kommt es gerade noch«, murmelte einer der Kickboxer erbost. »Da will man helfen und dann so was!«

Weerts öffnete die Tür und schob die drei Kickboxer nach draußen. Röder folgte ihnen. Hier war die Musik immer noch laut zu hören, und vor allem lauter als im Bauwagen, aus dem sie definitiv nicht kam.

»Also, was ist Sache?«, hakte Röder nach. »Wieso wart ihr da drin, obwohl ganz klar ist, dass die Musik gar nicht von dort kommt?«

»Ach, das war so ...«, sagte Meenken. »Aufgeschreckt waren wir durch die Musik, das ist richtig. Zunächst haben wir ja auch gedacht, sie käme aus Schladerers Garten. Das war zwar dann doch nicht der Fall, aber als wir schon so zusammen auf der Straße standen, dachten wir, wir können trotzdem einfach mal in den Bauwagen schauen, ob die Handwerker da sind. Die Gelegenheit nutzen sozusagen. Danach wollten wir uns den schnappen, der für den Lärm hier zuständig ist. Zwei Fliegen mit einer Klappe, verstehst du? Wo wir nun schon mal aufgescheucht waren. Wenn wir nicht in Ruhe leben können, dann müssen wir etwas dagegen tun, oder?«

»Aha! Einfach mal dass Gesetz selbst in die Hand nehmen – wie genau hattet ihr euch das vorgestellt?«

»Na ja, mit denen reden. Als wir reinkamen, saßen die beim Bier, als ob sie kein Wässerchen trüben konnten. Aber dann, dann hat der Hecker uns angegrinst. Und einer von den Rumänen hat gesagt: ›Geht ihr wieder.‹ Da langte es. Die haben Dreck am Stecken, so wie die drauf waren. Dabei liegt es doch auf der Hand: Sie waren mit die Letzten auf dem Inselglockenfest. Dass hier im Bauwagen das Kreuz gefunden wurde, hat sich inzwischen auch herumgesprochen. Dann: Die drei arbeiten jetzt bei Bärmanns. Mit dem Brand haben sie doch geschafft, dass der Verdacht auf Kenny fällt und der entlassen wird«, erklärte Meenken.

»Und der Angriff auf Salomon Bartels? Das hätten wir auch gerne von euch geklärt!«, sagte Röder zynisch.

»Ich war bei Dinkelbachs. Man trifft sich ja wohl mal. Die drei hier«, Meenken zeigte auf die Handwerker, die ihn von ihrem Tisch aus durch die offene Tür wütend anstarrten, »waren auch da. Die haben dort gearbeitet und ich habe mitbekommen, wie die über den Bartels geschimpft haben. Einen nutzlosen Typen hat einer von denen ihn genannt, oder so ähnlich. Und Hecker hat gesagt: ›Kauft eine Scheißgarderobe und gibt uns die Schuld, wenn sie wieder von der Wand fällt. Dem sollte man mal hautnah zeigen, was Qualität ist.‹«

»Ach – und Björn Buses Tod, wie passt der zu den Anschuldigungen?«, fragte Weerts.

Meenken winkte desinteressiert ab. »Ach, wer weiß … Dafür wird sich schon eine Erklärung finden. Vielleicht hat der sie ja auch angemault, weil sie miese Arbeit abgeliefert haben.«

»Jetzt macht, dass ihr nach Hause kommt!«, brüllte Röder ihn an. »Und lasst die Männer in Ruhe. Es ist nicht eure Aufgabe!«

Aber er hatte nicht viel Hoffnung, dass die drei so einfach die Segel streichen würden. Er winkte Wille zu und ging zurück zum Bauwagen, wo die Handwerker immer noch am Tisch saßen und nun aussahen, als sei gar nichts passiert. »So, jetzt mal zu Ihnen. Ist alles okay? Keiner verletzt?«

Die drei schüttelten die Köpfe.

»Wieso sind Sie hier?«, fragte der Polizist verwundert. »Arbeiten Sie nicht bei Bärmanns?«

»Das ist richtig«, erwiderte Hecker. »Aber Frau Bärmann hatte so schnell keine Unterkunft für uns. So haben wir abgesprochen, dass wir eine Weile bei Jürgen Schladerer wohnen bleiben. Außerdem müssen wir erst einmal sehen, wie wir mit unserer neuen Chefin auskommen. Wäre blöd, wenn wir dorthin ziehen und nach kurzer Zeit ist das mit dem Arbeitsverhältnis wieder Essig. Warum?«

»Nur so. Wissen Sie, woher die Musik kommt?«

Hecker lachte. »Jetzt sind wir wohl für alles hier zuständig. Auch für die Musik. Nee, wenn überhaupt, machen wir die Musik selbst. Aber heute Abend sitzen wir nur gemütlich beisammen, bis der Schlaf uns holt. Und das wird sehr bald sein. Natürlich nur, wenn Meenken und seine Truppe uns in Ruhe lassen. Wir müssen morgen wieder früh raus. Frau Bärmann ist zwar nett, aber unnachgiebig. Das haben wir bereits herausgefunden.«

»Alles klar. Danke.«

Als Röder und Wille zurück zu ihren Rädern gingen, sahen sie, dass Gero und Marvin angekommen waren.

Wille zeigte hinter sich. »Ich glaube, das kommt von da!«

Michael musste ihm zustimmen. Gemeinsam gingen sie die Straße hinunter. Er erzählte seinen Kollegen, was sie gerade im Bauwagen erlebt hatten.

Die Musik hörten sie mit jedem Schritt ein wenig lauter. Hier und da schauten Menschen verwundert nach draußen und einer rief: »Gut, dass Sie kommen. Es hätte nicht viel gefehlt, dann hätte ich angerufen. Dieser Lärm ist unerträglich. Das kommt von da vorne!«

»Der Mann hat recht«, stimmte Röder zu. »Bei Hielschers scheint der Bär los zu sein.«

Tatsächlich stand im ersten Stock ein Doppelfenster weit offen und von dort kam die Musik.

»Na, dann wollen wir mal«, sagte Röder und stieg die Stufen zum Eingang hoch. Die Tür stand einen Spalt offen, als würden sie bereits erwartet. In der Küche gleich neben dem Eingangsflur brannte Licht. »Hallo? Jemand da?«

Niemand antwortete. Die Küche war leer. Wo waren Hartmut Hielscher und seine Frau? Hatten die keine Gäste im Haus? Sehr ungewöhnlich für die Jahreszeit.

Röder lief in den ersten Stock und öffnete die Tür,

hinter der er die Musik vermutete. Es stimmte. Auf einem kleinen Tisch unterhalb des geöffneten Fensters standen ein CD-Spieler und zwei große Boxen, aus denen ein Seemannslied nach dem anderen dröhnte. Gerade war es *Rolling home*. Röder machte das Licht an und wartete auf seine Kollegen. Als Erster tauchte Gero auf, zog seine Schutzhandschuhe an und drückte den Ausknopf. Die Stille war mit Händen zu greifen und Röder meinte sogar, den einen oder anderen Beifall von der Straße zu hören.

Doch was ihn erstaunte, war ein Zettel, der neben dem CD-Spieler lag. Denn dort stand *Bin oben*. Gab es hier eine weitere Etage?

Er zeigte den Zettel den Kollegen. Wille und er gingen raus, suchten nach einer weiteren Treppe. Das Einzige, was sie fanden, war der Aufstieg zum Dachboden. Die Falltür stand offen. Vorsichtig stieg Wille hinauf, fummelte an einem Balken, bis er den Lichtschalter gefunden hatte, und rief: »Hier liegt noch ein Zettel, verdammt. Und … – Jungs, kommt rauf – hier stimmt was nicht!«

Einer nach dem anderen kletterte die hölzerne Treppe hoch. Gero stieß mit dem Kopf an einen der Dachsparren, als er sich unbedacht aufrichtete.

»Hier.« Wille hielt ihnen einen Zettel entgegen.

»*Alles wird gut*«, las Röder laut vor. »*Ich liebe meine Frau*.«

»Das hört sich wie Abschied an«, sagte Schonebeck, »aber wo steckt der Mann?«

»Dort, das große Klappfenster ist offen und davor steht ein Hocker«, sagte Wille und schaute hinaus. Dann schüttelte er den Kopf. »Ich sehe nichts. Ist zu dunkel draußen.«

»Hier liegt jemand«, scholl eine Stimme von unten.

»Wir kommen. Bleiben Sie zurück!«, rief Wille hinunter und einer nach dem anderen verließen sie den Dachboden.

Unten angekommen liefen sie um das Haus herum in den Garten. Dort stand – Röder konnte es kaum glauben – Peter Meenken und deutete auf etwas, das aus der Entfernung erst einmal nur als dunkler Haufen zu erkennen war. »Da liegt Hartmut. Ich glaube zumindest, dass es Hartmut ist. Er hat sein Takelhemd an.«

»Machen Sie, dass Sie wegkommen. Sie haben hier nichts zu suchen!«, fauchte Wille. »Haben Sie nicht schon genug Unfrieden gestiftet? Und nehmen Sie Ihre Truppe mit!«

Meenken blieb stehen, als ob er die Aufforderung des Polizisten nicht gehört hätte, und Wille wollte nachsetzen, doch Röder forderte seine Kollegen mit einer Handbewegung auf, ihm zu folgen.

Die Person lag auf dem Bauch, der Kopf seltsam verdreht und es sah fast so aus, als zeigte Hielscher – es war Hartmut Hielscher, das hatte Meenken ganz richtig erkannt – nach oben in den Nachthimmel, so als ob er sagen wollte: Da bin ich jetzt! Aus einer Wunde am Hinterkopf lief Blut.

»Schaut mal da.« Marvin zeigte auf das verbogene Brillengestell, das ein wenig abseits des Toten lag. »Brodersen, dieser Psychologe, hat bei seiner Aussage von einem Mann mit Brille gesprochen.«

»Wille, die Ärztin«, sagte Marvin knapp und beugte sich über den Mann. Er testete, ob noch Leben in ihm war, doch Röder war klar, dass Hartmut Hielscher tot war und es wieder eine lange Nacht werden würde.

»Marvin, kommst du mit? Wir nehmen uns das Haus vor.«

Er ging zurück und Marvin folgte ihm. Noch einmal schauten sie in die Küche, dann in jedes Zimmer. Alle waren leer. Von Hedwig Hielscher keine Spur. Das Bett war ungenutzt. Sollte sie ans Festland gefahren sein? Er öffnete den Schrank und fand ihn nur mäßig gefüllt vor, aber ob da wirklich etwas fehlte, konnte er nicht feststellen.

»Michael, kommst du mal? Bin im Zimmer nebenan.«

Noch ein Schlafraum. Hier hatte offensichtlich Hartmut die Nächte verbracht. Ein ordentlich zusammengelegter Schlafanzug lag auf einer Bettdecke, die nicht sorgsamer hätte gefaltet werden können. Im Schrank hingen Männerklamotten und in den Regalen bei Unterhosen und Hemden herrschte ebenfalls peinliche Ordnung.

Noch einmal sahen sie sich genau um, konnten jedoch im ersten Moment nichts entdecken, was auf Selbstmord oder auf ein Tötungsdelikt hinwies. Vielleicht würde die Obduktion der Leiche mehr Informationen bringen. Außerdem würden sich die Spurensicherer in Kürze des Hauses ganz genau annehmen.

Draußen war Ellen Neubert wieder einmal mit der Leichenschau beschäftigt. Zumindest würde sie den Tod feststellen, bevor die Leiche ans Festland kam.

»Hast du Wissen für uns?« Röder beugte sich zu ihr hinunter. Es musste nicht jeder hören, was die Ärztin zu sagen hatte.

»So wie er da liegt, gehe ich davon aus, dass seine Halswirbelsäule gebrochen ist«, sagte sie leise. »Er muss sich mit Wucht vom Hocker abgestoßen haben und kopfüber aus dem Fenster gesprungen oder gefallen sein. Groß genug ist das Fenster. Seine Schädeldecke ist auch nicht mehr ganz. Es war ein schneller Tod. Ob der Schlag auf den Schädel vor oder durch den Sprung entstanden ist, sollen die Fachleute klären. Alles Weitere später.«

»Danke.« Es musste wohl tatsächlich so sein, dass jemand nachgeholfen hatte. Oder? Falls Hielscher Selbstmord begangen hatte, dann musste er sein Tun schon sehr genau geplant haben. Normalerweise überlebte man einen Sturz aus dem zweiten Stock.

Röder drehte sich um. Peter Meenken stand nach wie vor am Gartenzaun. Jetzt allerdings hatte sich eine größere Gruppe Menschen um ihn versammelt.

Er ging auf sie zu. »Hat jemand etwas gesehen oder gehört? Bitte setzen Sie sich mit uns in Verbindung, falls Ihnen Ungewöhnliches im Umfeld dieses Hauses aufgefallen ist. Und wenn Sie nichts zu sagen haben, dann gehen Sie! Bitte!« Ihm reichte es. Warum macht der Mensch so etwas nur? An Zäunen rumstehen, nur um mitzukriegen, wie ein Toter irgendwo rumliegt? Denn dass die Gafferansammlung sich aus reiner Anteilnahme an Hielschers Schicksal dort versammelt hatte, davon ging er nicht aus.

Und es schien, als ob nicht nur an Meenken seine Worte ungehört vorbeizogen. Im Gegenteil, die Gruppe war in den letzten fünf Minuten eher größer geworden. Er schaute sich um. In beinahe jedem Zimmer in den Häusern entlang der Straße brannte Licht und hier und dort sah er Leute, die, auf ihre verschränkten Arme gestützt, den Unglücksort beobachteten.

Am liebsten hätte er die CD der Shanty-Sänger wieder auf volle Pulle gestellt, dann würde sich das Volk von selbst verkriechen. Nicht etwa wegen des Gesangs, sondern wegen der Lautstärke. Aber er mochte sich auch irren. Vielleicht lud die Musik die Herumstehenden ja eher zu einem vergnüglichen Tänzchen ein. Denen war doch völlig egal, ob da der tote Hartmut Hielscher lag. Hauptsache, die hatten ihre Neugier befriedigt!

»So, was machen wir?«, fragte er Gero.

»Übliches Prozedere«, antwortete der Kollege knapp. »Totenkutsche, Pastorin Bescheid sagen, falls wir die Leichenhalle brauchen bis zum Abtransport, Spurensicherung, Fahndung nach Frau Hielscher. Und damit kannst du gleich mal anfangen, Michael. Nimm Marvin mit. Die Nachbarn sind alle wach, soweit ich das sehe, sonst hol sie aus dem Bett und frag sie, ob sie wissen, wo die Frau steckt.«

Sie begannen ihre Befragung bei Beate Dinkelbach. Genau die stand nämlich vor der Tür. Doch sie wusste nicht, wo Frau Hielscher sich aufhalten könnte. »Wir sind zwar Nachbarinnen und haben früher viel zusammengesessen, doch seit Hartmut sich so verändert hat, ist auch der Kontakt mit Hedwig eingeschlafen. Leider, muss ich sagen.«

»Was heißt: verändert?«, fragte Marvin.

»Still und zickig!« Auch Bodo Dinkelbach war aufgetaucht. »Wir sind beide Mitte vierzig. Wir wohnen seit zehn Jahren nebeneinander, haben im Sommer Grillpartys zelebriert und waren zum Angeln raus.«

»Ich erinnere mich. Wolfsbarsche«, konnte sich Röder nicht verkneifen. »Sollten wir auch noch drüber reden, wenn ich die Zeit finde.«

Bodo Dinkelbach lächelte verlegen. »Hm, jaaa ... Habe schon verstanden. Soll nicht wieder vorkommen. Aber zurück zu Hartmut – in letzter Zeit schien er mir um Jahre gealtert. Er hatte kein ausgleichendes Wort mehr. Wenn er denn überhaupt etwas sagte. Meist reichte es nur zu einem knappen Nicken, wenn wir uns begegneten.«

»Und Hedwig haben wir auch kaum gesehen«, bekräftigte Beate Dinkelbach. »Besonders seltsam erschien mir allerdings, dass die gar keine Gäste mehr hatten. Sie müssen natürlich nicht, aber hier auf der Insel und im Sommer, das ist schon eher ungewöhnlich.«

»Habt ihr heute Abend besondere Geräusche von nebenan gehört – mal abgesehen von der Musik – oder Menschen, die sich um das Nachbarhaus bewegten?«, fragte Röder.

»Nein, wir haben nichts bemerkt«, sagte Beate Dinkelbach. »Wir waren lange am Strand und sind mit dem Dunkelwerden erst nach Hause gekommen. Auch als Insulaner sollte man die Natur genießen.«

»Danke. Wir ziehen weiter. Falls euch etwas einfällt, meldet euch bitte.«

Sie klopften an jeder Haustür, sprachen mit allen, die sie antrafen, doch keiner konnte zur Aufklärung des Falles beitragen. Keiner hatte etwas gesehen, keiner etwas gehört.

Röder ging davon aus, dass Hielscher erst kurz vor ihrem Eintreffen den Tod gefunden hatte. Das Fenster ging nach hinten raus und das Aufschlagen des Körpers war sicher nicht so sehr laut gewesen.

»Was meinst du? Hat er sich selbst getötet?«, fragte er Marvin.

»Keine Ahnung. Für eine Tötung würde sprechen, dass hier, wie bei den anderen Fällen, etwas arrangiert wurde. Dass der irre Glöckner wieder mal am Werk war. Nur diesmal mit Gesang!«, sagte Marvin. »So, die letzte Anlaufstelle. Der Bauwagen!«

Auch dort brannte noch Licht. Beim Eintreten merkte Röder sofort, dass der Alkoholspiegel der Männer ordentlich gestiegen war. Er glaubte nicht, dass er von denen eine sachdienliche Aussage bekommen würde, doch ein Versuch schadete nicht.

»Meine Herren, wir haben Herrn Hielscher tot aufgefunden. Ist Ihnen, bevor Meenkens Leute und dann wir kamen, etwas Besonderes aufgefallen?«

»War viel zu wenig Bier im Kühlschrank«, nuschelte einer der Rumänen.

Doch Dieter Hecker schaltete sich sofort ein: »Wir haben den ganzen Abend hier gesessen und waren nur zum Pinkeln mal nebenan. Was Herrn Hielscher angeht – den kennen wir nicht näher.«

»Doch«, sagte der dritte Mann. Röder meinte sich zu erinnern, dass er Vasili oder so ähnlich hieß. »Ich kenne ihn. Ich war bei ihm. Ist schon etwas her. Zu Anfang, als wir gekommen auf Insel. Ich habe einmal gesungen. Im Garten hier. Er hat mich gehört und gesagt: mitkommen. Da er mir gezeigt Tonband. Ganz altes Gerät. Er war aber stolz. Hat gesagt, gibt nichts Besseres als dies.« Er gluckerte. »War lustig. Dann wir beide haben auch gesungen auf Tonband. Hat er ganz viele Bänder in Schrank in Wohnzimmer. Netter Mann.«

»Danke. Wir melden uns vielleicht morgen. Wir befragen alle Menschen im Umkreis«, schob er nach, als er Heckers misstrauischen Blick bemerkte.

»Hast du ein Tonbandgerät gesehen?«, fragte Marvin versonnen.

»Nein. Wer weiß, wo er das hat. Damit arbeitet man heutzutage nicht mehr«, erwiderte Röder.

»Ich schaue nach dem Ding«, sagte Marvin, als sie das Grundstück des Toten erreichten. »Kommst du mit?«

Röder folgte ihm, obwohl er erstens nicht damit rechnete, auf die Schnelle das Tonbandgerät zu finden, und zweitens nicht wusste, warum sie es überhaupt suchen sollten.

»Ich wette, das ist es!« Marvin war in Hielschers Schlafzimmer gelaufen und zeigte auf einen hölzernen Kasten auf dem Tisch in der Ecke des Zimmers.

»Wieso sollte der ein Tonband in einem Holzkasten aufheben?«, fragte Röder ratlos.

»Weil er das alte Teil staubgeschützt lagern wollte«, erklärte Wille. Er schob zwei Riegel zur Seite und öffnete den Deckel. »Was sag ich?! Firma Uher. So etwas haben sich meine Eltern früher immer gewünscht. Konnten sie aber nicht kriegen, bin ja im Osten auf die Welt gekommen. Habe ich bei der ersten Durchsuchung nicht für relevant gehalten. Die Kiste war einfach da.«

Röder sah neben dem Tonband zwei Lautsprecher und ein Mikrofon liegen. Hatte man damals eins gebraucht, um etwas auf das Band zu sprechen, oder war so ein Ding im Gerät enthalten und man drückte einfach den Aufnahmeknopf und sang drauflos? Er hatte keine Ahnung. »Ja, und? Was willst du uns damit sagen?«

Marvin zögerte, dann bückte er sich nach einem gelben Zettel. Darauf sah Michael einen Pfeil. »Der muss runtergefallen sein. Es kann ein Hinweis sein, dass Hielscher uns auf dem Band eine Nachricht hinterlassen hat.« Marvin stöpselte den Stecker ein und drückte den Knopf. Tatsächlich funktionierte das alte Gerät. »Oder der Mörder natürlich!«

Die Bänder fingen an, sich zu drehen und gleich darauf hörten sie Hielschers Stimme. »Guten Abend, meine Herren. Schön, dass Sie mich gefunden haben.«

Marvin schaltete das Tonband wieder aus. »Das sollten wir uns alle gemeinsam anhören. Und zwar hier in der Küche. Da ist mehr Platz. Oder wir nehmen es mit ins Hotel. Ist vielleicht genauso gut.«

Michael war platt. Wie hatte sein Kollege nur wissen können, was sich hier für ein Schatz verbarg?

»Donnerwetter, ist das schwer«, prustete Marvin, als er das Gerät anhob. »Erst mal ab in die Küche. Bringst du die Lautsprecher mit und holst dann die Kollegen?«

Der Inselpolizist stellte die Teile auf den Küchentisch und ging nach draußen. »Gero, wir haben da was«, sagte er leise. »Kommst du rein?«

»Bin schon da.« Gero bat Wille, die Lage draußen zu koordinieren, dann folgte er Michael. »Was liegt denn an?«

»Das werden wir gleich hören.« Marvin spulte das Gerät zurück und ließ es wieder laufen.

»Guten Abend, meine Herren. Schön, dass Sie mich

gefunden haben. Für mich ist das Leben vorbei, aber das war es vorher auch schon.

Ich möchte Ihnen alles erklären.

Es begann mit dem Zufall, als Salomon Bartels mich vor dem Inselglockenfest um Hilfe bat, und der alles ins Rollen brachte.

Es war schön beim Fest. Die Stimmung war fröhlich und es gelang mir sogar, ein wenig zu entspannen. Bis zu dem Zeitpunkt, als der Shantychor auftrat. Natürlich mit meinem Eröffnungslied. Leider nicht von mir gesungen. Denn jetzt hat Peter Meenken meinen Part. Es gab viel Beifall für die Truppe. Ich habe versucht, Gleichmut zu zeigen. Leider gelang es mir nicht. Ich bin nach Hause gegangen, aber auch dort fand ich keine Entspannung und bin zurück zum Fest. Es wurde gerade das Ende eingeläutet, aber ich habe ein letztes Bier bekommen.

Als endlich Ruhe auf dem Platz einkehrte, habe ich die Kirchentür aufgebrochen und das Bier in die Orgel geschüttet. Ich wollte Stille. Endlich Stille auf der Insel. Wenn ich nicht singen darf, will ich auch keine andere Musik um mich herum haben. Das verstehen Sie, nicht wahr?«

»Halt mal an«, bat Gero. »Ist es jetzt das, was ich vermute? Ein Geständnis?«

»Möglich wär das«, erwiderte Marvin angespannt. »Also … weiter geht's.« Er drehte am Knopf und sofort erfüllte Hielschers Stimme wieder die Küche.

»Ach ja, das Kreuz, fragen Sie? Ich erkläre es Ihnen später.

Am nächsten Tag habe ich nachgedacht und mir fiel die Glocke ein. Auch sie durfte unbehelligt ihr Geräusch über die Insel schicken. Trauungen, Hochzeiten, Andachten, immer wurde sie geläutet und keiner beschwerte sich darüber. Also musste ich dafür sorgen, dass auch sie schwieg. Ich nahm nachts – tagsüber wäre es wohl zu auffällig gewesen – meine große Schiebeleiter und die Metallsäge und machte mich ans Werk. Ich dachte erst, ich könnte es nicht schaffen, aber schließlich bin ich gelernter Zimmermann. In der Höhe zu arbeiten, ist für mich kein Problem. Es ging einfacher als gedacht. Nur ein paar Sekunden, dann schwieg auch sie!

Aber noch war keine Gerechtigkeit eingekehrt. Denn es war Salomon Bartels, der mir klargemacht hatte, dass es auf dieser Insel keine Gerechtigkeit gibt. Denn er durfte mitspielen. Obwohl er erst sehr kurz auf dieser Insel wohnte. Mich hat man aus fadenscheinigen Gründen von den öffentlichen Auftritten ausgeschlossen. Nur weil ich hin und wieder nicht zur Probe erschienen bin. Dabei bin ich schon so lange dabei. Eine tragende Stimme sozusagen. Und dieser Mann bittet mich tatsächlich vor dem Inselglockenfest um Hilfe. Er wolle sein Spiel verbessern. Dabei war doch klar: Je besser der Mann spielt, um so geringer sind meine Chancen, wieder mitmachen zu dürfen. Ich musste etwas tun!

Ich hatte Glück. Seine Haustür war nicht abgeschlossen. Ich habe sein Akkordeon genommen. Doch dann wusste ich, dass das nicht reichte. Ich bin wieder hin, habe auf ihn gewartet, und als er heimkam, habe ich ihn niedergeschlagen. Hochmut kommt vor dem Fall. So würde er nicht beim Großen Inselabend auftreten können. Leider habe ich nicht fest genug zugeschlagen. Beinahe hätte ich auch noch die falsche Person erwischt. Es war eine Frau, die etwas vom Schreibtisch nahm und verschwand. Ich konnte mich gerade noch hinter der Küchentür verstecken. Wenn es bereits dunkel gewesen wäre, hätte es vermutlich sie getroffen.«

Röder winkte ab, und wieder brachte Marvin das Gerät zum Stillstand. »Ich kann's nicht glauben«, flüsterte der Inselpolizist. »Da hat man jahrelang mit so einem

Menschen auf dem gleichen Fleckchen Erde gelebt und nie geahnt, wozu der fähig war.«

»Die Verzweiflung hat das wohl bei ihm ausgelöst«, meinte Gero. »Aber andere sind auch nicht glücklich und bringen trotzdem keinen um. Und dann noch diese Selbstverliebtheit, alles für die Nachwelt zu hinterlassen … Echt schräg.« Er nickte Marvin zu und das Band lief erneut.

»Björn Buse habe ich gewarnt. Ja, ich habe ihm angeraten, mich wieder auftreten zu lassen. Eindringlich. Aber er hat davon nichts wissen wollen. Hat gemeint, mit so wenig Proben tauge man nur zum passiven Mitglied. Die Qualität meines Vortrages ließe zu wünschen übrig. Ja, so gestelzt hat er sich ausgedrückt. Und das hieß: keine öffentlichen Auftritte! Er war so dumm. Ich habe ihm nach dem Konzert ein paar Takte gesagt, dann habe ich mich entschuldigt und das Gespräch auf das Grundstück im Ostdorf gebracht. Ich habe ihm angeboten, es zu einem guten, einem sehr guten Preis zu kaufen, da es in der Nähe meines alten Hauses liegt und ich die anderen Flächen auch noch kaufen wolle. Ich habe mich darauf verlassen, dass jeder Mensch käuflich ist, und es hat geklappt: Er hat sich darauf eingelassen, dorthin zu fahren, obwohl es ja praktisch mitten in der Nacht war. Dort angekommen, habe ich ihm von meinen Plänen für das alte Haus und den Problemen mit dem Denkmalschutz erzählt. Er folgte mir sehr interessiert. In der Nähe meines alten Hauses hatte ich Bartels' Akkordeon versteckt. Und die Glocke. Und einen dicken Ast. Es ging alles ganz schnell. Schade. Ich hätte mir gewünscht, dass Björn ein wenig länger gelitten hätte. Mindestens so lange wie ich, nachdem ich nicht mehr mit auf die Bühne durfte.«

Röder stützte den Kopf in die Hände. Er hatte das Gefühl, als sei die reale Welt völlig entglitten. Was erzählte der Mann da um Himmels willen? Er wollte nur, dass es aufhörte, doch Hartmut Hielschers kräftige Sängerstimme dröhnte unnachgiebig durch den Raum.

»Ich habe natürlich ein paar falsche Spuren gelegt bei meinen Aktionen, habe das Kreuz im Bauwagen versteckt, damit der Verdacht auf diese Handwerker fiel, die nebenan bei Dinkelbachs beschäftigt waren. Deren Krach war nicht zu ertragen. Einer von ihnen hat zusätzlich gesungen. Ich hörte seine Stimme, wenn sie die Fenster geöffnet hatten. Ich habe ihn einmal eingeladen, bei mir auf Band zu singen. Das war, als ich noch auftreten durfte. Jetzt habe ich die Aufnahmen gelöscht. Wenn ich nicht singen darf …

Meine mit Blut besudelten Turnschuhe habe ich im Mülleimer von Salomon Bartels platziert, nachdem ich vorher ein paar Spuren auf seiner Terrasse zurückgelassen habe. Ich dachte, das müsse nun wirklich ausreichen, damit Sie den Mann festnehmen, der sich so einfach in den Shantychor geschlichen hat.

Ein wenig Sorge hat mir meine Idee bereitet, die Noten meines Lieblingsliedes *I am sailing* bei Björn zu hinterlassen. Schließlich war das ein ganz klarer Hinweis auf mich. Mit meinem Abgang verschwand auch das Lied aus dem Repertoire der Sänger. Aber das fiel mir erst später ein.

Denn ich habe natürlich auch geplant, Peter Meenken etwas anzutun, aber das hat leider nicht mehr geklappt. Ich habe meinem Leben jetzt ein Ende gesetzt, weil meine Frau am Festland ist. Sie ist sehr krank und ich habe sie in einem Heim für betreutes Wohnen untergebracht. Sie hat von alledem keine Ahnung. Ich liebe sie. Darum durfte ich es ihr einfach nicht antun, mich zu finden. Das verstehen Sie sicher. Sollte ich den Sturz überleben, lassen Sie mich einfach liegen, bis ich gestorben bin.«

»Halt an«, murmelte Röder. »Halt an. Oder? Das ist nicht …« Er fuhr sich mit der Hand über die Augen und winkte dann ab. »Ach was, lass es laufen.«

»Ich habe wie selbstverständlich erwartet, dass es mir nach jeder Tat ein wenig besser ginge. Doch ich musste erkennen, dass das nicht der Fall war.

Als Letztes möchte ich Ihnen erklären, warum ich bei meinen Aktionen geläutet habe. Es war, weil ich allen zeigen wollte, dass ich etwas kann. Ich bin keiner, den man abschiebt. Wenn ich mir etwas vornehme, dann bin ich gut darin! Ach ja, wo die Glocke jetzt ist? Das, meine Herren, verrate ich Ihnen nicht. Das Geheimnis nehme ich mit ins Grab. Ich bin sicher, Sie werden sie nie finden!«

Als die Stimme verstummte, schwiegen auch die Kommissare eine ganze Weile, bis Gero sagte: »Sind wir sicher, dass es sich um Hielschers Stimme handelt?«

Röder nickte gequält. »Ja. Zu neunundneunzig Prozent.« Er senkte den Kopf. »Wenn ich Björn nur zugehört hätte. Dann könnte er jetzt leben. Er hat mir etwas sagen wollen, als ich ihn vor ein paar Tagen auf einem Rundgang traf. Aber ich habe ihn abgewimmelt.«

»Hör auf, Michael«, sagte Marvin. »Wie solltest du das ahnen? Es kann auch etwas ganz anders gewesen sein. Warum sollte Buse dich um Rat bei Problemen innerhalb des Shantychores befragen? Das klären die doch unter sich!«

»Aber vielleicht hat Hielscher ihn auch schon vorher massiv bedroht.«

»Dann hätte er es sagen können. Du bist schließlich kein Hellseher!«

Gero stand auf. »Wir müssen jetzt erst einmal sehen, wie sich die Nacht weiter gestaltet.« Sein Handy klingelte und das Gesicht des Kommissars überzog sich mit einem leichten Lächeln. »Hallo, Marlene«, sagte er und verließ die Küche.

Marlene. Sie gibt es auch noch, dachte Röder.

*

Ein Monat war vergangen. Der Shantychor hatte sich auf dem Rasen neben der kleinen Inselkirche aufgestellt und das Fest mit *Strike the bell* eröffnet. Ein Lied aus den Anfangszeiten des Chores.

Michael Röder und seine Frau schauten gespannt zu, wie der Glockengießer mit einem letzten Handgriff die Läutestange an der neuen Glocke befestigte. Dann stieg er langsam die Leiter herunter und übergab Nadja Recknagel das Ende des Metallstabes.

Arndt und Wiebke waren gekommen und auch Marvin Lingenberg hatte den freien Sonntag genutzt und war mit seiner Frau angereist. Der Platz zwischen der Kirche und dem *Seehund* war voll mit Gästen und Insulanern, die den feierlichen Moment nicht verpassen wollten.

»Heute ist ein glücklicher Tag«, begann die Pastorin ihre Ansprache, nachdem der Chor die letzte Liedzeile geschmettert hatte, »und damit er glücklich bleibt, will ich nicht allzu lange reden, damit wir Zeit zum Feiern haben. Wir widmen diese neue Glocke, die wir mit Hilfe vieler Spenden haben anfertigen lassen können, Björn Buse, der leider viel zu früh verstorben ist. Möge sie viele Jahre den Menschen den Weg in unsere kleine Kirche weisen.« Sie nahm Schwung und tatsächlich klang ein helles Läuten über den Platz.

Für einen Moment hörten alle andächtig zu, dann erscholl Beifall.

»Bin ich froh, dass sich alles geklärt hat«, sagte Michael. »Hielschers Geständnis war echt der Hammer. Seine Frau hat von alledem Gott sei Dank nichts mitbekommen. Sie ist in der gleichen Nacht gestorben wie ihr Mann.«

»Aber die alte Glocke ist nie wieder aufgetaucht, oder?«, fragte Arndt.

»Nein, das ist das einzige Manko. Aber wir haben ja eine neue.«

Das war richtig. Die Insulaner hatten wieder eine Glocke. Nur waren nicht alle damit zufrieden. Gleich nach Björns Beerdigung hatte sich eine Gruppe um Betty Buse dafür stark gemacht, die Glocke nicht zu erneuern. Das Läuten erinnere sie sonst ständig daran, wie Björn ums Leben gekommen sei. Viele Insulaner stimmten ihr zu. Auch Schladerer, den Michael vor ein paar Tagen bei *Stadtlander* getroffen hatte, regte sich darüber auf, dass mit dem Läuten jedes Mal die Taten ins Bewusstsein gerufen wurden.

»Aufhängen von mir aus, aber nie wieder läuten. Die Nachbarn müssen doch jedes Mal einen Schock bekommen, wenn sie die Glocke hören«, hatte er leidenschaftlich argumentiert. Michael schaute sich um. Keiner der Glockengegner war heute erschienen.

Er prostete Salomon zu, der jetzt, nachdem der Shantychor fertig war, auf der Nebenbank saß und bei ihm – tatsächlich – sah er Hanna Goedeke mit ihrem Sohn Florian. Die schienen einem weiteren Versuch der Annäherung also nicht abgeneigt. Es passte, wenn Michael es richtig einschätzte, nicht ein Blatt Papier zwischen Hanna und Salomon. Es gab ein sehr harmonisches Bild, wie sie dort saßen.

Bis Florian plötzlich auf den Tisch schlug. »Manno«, schrie er, »du fährst. Ich weiß schon, wo ich bleibe!« Er sprang auf und war verschwunden.

Auch Michael war aufgestanden. »Braucht ihr Hilfe?«

»Nein, aber setz dich eben zu uns«, bat Salomon.

»Ihr habt euch also für die Glocke entschieden?«,

fragte Röder. Auch im Shantychor hatte es heftige Diskussionen gegeben.

»Ja. Du hast es an unserem Titel erkennen können. *Strike the bell.* Läute die Glocke. Ich hatte auch noch vorgeschlagen, Abbas *Ring, ring, ring* einzuüben, und zu Weihnachten *Süßer die Glocken nie klingen*, aber das war den anderen ein bisschen zu viel des Guten.« Salomon grinste, wurde jedoch gleich darauf wieder ernst. »Nein, ehrlich gesagt, ist Björn bei jeder Probe bei uns. Wir brauchen kein Geläute, um uns an ihn zu erinnern. Es stört uns jedoch nicht, wenn es da ist. Es ist eben so, dass jeder für sich damit etwas anderes verbindet. Der eine positive und der andere eben sehr negative Gedanken. Aber nun etwas anderes: Ich werde weiterhin auf dieser schönen Insel wohnen bleiben. Aber nur, wenn es aufhört mit Mord und Totschlag. Das müsstest du mir natürlich versprechen! Schließlich bin ich hierhergezogen, um in Ruhe schreiben zu können. Dann: Ich habe Hanna eben ein weiteres Mal eingeladen, mit auf Lesereise zu kommen. Im November, wenn die Saison hier vorbei ist.«

»Ich habe nicht sofort ja gesagt. Da ist Florian wieder mal böse geworden«, ergänzte Hanna Goedeke. »Er genießt es nämlich sehr, dass ich mein Augenmerk nicht mehr nur auf ihn lenke, sondern auch auf jemand anderen.«

Sie wandte sich an Michael: »Sie wissen, dass ich mich aus dem Zeugenschutzprogramm verabschiedet habe, nachdem klar war, dass nicht mein grauer Schatten schuld an den Ereignissen war. Natürlich kann mich jederzeit die Vergangenheit einholen, aber im Zeugenschutz fühlte ich mich wie eine lebende Tote, das wissen Sie. Das habe ich nicht mehr ausgehalten und ich hoffe, dass ich auch für Florian damit die richtige Entscheidung getroffen habe. Natürlich musste ich auch meinen alten Namen wieder annehmen.«

»Das wünsche ich Ihnen. Wann immer Sie jedoch das Gefühl haben …«

»Ja. Danke. Sie können mir glauben – es ist extrem schwierig, den Gedanken daran loszuwerden, dass hinter jeder Ecke jemand lauern könnte. Aber genauso schwierig ist es, sein Leben auf der Flucht zu verbringen. Ich hoffe mal, dass dieser Typ bald geschnappt wird und die Beweise für eine Verurteilung reichen. Ich versuche jetzt, mein Leben zu leben.«

»Und glücklicherweise arbeitet sie weiter bei mir«, rief Ingrid Bärmann. »Meinen Mann haben wir in die Wüste geschossen und prächtig kompensiert. Es klappt alles wunderbar.«

»Ja. Ich bin sehr zufrieden hier«, sagte Hanna. »Da fällt mir etwas ein: Wie geht es der Polizistin, die mich beschützt hat? Sie war nicht lange da, sie ist ja mit ihrem Mann wieder an Land gefahren, nachdem der Fall geklärt war. Ich fand sie sehr nett. Haben Sie …«

»Nun duzt euch doch endlich mal«, fuhr Salomon dazwischen, »Hanna ist jetzt Insulanerin.«

»Von mir aus gerne«, sagte Michael, froh über den Moment, den er Zeit hatte zum Nachdenken. »Ich heiße Michael, wie du weißt. Und Frau Schonebeck geht es gut, soweit mir bekannt ist.«

»Eine nette Frau übrigens«, sagte Salomon. »Sie hat sich kurz vor ihrer Abreise ein paar Bücher von mir signieren lassen. Ihr Mann war auch dabei, schien aber ein wenig grummelig zu sein und drängelte auf baldigen Abschied.«

Michael musste lachen. Er konnte sich gut vorstellen, dass da immer noch Eifersucht im Spiel war, so, wie er Gero bei der Befragung des Schriftstellers erlebt hatte. Im Aufstehen sagte er zu Hanna: »Ach ja – wenn ihr Florian mal unterbringen müsst, meldet euch bei uns. Sandra hat bestimmt nichts dagegen und ich auch nicht.«

Er war sich sicher, dass der Junge auch bei Frau Bärmann und den beiden Polinnen gut aufgehoben war. Paulina war aus der Untersuchungshaft entlassen worden und wartete nun auf ihren Prozess. Bis dahin war sie erst einmal wieder auf die Insel gekommen und Ingrid Bärmann hatte sie ohne Wenn und Aber aufgenommen.

Im Gegensatz zu Kenny. Der hatte sich, wie er kürzlich Wille erzählt hatte, nicht mit dem Gedanken anfreunden können, mit einer Brandstifterin zu leben. So sehr er sich auch bemüht hätte. Er hätte es nie für möglich gehalten, hatte sich gefreut, als sie wiederkam, aber das Vertrauen war wohl dahin.

Wille – wo war eigentlich sein Kollege Wilfried Weerts? Der hatte doch auch dabei sein wollen. Dann sah Röder ihn. Er stand mit Daniel Peters zusammen, dem Inselführer. Sollte er ihn retten? Besser wäre es. Wille Weerts würde in zwei Tagen Platz machen für einen neuen Kollegen vom Festland und er sollte die Insel in guter Erinnerung behalten.

Nein, rief sich der Inselpolizist zur Ordnung. So schlimm war es mit Peters nun auch wieder nicht. Es war nur dessen selbstgewählte Aufgabe, jedem, der es hören wollte oder auch nicht, die Baltrumer Geschichte näherzubringen und das tat er. Mit Inbrunst.

Doch als Michael näher kam, stellte er erstaunt fest, dass es sein Kollege war, der dem Inselführer etwas erzählte.

»Ich habe Herrn Peters gerade erklärt, dass es langsam Zeit wird, meine Koffer zu packen. Auch wenn ich zugebe, dass ich gerne bleiben würde. Aber meine Zeit ist um und der Nachfolger sitzt natürlich schon in den Startlöchern«, bedauerte Wille. »Gut ist allerdings, dass ich übermorgen am Festland wieder eine größere Wohnung zur Verfügung habe. Auf meine vertraute Umgebung freue ich mich.«

»Eine eigene Wohnung zu haben, ist für die meisten Menschen selbstverständlich. Natürlich auch hier auf der Insel«, sagte Peters. »Doch bis in die siebziger, achtziger Jahre war es üblich, dass die Insulanerfamilien im Sommer in einem kleinen Zimmer eng zusammenrückten oder in den Stall zogen und den Gästen ihre Wohnung überließen. Jedes Jahr das gleiche Ritual: Alles Private wurde zusammengepackt und verstaut, es wurde geputzt, oder wie es im Plattdeutschen heißt geschummelt und die Gäste zogen ein. Im Herbst geschah das Gleiche, nur umgekehrt und die Insulaner hatten ihre Wohnung zurück. Meine Nachbarin hat das übrigens bis vor ein paar Jahren noch gemacht. Es ging nicht anders. Es lag einfach in ihrem Blut. Sie hätte niemals ihr Leben in ihrer eigenen Bleibe genießen können mit dem Wissen, dass sie dann Gästen hätte absagen müssen.«

»Na, da sind die meisten doch glücklich, dass sich die Zeiten geändert haben, oder?«, fragte Wille.

»Ich denke schon«, erwiderte der Inselführer. »Zumindest weiß ich von keinem hier ansässigen Insulaner, dass er seine Bleibe räumt.«

»Ich jedenfalls bin froh, meine Dienstwohnung zu haben«, sagte Röder. »Da kann mich keiner bis zur Pensionierung rausschmeißen. Ich muss sie nur in Ordnung halten.«

Er dachte an seinen neuen, längsgestreiften Flur. Erst heute Morgen hatte Sandra, als sie ihre Jacke überzog, wieder die Farbzusammenstellung gelobt. »So einen Schlafanzug hatte ich auch mal«, hatte sie mit einem verträumten Lächeln gesagt.

Ende

Wer die Sehnsucht spürt

»Hallo, was machst du denn hier?« Überrascht sah Hinderk Mannen seine Tochter auf sich zukommen. Hier, mitten im dicht mit Büschen und Bäumen bewachsenen Osten der Insel. Er lächelte. Bis er den Knüppel sah, den sie mit beiden Händen umklammerte. »Was … was hast du vor?«

Sie antwortete nicht, kam nur Schritt für Schritt näher, die Augen starr auf ihn gerichtet.

Er wich zurück. Sie folgte ihm, hob den Knüppel. Er riss abwehrend die Hände hoch und spürte im selben Moment, wie sich sein rechter Fuß im Gesträuch verfing. Hinderk Mannen strauchelte rückwärts, fiel, und dann zerbarst sein Hinterkopf an der schräg hochragenden Kante eines Baumstumpfs.

Er merkte nicht mehr, dass Britta sich über ihn beugte und erstaunt nickte.

Hinderk Mannen war noch einer von den Insulanern gewesen, deren Stammbaum bis ins siebzehnte Jahrhundert zurückreichte. Er hatte mit seiner Frau die große Pension mit der Aussicht auf das Wattenmeer aufgebaut. Als seine Hermine vor einigen Jahren das Zeitliche segnete, hatte er wie selbstverständlich Britta die Vermietung und Sorge für die Gäste überlassen. Er zog sich danach mehr und mehr in die Dünen und an den Strand zurück. Brach morgens mit Wanderstock und Rucksack auf und kam abends zurück. Egal, ob Sommer oder Winter.

Britta war mit dieser Lösung zufrieden gewesen. Sie liebte das Leben und ihren Vater.

So zumindest hatte es sich angehört, wenn Deike mit ihrer Schwester telefonierte.

Umso mehr hatte es Deike nach ihrer Ankunft auf der Insel gewundert, dass sie bei ihrer Schwester kein Zeichen der Trauer bemerkte. Stattdessen ging eine Eiseskälte von Britta aus, die unheimlich war.

Vermutlich hatte jeder Mensch einen anderen Weg, mit seinem Seelenschmerz umzugehen.

Heute, während des Trauergottesdienstes, hatte ihre Schwester einen eher geistesabwesenden Eindruck gemacht. Auch als sie der Totenkutsche zum Friedhof gefolgt waren, hatte Britta gelangweilt über die Hellerwiesen geschaut. Selbst als der Sarg in die in die Erde gelassen worden war und die Pastorin ein Gebet sprach, hatte Deike das Gefühl gehabt, dass Britta sich dafür herzlich wenig interessierte. Ihre Augen blieben auf den Heller gerichtet, auf dem Tausende von Ringelgänsen schnatternd nach Nahrung suchten.

»Papas Lieblingsblick«, machte Deike einen Versuch, sie zu erreichen.

»Wenn er seinen Feriengästen auch so viel Aufmerksamkeit gewidmet hätte, wäre es nicht schlecht gewesen«, murmelte Britta.

Erbost und zugleich traurig schaute Deike ihre Schwester an. Was war mit ihr los? Sie stieß Britta in die Seite. »Die Pastorin will etwas von uns.«

»Was für ein bedauerlicher Unglücksfall. Er war doch so fit.« Nadja Recknagel zog ihre Schultern ein. Ein kräftiger Nordwestwind fegte unter ihren Talar. »Begleiten Sie mich zur Teetafel?«

»Klar. Was sonst?«, antwortete Britta schneidend. »Tee und Butterkuchen für die Gäste und Bier und Schnaps für die Sargträger. Wie sich das gehört! Also – auf an die Theke!« Sie drehte sich um und ging los, ohne auf die anderen zu warten.

Der völlig verblüfften Deike blieb nur, ihr zu folgen. Beim Vorgespräch hatte Britta noch energisch bekundet, dass sie »keinen Bock« auf das gemütliche Beisammensein mit den Trauergästen hatte. Die Teetafel gehörte aber zur Tradition auf Baltrum, ob man es nun mochte oder nicht, also hatte Deike im Hotel *Dünenschlösschen* angerufen und den Saal für diesen Nachmittag reserviert.

Britta streckte sich auf dem Bett aus. Sie hatte noch nicht einmal gefrühstückt, und schon war sie wieder müde. Noch fünf Minuten, dann musste sie hinauf und mit den Gästen abrechnen. Sie kamen und gingen. Immer das Gleiche.

Kaum lag sie, ging ihr wieder das Bild ihres Vaters durch den Kopf, wie er rückwärts gestrauchelt und gefallen war. Sie hatte kein Handy dabeigehabt und erst nach Hause laufen müssen, und das hatte nun mal gedauert. Was recht gut gepasst hatte, denn so hatte sie sich in Ruhe auf die Rolle der trauernden Tochter besinnen können, bevor sie den Notruf wählte.

Das Wort *Knüppel* war in ihrem Gespräch mit dem Inselpolizisten Michael Röder natürlich nicht vorgekommen, als sie erzählt hatte, wie sie ihren Vater in den Dünen gesucht hatte, um sich seinem Spaziergang anzuschließen. Der Sturz wurde als Unfall eingestuft.

Vorbei. Selbst diese nervtötende Beerdigung. So viele Leute, die ihr Mitgefühl ausgedrückt hatten. Und immer musste sie so tun, als täte ihr Vaters Tod unendlich leid. Das war das Schlimmste. Ständig auf die eigenen Gesichtszüge achten. Aufpassen, dass sich nicht ein Lächeln hineinstahl bei dem Gedanken, dass die Pension nun endlich zumindest schon einmal zur Hälfte ihr gehörte.

Sie stand auf und fuhr sich rasch durch die Haare. Dann lief sie nach oben.

Gerade, als sie das Büro aufschloss, hörte sie Schritte. »Hallo, Britta! Schön, dich zu sehen. Wie geht es dir?«

Jörg. Besser konnte der Tag nicht beginnen. Am liebsten hätte sie laut gelacht. Ging aber nicht. Sie trauerte. Also hielt sie sich zurück und setzte sich an ihren Schreibtisch. »Komm rein. Ich muss mit Müllers abrechnen. Dann habe ich Zeit.«

Er zögerte. »Ich bin auf dem Weg zur Backstube. Brötchen holen. Soll ich dir welche mitbringen?«

Britta nickte. »Deike erwartet bestimmt ein ausgiebiges Frühstück.« Sie zog einen Zettel aus der Schublade, notierte ihre Wünsche und schob ihm das Papier hinüber. Aus der Kasse nahm sie zwanzig Euro und legte sie dazu. »Bis später. Frühstückst du mit uns?«

Jörg lächelte. »Macht ihr man euer Frauending. Wenn deine Schwester abgereist ist, beginnen wir den Tag wieder gemeinsam.« So schnell, wie Jörg aufgetaucht war, verschwand er. Nicht für lange, hoffte Britta.

Seit ungefähr acht Wochen bewohnte er die kleine Ferienwohnung unter dem Dach. Er hatte ohne Anmeldung vor ihrer Tür gestanden und nach einer Unterkunft gefragt. Britta hatte etwas frei gehabt, da Stammgäste abgesagt hatten, und sich gefreut, dass sie die Wohnung wieder besetzen konnte. Sie hatte ihm sogar einen Sonderpreis gemacht.

Jörg hatte damals erklärt, dass er dringend eine Auszeit brauche. Sie verstanden sich auf Anhieb und so hatte es sich ergeben, dass er morgens mit ihr zusammen frühstückte, wenn er nicht gerade seine Auszeit unterbrach und dem Festland doch mal einen Besuch abstattete.

Ihr Vater hatte nichts davon gehalten. Ständig hatte er gestichelt und gelästert, aber sie hatte sich durchgesetzt. »Du kannst ja im Wohnzimmer essen, wenn es dir nicht passt«, hatte sie zuletzt wutentbrannt gezischt, als er wieder einmal vor den Folgen gewarnt hatte, die ein allzu enger Kontakt mit Jörg nach sich ziehen könnte: »Wer soll denn die Pension führen, wenn du dich mit dem da zusammentust und die Insel verlässt? Dann werden Deike und ich eine andere Lösung finden. Aber das solltest du dir gut überlegen!«, hatte er nicht nur einmal gesagt.

Sogar das Wort *Enterbung* hatte er einen Tag vor seinem Tod ins Spiel gebracht.

Sie schaute auf die Uhr. Gleich würde Deike auftauchen. Ihre Schwester lebte seit vielen Jahren in Hamburg und nannte sich Künstlerin. Während Britta Ferienwohnungen putzte. Sie hatte keinen Bock auf ein Gespräch mit ihr am Frühstückstisch. Viel lieber würde sie mit Jörg zusammensitzen und zuhören, wenn er von seinen ausgedehnten Reisen und Abenteuern berichtete.

Mit dem Fahrrad zum Himalaya. Zu Fuß am Orinoko. Bei ihr reichte es höchstens für einen Spaziergang am Strand. Natürlich fuhr sie auch mal ans Festland. Aber dann war die Zeit mit dringend notwendigen Einkäufen ausgefüllt. Kein Wunder, dass sie es genoss, wenn Jörg sie schon frühmorgens in eine aufregende weite Welt entführte. Ihre Sehnsucht war mit jedem Tag gewachsen.

Natürlich musste so ein Leben finanziert werden. Jörg hatte seinen Job als Geschäftsführer einer Firma in der IT-Branche. Der konnte sich das leisten.

Dummerweise würde ihre Schwester jetzt die Hälfte des Hauses erben. Eine bodenlose Ungerechtigkeit nach allem, was Britta an Energie in den Pensionsbetrieb gesteckt hatte. Aber auch das hatte sie bedacht. Es gab Möglichkeiten. Ganz sicher.

Sie wollte weg. Das Haus verkaufen und einfach nur weg. Jörg hatte ihr angeboten, sie mitzunehmen.

»Und – wie läuft deine Kunst?«

Deike war nicht sicher, ob ihre Schwester tatsächlich an einer Antwort interessiert war, doch es war einen Versuch wert. »Danke. Ich bin zufrieden. Mein Name spricht sich allmählich rum. Für meinen Laden an der Rothenbaumchaussee habe ich inzwischen eine Teilzeitkraft eingestellt. Auch im Internet verkaufen sich meine Vasen und Karaffen sehr gut. Mein letzter Auftrag, eine Skulptur für eine Ostseepromenade, kommt bei den Feriengästen wohl sehr gut an. Du siehst also ...« Sie lächelte.

Britta legte eine Hälfte ihres Brötchens zurück in den Brotkorb. »Ich muss ins Büro. Nützt nichts.«

Deike schaute hinter ihr her. Versuch misslungen. Sie kam einfach nicht an ihre Schwester heran. Warum Britta überhaupt gefragt hatte, war ihr schleierhaft. Sie sollte wirklich abreisen. Schon vor dem Frühstück hatte sie darüber nachgedacht, ihre Koffer zu packen. Papa war tot, was hielt sie also hier?

Der Abend zuvor war fürchterlich gewesen. Britta hatte wortlos auf dem Sofa gesessen und sich in kurzer Zeit eine Flasche Sekt reingezogen. Dann war sie plötzlich aufgesprungen und hatte gerufen: »Auf ein neues Leben!«

Doch ehe Deike nach Hamburg zurückkehrte, musste sie mit Britta über die Schenkungsurkunde reden, die so unerwartet ein paar Tage vor dem Tod des Vaters bei ihr eingetroffen war.

Der Inhalt wird sie hoffentlich etwas aufmuntern, dachte Deike, als sie ihrer Schwester ins Büro folgte. Der Vater hatte sein Vermächtnis zu Lebzeiten regeln wollen und Deike gebeten, zugunsten von Britta auf ihr Erbe zu verzichten. Er hatte gewusst, dass es ihr finanziell gut ging, und gemeint, Britta solle doch auch etwas vorzuweisen haben. Sie habe so lange für das Haus gearbeitet, ohne viel zu verdienen.

Deike hatte seinem Wunsch gerne nachgegeben.

Als sie die Tür zum Büro öffnete, telefonierte ihre Schwester. Britta umklammerte ihr Handy so fest, dass ihre Haut über den Knöcheln aussah, als drohe sie zu platzen. Ihr Gesicht war so weiß wie die Tapete hinter ihr. Dann nickte sie, obwohl ihr Gesprächspartner am Telefon das ja nicht sehen konnte, und fügte erst mit einiger Verspätung und krächzender Stimme hinzu: »Alles klar.«

Gespannt wartete Deike auf eine Erklärung, warum Britta nun zitternd auf ihrem Stuhl kauerte, die Hände zu Fäusten geballt. »Was …?«

»Alles gut. Eine Absage. Entschuldige, aber ich muss weiterarbeiten.« Britta beugte sich über den PC.

Dann eben nicht. Würde sie also abends ihr Glück noch mal versuchen und ihrer Schwester von Vaters Wünschen erzählen. Jetzt schien ja ganz offensichtlich der falsche Zeitpunkt zu sein. Deike war sich sicher, dass Britta ihren Abgang nicht einmal bemerkte.

Mist. Mist. Mist. Dafür hatte sie nun – na ja, so gut wie – ihren Vater umgebracht, dass Jörg gar nicht Jörg hieß, sondern Karsten, kein IT-Berater war und vermutlich von der ganzen schönen Welt, von der er ihr vorgeschwärmt hatte, höchstens im Fernsehen mal etwas gesehen hatte. Er war nichts als ein hundsgemeiner Zechpreller, der sich in Hotels und Ferienwohnungen breit machte.

In seiner wohl sehr charmanten Art umgarnt er die Vermieterinnen, schafft Vertrauen und haut nach einiger Zeit, ohne zu bezahlen, wieder ab. Ich habe einen Tipp von den Kollegen vom Festland erhalten, dass er sich in Ostfriesland aufhalten soll, hatte Inselpolizist Michael Röder in seiner Mail an alle Vermietungsbetriebe geschrieben und auch gleich ein Foto des Mannes angehängt.

Kurz darauf hatte Brittas Telefon geklingelt und eine alte Freundin aus dem Ostdorf war dran gewesen. Auch sie hatte die Nachricht erhalten und Britta warnen wollen.

Wieder und wieder betrachtete Britta das etwas unscharfe Bild. Es gab keinen Zweifel. Das war der Mann, der in ihr ungeahnte Sehnsüchte geweckt hatte. Und der, wie sie nun mit Entsetzen hatte feststellen müssen, sie bitterlich belogen hatte.

»Hallo, Britta. Sehen wir uns heute Abend? Ein wenig Aufmunterung wird guttun in diesen schweren Tagen.«

Sie zuckte zusammen. Ausgerechnet jetzt stand dieses Arschloch mit einem vertrauensvollen Lächeln vor ihr. Ruhe bewahren. Bloß Ruhe bewahren. Sie verschränkte die Arme auf dem Rücken. Er durfte nicht sehen, wie ihre Hände zitterten. Was sollte sie nur tun? Denk nach, Britta. Schnell!

Genau! So würde sie es machen: Deike ganz einfach erzählen, sie sei müde! Und dass sie zumindest abends auch mal etwas allein sein müsse! Das war doch wohl glaubhaft, oder?!

»Gerne«, sagte sie zu Jörg. »Komm heute Abend um acht. Ich bin im Wohnzimmer.«

Er merkte nichts von den Schlaftabletten, die sie im Kräuterschnaps aufgelöst hatte. Er schlief einfach ein. Nach dem Schlag mit der hässlichen Holzskulptur, die ihr Deike vor langer Zeit mal geschenkt hatte, schlief er für immer ein.

Als es dunkel war, grub sie ein großes Loch hinter dem Kompost. Groß genug, dass er hineinpasste. Sie dankte der Tatsache, dass ihr Wohnzimmer ebenerdig lag und breite Türen zum Garten hin hatte. So konnte sie die leere Wippe prima in den Raum hinein und mit Jörg, oder wie immer dieser Kerl hieß, darin wieder hinausschieben. Nicht, dass es einfach zu bewerkstelligen war. Einen Lebenden hätte man sicherlich besser in so eine

Wippe heben können, als einen Toten hineinzuwuchten. Das ohne Lärm zu bewerkstelligen, kostete schon einen Gutteil ihrer Kraft.

Das Einbuddeln hatte sie sich leichter vorgestellt. Aber es verlangte den gesamten Rest ihrer Körperkräfte. Zumal sie auch hierbei leise vorgehen musste. Nicht auszudenken, wenn ihre Gäste etwas mitbekamen. Doch nach einigen heftigen Schweißausbrüchen war alles erledigt. Zum Schluss legte sie das Strandholz, dass ihr Vater über die Jahre gesammelt hatte, auf das – nein, ›Grab‹ mochte sie nicht denken – auf die Stelle.

Dann ging sie in die Ferienwohnung, packte seine Sachen und verstaute seinen Koffer auf dem Dachboden. Sie hoffte inständig, dass keinem der Abgang dieses Mannes auffiel.

Aber nicht einmal die Polizei wusste, wo er steckte. Was sollte also passieren?

»Ist dein Jörg nicht da?«

Britta fuhr auf. »Er ist nicht mein Jörg. Er ist heute Morgen ganz früh abgereist!«

»Schon gut«, sagte Deike. »Es ist doch nur, weil er sonst morgens die Brötchen geholt hat.« Sie hatte augenblicklich das Gefühl, dass dieser Satz gar nicht gut bei ihrer Schwester ankam, und behielt recht.

»Hol dir die Brötchen selbst!«, fauchte Britta sie an. »Wo der Bäcker ist, wirst du verdammt noch mal noch wissen. Ansonsten lass mich in Ruhe. Es sei denn, du willst mich fragen, ob du mir beim Putzen der Ferienwohnung helfen willst. Aber das kommt für eine Künstlerin natürlich nicht infrage!«

Deike hatte endgültig genug.

Gestern hatte ihr Britta weismachen wollen, dass sie ein bisschen Zeit für sich allein brauchte, und Deike hatte sich entsprechend zurückgehalten. Doch als sie es nicht mehr ausgehalten hatte, weil die Urkunde in ihren Händen brannte, und sie doch noch zu Britta hinübergegangen war, hatte sie aus dem Wohnzimmer eine Männerstimme gehört. Jörgs Stimme. So war sie unverrichteter Dinge wieder umgekehrt. Dabei hatte sie ihr doch nur sagen wollen, dass Britta sich keine Sorgen um ihre Zukunft zu machen brauchte. Ihr Vater hatte es mit dem Dokument, das Deike ihr aushändigen wollte, schon richtig gemacht. Deike verspürte kein Verlangen, in ihr Elternhaus zurückzukommen. Sie würde in Hamburg bleiben und Britta konnte ihre heißgeliebte Pension weiter betreiben.

»Ist schon gut. Ich gehe«, sagte Deike.

Sie zog ihre Jacke an und lief zur Backstube. Hinter der Theke stand Ella Bengen. Mit ihr hatte sie vier Jahre lang die Baltrumer Schulbank gedrückt. Sie freute sich, sie zu sehen.

Auch Ella lachte, als sie ihr die Brötchen in die Tüte zählte. »Sag mal, kommt Jörg heute gar nicht?«, fragte sie dann.

Deike schüttelte den Kopf. »Der ist heute Morgen abgereist.«

Ella blickte irritiert auf den Kalender der Baltrum-Linie, auf dem der Fahrplan abgedruckt war. »Das kann nicht sein. Es ist noch kein Schiff gefahren. Außerdem hat er uns versprochen, heute um neun Uhr hier zu sein, um Ordnung in den firmentechnischen Computerkram zu bringen. Der hat nämlich echt Ahnung davon.«

»Da kann ich leider nicht weiterhelfen«, erwiderte Deike. »Ich sag's aber meiner Schwester.« Sie steckte das Wechselgeld ein. »Du duzt den Mann? Kennst du ihn näher?«

»Na ja, wie man einen Mann kennenlernt, der seit Wochen Brötchen holt. Zumindest meine ich herausgehört zu haben, dass er deine Schwester echt gerne mag.

Und dass er was von Computern versteht. Neulich hat unsere Kasse gezickt. Aber nur so lange, bis Jörg zufällig reinkam. Er hat uns geholfen und da hat es mit dem Duzen angefangen. Warum?«

»Ach, nur so. Dann will ich mal sehen, ob Britta den Helden des PCs erreichen kann.«

Ella hatte also ebenfalls festgestellt, dass Jörg ihre Schwester gut leiden konnte. Ihr Vater hatte das ja in seinem Brief auch geschrieben. Und dass er Jörg und Britta ein wenig testen wolle. Ja, er hatte ›testen‹ geschrieben. Was genau damit gemeint gewesen war, beschrieb er nicht. Aber er war sich letztlich sicher gewesen, dass die beiden zusammenpassten.

Deike beschleunigte ihre Schritte. Sie musste endlich mit ihrer Schwester sprechen.

Sie legte die Brötchentüte auf den Küchentisch, holte das Schreiben ihres Vaters und die Schenkungsurkunde und ging ins Büro. Noch ehe Britta etwas sagen konnte, legte sie ihr die Unterlagen auf den Schreibtisch. »Da, lies dir das durch.«

Britta nahm den Bogen und je länger sie auf das Papier starrte, desto verkrampfter wurden ihre Züge. Was war denn nun schon wieder los? Deike hatte mindestens ein Lächeln, wenn nicht sogar ein Dankeschön erwartet, aber Britta sah aus, als hätte sie eine Kröte verschluckt.

Dann klopfte es auch noch und zu ihrer Überraschung stand Michael Röder in der Tür, der Mann, der auf der Insel für Recht und Ordnung sorgte.

Er grüßte freundlich, dann wandte er sich an Britta. »Ich habe Hinweise bekommen, dass der Mann, den wir suchen, bei dir wohnt. Darum bin ich hier. Ich muss sichergehen, dass es sich tatsächlich um Karsten Mahlmann handelt. Wenn es so ist, wundere ich mich allerdings, warum du mich nicht benachrichtigt hast. Aber wie dem auch sei – vorrangig muss ich eine

Verwechslung ausschließen. Sollte nämlich sein Zwillingsbruder Jörg, ein IT-Fachmann, bei dir übernachtet haben – der hat nach neuesten Erkenntnissen nichts mit den Betrügereien zu tun, dann müssen wir weiterfahnden. – Britta? Britta, was ist mit dir? Geht es dir nicht gut? Nicht ohnmächtig werden!«, rief er erschrocken und griff rasch zu, als sie zu Boden sank, um zu verhindern, dass sie mit dem Kopf aufschlug.

Ratlos schaute er zu Deike hinauf. »Was hat sie denn nur?«

Ulrike Barow

1953 in Gütersloh geboren, lebt mit ihrer Familie im schönen Leer (Ostfriesland) und auf der Nordseeinsel Baltrum.
Sie ist gelernte Buchhändlerin.
Der erste Kurzkrimi *Baltrumer Wintermärchen* wurde in der Anthologie *Inselkrimis* (Leda-Verlag, 2006, TB 2010) veröffentlicht. Dort erschienen auch ihre Kriminalromane, die alle auf Baltrum spielen.
Endstation Baltrum (2008)
Dornröschen muss sterben (2009)
Baltrumer Bärlauch (2010)
Baltrumer Dünengrab (2011)
Baltrumer Bitter (2012)
Baltrumer Bescherung (2013)
Baltrumer Maskerade (2014)
Baltrumer Kaninchenkrieg (2015)
Baltrumer Eiszeit (2016)
Baltrumer Badezeit (2017)
Baltrumer Krimitage (2018)

Außerdem ist sie in vielen Anthologien mit Kurzgeschichten vertreten, unter anderem in *Tee mit Blattschuss* (Leda-Verlag).
Sie ist Mitglied bei den *Mörderischen Schwestern e.V.* und im *Syndikat*
Weitere Informationen unter www.barow-baltrum.de.